在偶遇中寻找诗词

偶遇最美古诗词

肖淑琛◎著

东北师范大学出版社
NORTHEAST NORMAL UNIVERSITY PRESS

图书在版编目（CIP）数据

偶遇最美古诗词 / 肖淑琛著. -- 长春 : 东北师范大学出版社, 2015.8

ISBN 978-7-5602-9083-6

Ⅰ. ①偶… Ⅱ. ①肖… Ⅲ. ①古典诗歌－诗歌欣赏－中国 Ⅳ. ①I207.2

中国版本图书馆CIP数据核字（2015）第046269号

□责任编辑：张志文 □封面设计：孙希前

□责任校对：刘亚辉 □责任印制：刘亚辉

东北师范大学出版社出版发行

长春净月经济开发区金宝街118号（邮政编码：130117）

电话：0431—84568127

传真：0431—85691969

网址：http：// www.nenup.com

北京瀚文锦绣国际文化有限公司制版

北京毅峰迅捷印刷有限公司印装

2015年8月第1版 2015年8月第1版第1次印刷

幅面尺寸：170mm×240mm 印张：19.75 字数：160千

定价：35.00元

前 言

中华古诗词博大精深，优美动人，堪称世界文化宝库里一颗璀璨的明珠！古诗词源远流长，无论是诗人作家的数量、格律的严谨、韵律的优美铿锵，还是那数以千计的各类词调都是世界各国所从未有过的，它有着很深的文化根基和强劲的生命力！

诗词之所以美，就是因为它有着优美的韵律和深层的意境。当你不断地深入其内，能逐渐地领会其中的含义并产生共鸣。所谓诗歌，就是诗与歌有着天然的内在联系，它们是相通相契的。诗的韵律本身就是一种旋律，同音乐和流水一样，抑扬顿挫，急缓相应，给人以美的享受，同时也换醒你的激情和灵感。

在中国古代的诗词中，除了它那优美的韵律和精湛的词语，诗人内心那宽广的胸怀和深远的思想，以及他们博学的才华也是难能可贵的。特别是那种充满豪情的诗，读起来更是让人心神气爽、胸怀开阔、刚劲有力，使你内心产生一种认同和互动。

诗词充满真挚的情感，这样才能感动别人。诗词描述的从容自然，没有牵强雕凿之迹，就会让人读起来有一种“吟到真情处，呜咽泪自流”的感动。诗人的作品之所以吸引人，就是因为他们有着内心的深沉，而诗人的奥妙在于，他能让人有一种“字字为我心中所欲言，而又非我之所能自言”的感觉。

清朝王国维说过：“词以境界为最上，有境界则自成高格，自有名句。”那意境就是来自对生活和自然的深度体验和认识，并把它升华到一定的高度。所以，意境是诗词的灵魂。古代的许多诗人在一首诗中，往往以自己的感怀结尾。无论是描述自然景色或社会现象，都不是就事而论事，其内蕴藏着深深的内涵，所以才能耐人寻味，百读不厌。

诗词中忧国忧民的神圣之美是最为宝贵的。“长太息以掩涕兮，哀民生之多艰。”，“漫余目以流观兮，冀一返之何时！鸟飞返故乡兮，狐死必首丘！”这些诗句将诗人长期流放的苦楚、祖国危亡的悲痛，表现得感人肺腑。

大自然的景色之美也是数不胜数的，“有三秋桂子，十里荷花”，“晓看红湿处，花重锦官城”，“小荷才露尖尖角，早有蜻蜓立上头”，“黄四娘家花满蹊，千朵万朵压枝低”，“迟日江山丽，春风花草香”，“风不定，人初静，明日落红应满径”，这些优美的景色描写无不让我们身临其境，如沐春风。

古诗词是中国文化宝库中一颗璀璨的明珠，它的光芒穿越千年的时空，在物欲横流的当今社会，越发显得耀眼。一首诗词就如一片阳光、一个春天、一场甘霖、一颗种子，总能让我们感受到许多种美好而高尚的情感。作为炎黄子孙的我们每个人，都应珍爱这一无价的国宝，让它代代相传，发扬光大！

早在三千年前，我们的祖先就创作出了以“诗三百”为代表的优秀诗篇，此后每个历史时期，诗歌创作都结出了丰硕的成果，其中不少名篇佳句脍炙人口，传诵至今。“腹有诗书气自华”，让我们一起走入古典诗词美丽清新的世界，感受不一样的意境，体验不一样的人生吧！

本书选录了从《诗经》时代到清末历代优秀诗人的杰出作品，都是中国古代最唯美，最优秀的古诗词，并对这些各具特色的古诗词进行最独特的解析，让人始终流连在古诗词的唯美意境中。注讲上尽量做到言简意赅，对作品仅作必要的注讲，讲清楚需要注意的字音、字义、典故、修辞、背景，易读易查，使读者可以很轻松地理解每一篇作品，体会其中的神韵和感情。书中还对一些习焉不察的字标注正确读音，纠正长久以来的误读，期待读者能够真正吸取到有用的精神食粮。

目 录

第一章 秦汉诗

秦汉时期是中国秦汉两朝大一统时期的合称。公元前221年秦灭六国，首次完成了真正意义上的中国统一，秦王政改号称皇帝，秦朝二世而亡。在经过短暂的分裂之后，汉朝继之而起。秦汉时期是中国历史上第一个大统一时期。也是统一多民族国家的奠基时期。秦王朝统一天下后，秦始皇“颁挟书令”导致了“焚书坑儒”事件的发生。是中华民族文化教育史上的一场历史性的灾难。

1. 上古歌谣 /2

弹歌 /2

候人歌 /3

中孚·六三 /4

归妹·上六 /5

击壤歌 /6

尧戒 /7

蜡辞 /8

采薇歌 /10

2. 诗经 /13

关雎 /13

桃夭 /15

鹊巢 /16

小星 /18

绿衣 /20

击鼓 /22

静女 /24

有女同车 /26

野有蔓草 /27

葛生 /29

蒹葭 /31

六月 /34

谷风 /38

鸳鸯 /39

3. 古歌辞赋 /42

离骚 /42

易水歌 /72

垓下歌 /74

大风歌 /76

秋风辞 /78

登徒子好色赋 /80

凤求凰 /85

悲歌 /88

4. 乐府古诗 /90

北方有佳人 /90

上邪 /92

客从远方来 /94

涉江采芙蓉 /96

江南 /98

长歌行 /100

古歌 /102

有所思 /104

短歌行 /105

白头吟 /108

第二章　魏晋至唐代诗词

魏晋时期到唐代以前，出观了五言诗和七言诗，为唐代近体诗的形成奠定了基础。唐代是中国诗歌史上的黄金时代，其主体唐诗更标志着中国古典诗歌成就的高峰。据清代编纂的《全唐诗》录存的作品已达48900多首，姓名可考的作者2200多人。在这名家辈出、名作如林的诗坛上，李白、杜甫、白居易等具有世界影响的伟大诗人的出现，给时代增添了光辉，成为中华民族的骄傲。

七步诗 /112

浮萍篇 /113

却东西门行 /115

感离赋 /117

饮酒·其五 /118

杂诗·人生无根蒂 /120

思吴江歌 /122

敕勒歌 /123

人日思归 /125

目录

别宋常侍 /126

酬乐天扬州初逢席上见赠 /127

题破山寺后禅院 /129

使至塞上 /130

次北固山下 /132

登幽州台歌 /135

离思 /136

初春小雨 /137

独坐敬亭山 /138

春望 /140

旅夜书怀 /141

闻官军收河南河北 /143

宿建德江 /144

枫桥夜泊 /146

红豆 /147

游子吟 /148

忆江南 /149

逢雪宿芙蓉山 /151

南陵别儿童入京 /152

长干行 /154

江雪 /158

夜雨寄北 /160

锦瑟 /161

江畔独步寻花·其六 /164

春江花月夜 /166

送杜少府之任蜀州 /170

雁门太守行 /172

终南别业 /175

浪淘沙·九曲黄河万里沙 /177

长相思·汴水流 /178

三台令 /180

第三章　宋辽金诗词

宋词是一种新体诗歌，句子有长与短，便于歌唱。因是合乐的歌词，故又称曲子词、乐府、乐章、长短句、诗余、琴趣等。始于唐，定型于五代，盛于宋。宋词是中国古代文学皇冠上光辉夺目的的明珠。由于辽、金政权与宋朝密切交往，带来南北文化的融合和辽金文化的汉化，因此，辽金诗词与宋诗结下了不解之缘，辽金诗词创造受宋词影响，又具有北方文学清劲真刚，朴实自然的风貌。

满江红·写怀 /184

江城子·乙卯正月二十日夜记梦 /186

过零丁洋 /188

长相思·吴山青 /190

念奴娇·赤壁怀古 /192

一剪梅·红藕香残玉簟秋 /194

浣溪沙·一向年光有限身 /197

晓出净慈寺送林子方 /198

清平乐·村居 /200

鹊桥仙·纤云弄巧 /202

游山西村 /204

惠崇春江晚景 /206

活水亭观书有感二首·其一 /207

虞美人·听雨 /209

题临安邸 /211

冬夜读书示子聿 /212

钗头凤·红酥手 /214

山园小梅·其一 /217

摸鱼儿・雁丘词 /219

南乡子・和杨元素时移守密州 /223

玉楼春・尊前拟把归期说 /225

鹧鸪天・彩袖殷勤捧玉钟 /227

和董传留别 /229

春日偶成・云淡风轻近午天 /231

洞仙歌 /232

回心院 /234

海上诗 /235

第四章　元明清诗词

元代历史从元世祖至元 16 年（1279）灭南宋统一全国，到元顺帝至正 28 年（1368）朱元璋建立明王朝为止，共计 89 年。元代是中国戏曲——这一种综合性艺术发展的黄金时期。杂剧文学剧本的出现，标志着中国戏曲进入成熟期。虽然从元、明时期，诗歌出现了衰退，佳作不多，但是，词于清代重新复兴。从清前期到中期，成就较高、影响较大。

天净沙・秋思 /238

折桂令・春情 /240

天净沙・春 /241

墨梅 /243

山坡羊・潼关怀古 /244

骤雨打新荷 /247

院中独坐 /248

清江引・秋居 /250

人月圆 /251

节节高 /252

四块玉・别情 /253

石灰吟 /254

明日歌 /255

朝天子・咏喇叭 /256

玉芙蓉・雨窗小咏 /258

木兰词・拟古决绝词柬友 /259

己亥杂诗・其五 /261

竹石 /262

长相思・山一程 /264

己亥杂诗・其二百二十 /265

狱中题壁 /267

村居 /268

论诗五首·其二 /270

对酒·不惜千金买宝刀 /271

舟夜书所见 /272

绮怀 /273

代别离 /275

山中雪后 /278

问菊 /279

芙蓉女儿诔 /280

转应曲·寒梦 /296

赴戍登程口占示家人 /297

第一章 秦汉诗

秦汉时期是中国秦汉两朝大一统时期的合称。公元前221年秦灭六国，首次完成了真正意义上的中国统一，秦王政改号称皇帝，秦朝二世而亡。在经过短暂的分裂之后，汉朝继之而起。秦汉时期是中国历史上第一个大统一时期。也是统一多民族国家的奠基时期。秦王朝统一天下后，秦始皇“颁挟书令”，导致了“焚书坑儒”事件的发生。是中华民族文化教育史上的一场历史性的灾难。

1. 上古歌谣

弹　歌

佚　名（上古）

【原文】

断竹，续竹，飞土，逐宍①。

【注释】

①逐宍（zhú ròu）：谓追逐禽兽。

【译文】

砍伐竹子，用砍伐的竹子来制作弹弓，用制作的弹弓装上土丸，进行射击，射击鸟兽获得食物。

【赏析】

本诗摘自《吴越春秋》，逐宍（zhú ròu）谓追逐禽兽。宍，“肉”之俗字。据《吴越春秋·勾践阴谋外传》记载：“孝子不忍见父母为禽兽所食，故作弹以守之，绝鸟兽之害。故歌曰‘断竹，续竹，飞土，逐宍’之谓也。”

这首诗相传为黄帝时代的作品，反映渔猎时代的劳动过程。弓箭的发明是人类摆脱蒙昧时代的重要标志。恩格斯说：“弓箭对于蒙昧时代，正如铁剑对于野蛮时代和火器对于文明时代一样，乃是决定性的武器”。我国弓箭的发明很早，有所谓：“少昊生般，是始为弓”（《山海经·海内经》）；“羿作弓”。（《墨子·非儒》）其实弓箭的发明不是个人创造，而是原始人在漫长的时代中智慧和经验的积累。

《弹歌》这首民歌，用精练的语言概括了”弹”生产制造的过程和“弹”的用途，表现了劳动人民的智慧和聪明，以及用“弹”来猎取食物的喜悦心情。“断竹，续竹”，是歌咏“弹”的生产制作过程。这就是先将竹竿截断，然后用弦将截断的竹竿连接两头制成弹弓。这样，“弹”的制作完成了。一副“弹”便摆在了我们面前，虽是简单、粗糙的，但却表现了劳动人民的智慧和聪明才智，也表明了社会文明的进步。有了“弹”，一场狩猎活动开始了：“飞土，逐肉”。一颗颗弹丸从弹弓中射出，击中了一只只猎物，人们欢乐地追逐着，满载而归。“飞土”，是指将泥制的弹丸射出。“逐肉”是说猎手们追赶被击伤的鸟兽之类的猎物。这首民歌简短、质朴，诗句整齐，有和谐的韵律，是原始时代狩猎生活的真实反映。流露着原始人对制造灵巧工具的自豪和喜悦，也表现他们对获取更多猎物的渴望。

候人歌

涂山之女（上古）

【原文】

候人兮猗[①]。

【注释】

①兮猗：语气词。

【译文】

等待那个人啊。

【赏析】

传说大禹治水，娶涂山氏女为妻，大禹巡省南土，久不归，女乃唱了这首歌，渴望大禹归来。从历史发展的角度看，比较稳定的夫妻关系和夫妻感情，只有在一夫一妻制出现以后才有可能，而这时已属私有制萌芽后的氏族社会晚期。二字为句，语气词拖长尾音，取得了独特的抒情效果。这是中国最古老的情诗，开抒情诗传统之先河。

中孚·六三

佚　名（上古）

【原文】

得①敌，或鼓或罢，或泣或歌。

【注释】

①得：遭遇。

【译文】

面临强劲的敌人，或者敲起战鼓发动进攻，或者兵疲将乏而致败退，或因为惧怕敌人的反击而哭泣，或由于敌人不加侵害而高兴地歌唱。

【赏析】

这是一首描写战争的诗。面临强劲的敌人，有时擂鼓示勇，有时坐卧休息，有时哭泣，有时引吭高歌。寥寥十字，写出了战争中动人的场面。

归妹·上六

佚　名（上古）

【原文】

女承[①]筐，无实；士刲[②]羊，无血。

【注释】

①承：捧。

②刲（kuī）：割杀。

【译文】

少女用筐承接，羊毛虚松不实；小伙用刀杀羊，刀刀下去无血。

【赏析】

牧场上男男女女们在剪羊毛，拾羊毛。男的剪羊毛，不见血；女的承筐装羊毛，不觉得有重量。小诗轻快、生动，有情有景。

击壤歌①

佚　名（上古）

【原文】

日出而作②，日入而息。
凿井而饮，耕田而食。
帝力③于我何有哉。

【注释】

①击壤：古代的一种游戏，把一块木片放在地上，在规定的距离外，用另一块木片去投掷它，投中的就算得胜。击壤歌：就是击壤游戏时唱的歌。

②作：起。

③帝力：尧帝的力量、功德。

【译文】

日出去劳作，日落回我屋。
凿井有水喝，耕地衣食足。
尧帝功德与我关系无！

【赏析】

《古诗源》将此诗其列为第一，注释说“帝尧以前，近于荒渺。虽有《皇娥》、《白帝》二歌，系王嘉伪撰，其事近诬，故以《击壤歌》为始。”因此，可以说《击壤歌》是中国歌曲之祖。

有这种说法：传说原始社会尧的时代，“天下太和，百姓无事”，过着安定舒适的日子。一位八九十岁的老人，一边悠闲地做着“击壤”游戏，一边唱着歌。

击壤，是一种投射游戏，它的起源一直可以追溯到上古时期。相传盛行于帝尧时的“击壤”之戏，实际上就是一种非常古老的投射游戏活动。据《帝王世纪》中记载：“尧时有壤父五十人，击壤于康衢，或有观者曰：大哉，尧之为君也。壤父作色曰：吾日出而作，日入而息……帝力于我何有哉！”由此可见，早在原始时代，击壤游戏就已产生，当时它是一种乡村野老玩的“土俗之戏”。《释名》云：“击壤，野老之戏，盖击块壤之具，因此为戏也。”

尧戒

尧（上古）

【原文】

唐尧作戒自警曰：

颤颤栗栗，日谨一日。

人莫踬①于山，而踬于垤②。

【注释】

①踬（zhì）：被东西绊倒，颠～。

②垤（dié）：小土丘，丘～。

【译文】

唐尧写座右铭用于自警说：我战战兢兢，一天比一天谨慎，要知道人往往不会被大山绊倒，而被小土堆绊倒。

【赏析】

史称尧戒是中华民族有史以来的第一条座右铭。相传尧帝从封陶唐侯那天起，就以此为戒，鄙弃当时部落酋长中存在的骄奢淫逸、欺诈奴隶的不良作风，深受人们拥戴。“帝尧在位七十年，治陶、治唐、管天下政绩卓著，有口皆碑。就在年老谢朝传位时，他用心选择，把权力禅让给群众威信很高的舜，也不肯交给只知游山玩水、吃喝玩乐的不肖儿子丹朱，从而造就了历史上尧天舜日黄金时代。

尧戒后两句：“人莫踬于山，而踬于垤”。是帝尧的思想方法、治国方略。“踬”的词意是说办事不顺利；“垤”的词意是小土堆。“人莫踬于山，而踬于垤”，意思是人不会被大山绊倒，而往往被小土堆绊倒。所以，人们都往往轻视小事，忽略小害，以致酿成大祸后才为之后悔。以此来比喻要想把事情办顺利，把一个地方乃至一个国家治理好 ，首先要选好路子，解决好道路问题。尧自警要把管辖的地方治理好，就是要先从解决人民群众亟待解决的衣、食、住、行、婚、丧、嫁、娶这些看起来像“小土堆”的事情做起。

蜡① 辞

伊祁氏（上古）

【原文】

土反其宅②！水归其壑！
昆虫毋作③！草木归其泽④！

【注释】

①蜡（zhà）：通“腊”，古代祭祀名，周朝年终大祭万物。

②宅：指原来的地方。

③作：兴起。

④泽：沼泽地。

【译文】

土返回它的原处！

水回到它的沟壑！

昆虫不要繁殖！

草木回到它的沼泽！

【赏析】

这首祭辞被称为《蜡辞》，是用来祈求保持土地完整，水流归入河道，昆虫不要乱啃禾苗，草木不要长在农田，要长，就长在沼泽。如此看来，在帝尧那个时期，祭祀就很重要了。

人类进入新石器时代以后，原始农业开始出现，随之而来就有了为农业进行祝祷的宗教祭祀活动。这首《蜡辞》便是一个叫伊耆氏（有说即神农氏）的部落首领“腊祭”时的祝辞。“蜡辞”即“腊辞”。古人每年十二月祭祀百神，感谢众神灵一年来对农作物的福佑并为来年的丰收祈福，称作“腊祭”。由于我国社会长期停滞在以农业为主的自然经济阶段，腊祭的习俗至今还在我国农村的一些地方保留着。

这篇祝辞从农业生产的角度分别从土、水、昆虫、草木四个方面提出祝愿，每一句正好说一个方面。先说“土”，希望“土反其宅”。“反”，同“返”；“宅”，居住的地方，这里指原地。全句说，土返回它的原地，是希望田土不流失的意思。一说是祈求用于蓄水与障水的堤防安稳、牢固的意思。

所举土、水、昆虫、草木四物，与农业生产的好坏关系至为密切。原始部落生产力低下，对于这四物的灾害难以控制，但又觉得非要控制不可。这种矛盾心理就体现在虔诚庄严的“蜡辞”形式中。四句诗，句句都是愿望，又都是命令；既都是祝辞，又都是咒语。一种原始人心灵深处的动荡、不平衡，通过这四句歌谣被表达了出来。阅读这首祝辞，读者在心灵深处也能感受到中华民族的祖先当年有过的那种动荡和不平衡的感情，并由此不仅获得了艺术美的享受，更有很深的教育意义。

采薇歌

伯夷、叔齐（上古）

【原文】

登彼西山兮，
采其薇矣。
以暴易暴兮，
不知其非矣。
神农虞夏忽焉没兮，
我安适①归矣？
于嗟②徂③兮，
命之衰矣！

【注释】

①适：往，去。

②于（xū）嗟：叹息声。

③徂（cú）：往。或以为借为“殂”，死。

【译文】

登上那西山啊，
采摘野豌豆聊以充饥。
用凶暴取代凶暴啊，
伐纣的武王分不清是和非。
神农虞夏古代圣君转瞬即逝啊，
我要去的乐土又在哪里？
多么可悲啊，即将身赴黄泉，
看来是命中注定活该我们倒霉！

【赏析】

《采薇歌》最早见于《史记·伯夷列传》。伯夷、叔齐是商朝末年孤竹国国君墨胎初的长子和幼子。历史上表彰这两个人主要基于两点：一是不贪权势。孤竹君生前想让位给叔齐。在他去世后，叔齐让伯夷，伯夷不受逃去，叔齐也不肯继位而逃去，王位便由中子继承。晋代吴隐之诗《酌贪泉》说："古人云此水，一歃怀千金。试使夷齐饮，终当不易心。"二是反对周武王伐纣。伯夷、叔齐在逃离孤竹国之后，都去投靠西伯姬昌（周文王）。姬昌去世不久，其子姬发（周武王）起兵讨伐商朝的末代君主纣。

《史记·伯夷列传》说："伯夷、叔齐叩马而谏曰：'父死不葬，爰及干戈，可谓孝乎？以臣弑君，可谓仁乎？'左右欲兵之。太公曰：'此义人也。'扶而去之。武王已平殷乱，天下宗周，而伯夷、叔齐耻之，义不食周粟，隐于首阳山，采薇而食之。及饿且死，作歌。其辞曰：'登彼西山兮，采其薇矣。以暴易暴兮，不知其非矣。神农虞夏忽焉没兮，我安适归矣？于嗟徂兮，命之衰矣！'遂饿死于首阳山。"可见伯夷、叔齐兄弟俩是以家庭内部倡"孝"、庙堂之上倡"仁"来反对武王伐纣的。而在周朝建国后，宁可饿死，也不愿为周朝出力。在历史上被认为是"舍生取义"的典型，因而受到后人的称赞。孔子说他们"求仁而得仁"，是"古之贤人"（《论语·述而》），韩愈更作有《伯夷颂》的专文加以颂扬。《采薇歌》即是伯夷、叔齐"义不食周粟"、饿死之前的绝命辞，与其"叩马而谏"武王伐纣的进言，同是最足以表现人物思想性格的言辞。

歌词首句中的"西山"，指首阳山。首阳山，也叫雷首山，三、四句借议论说明不合作的原因。认为武王伐纣是"以暴易暴"，而非以仁义王天下，是不可取的，而武王却并不这样认为。以上几句是夷、齐表明自己政治上的立场、态度，以"以暴易暴"四字对新建立的周王朝进行了激烈地批评。

以下诗句写个人的历史性的悲剧。神农、虞、夏时代都是历史上的圣明之世，说神农、虞、夏转瞬即逝，其用意在于反衬自己的生不逢时，由于找不到一个安身立命的立足点而充满了失落感。"我安适归矣"之句故意用无疑而设问的语气，增强了感慨的份量，与《诗经·魏风·硕鼠》的“乐土乐土，爰得我所”的写法正不谋而合。

结尾两句是无可“适归”的延伸和发展。唐人司马贞串讲末二句说：“言己今日饿死，亦是运命衰薄，不遇大道之时，至幽忧而饿死。”（《史记索隐》）可以想见当伯夷、叔齐吟唱到此歌结尾时，虽已气衰力微、无法呼天抢地地大声唱叹，但这感慨至深的垂死之言，即使声音很小甚至有些不连贯，但仍然富有力量。

总的说来，这是一首表现较为成功的歌谣体的小诗，是一个关系到如何评价武王伐纣的问题。孔子从道德自我完成的角度抽象地肯定伯夷、叔齐“求仁而得仁”；实际上，这是对武王伐纣的正义性的否定。从政治上看，褒扬伯夷、叔齐，等于是在提倡忠于一家一姓的愚忠，是符合历代统治阶级的统治需要而与历史的进步格格不入的。

【诗词小贴士】

原始歌谣大都采用二言形式，这是因为上古劳动动作简单，劳动节奏短促、鲜明，因而伴随劳动动作产生的诗歌节奏自然也不复杂。另外，上古汉语都是单音节词，两个单音节词组合是最初的句子，这种句子的产生与上古人的思维方式和语言能力直接相关。

2. 诗经

关 雎

佚 名（秦朝）

【原文】

关关雎鸠①，在河之洲②。窈窕③淑女，君子好逑④。
参差荇菜⑤，左右流之⑥。窈窕淑女，寤寐⑦求之。
求之不得，寤寐思⑧服。悠⑨哉悠哉，辗转反侧⑩。
参差荇菜，左右采之。窈窕淑女，琴瑟友之⑪。
参差荇菜，左右芼⑫之。窈窕淑女，钟鼓乐⑬之。

【注释】

①关关：拟声词，水鸟叫声。雎鸠（jū jiū）：水鸟，一般认为是鱼鹰。关关雎鸠：关雎鸟不停地鸣叫。

②在河之洲：（雌雄雎鸠）在河中陆地上居住着。洲：水中的陆地。

③窈窕：娴静美好的样子。

④好逑（hǎo qiú）：喜欢追求为对象。逑，配偶，此处用作动词，意为追求为对象，娶为妻子之意。

⑤参差：长短不齐。荇（xìng）菜：多年生水草，夏天开黄色花，嫩叶可食。

⑥左右流之：在船的左右两边捞。流，顺水势采摘。

⑦寤寐：这里的意思是日日夜夜。寤（wù），睡醒；寐，睡着。

⑧思：语助。服：思念、牵挂。思服：思念。

⑨悠：忧思的样子。

⑩辗（zhǎn）：半转。反侧：翻来覆去。

⑪琴瑟友之：弹琴鼓瑟表示亲近。钟鼓乐之：敲击钟鼓使他快乐。友，交好。

⑫芼（mào）：选择，采摘。

⑬乐：使淑女快乐。

【译文】

睢鸠关关在歌唱，在那河中沙洲上。文静美好的少女，小伙殷切的追求。

长长短短鲜荇菜，顺流两边去捞取。文静美好的少女，朝朝暮暮想追求。

追求没能如心愿，日夜心头在挂牵。长夜漫漫不到头，翻来覆去难成眠。

长长短短鲜荇菜，两手左右去采摘。文静美好的少女，弹琴鼓瑟表爱慕。

长长短短鲜荇菜，两边仔细来挑选。文静美好的少女，钟声换来她笑颜。

【赏析】

本篇是诗经中人尽皆知的名篇，通过朗朗上口的唱诵，唱出了百姓最普遍的心声，也唱出了对生活的真实体验。它的动人之处是写出了每一位凡人都能体验到的人生经历和道理，因此，它的光辉才永不过时，依旧广为传诵至今。老百姓的歌跟老百姓的话一样，朴实、真切，血肉丰满。男大当婚，女大当嫁，这是千古不易的真理，自然的法则。好男儿见到好姑娘砰然心动，好姑娘见到好男儿倾慕不已，这是最合乎自然，最合乎人性的冲动，是人类最美好的情感。

美好的爱情自古以来都是人间永恒的主题。真挚动人的情歌，也可以说是千古绝唱。男欢女爱本是天经地义的事情，可是偏偏有人要就此去考证发掘，钻牛角尖去寻找微言大义，也有人扳着面孔做论文说废话，还有人意在此而故意言他，更有人无病呻吟故作多情。人有时就是自己累自己，显而易见的事情非要弄出来条理分明，就是不愿意对着镜子真切地看清自己。工业化不仅把人变成流水线生产出来的产品，也把男欢女爱的真情实感变成流水线生产出来的物质。但愿，不管时代怎样发展，人间的爱情应永远保留其最初的本色。

桃 夭

佚 名（秦朝）

【原文】

桃之夭夭①，灼灼②其华。之子③于归④，宜其室家⑤。

桃之夭夭，有蕡⑥其实。之子于归，宜其家室。

桃之夭夭，其叶蓁蓁⑦。之子于归，宜其家人。

【注释】

①夭夭：桃树含苞欲放的样子。

②灼灼：花开鲜明的样子。

③之子：指出嫁的姑娘。

④归：女子出嫁。

⑤宜：和顺，和善。室家：指夫妇。

⑥蕡：肥大，果实将熟的样子。

⑦榛榛（zhēn）：树叶茂盛的样子。

【译文】

桃树含苞满枝头，
花开灿烂如红霞。
姑娘就要出嫁了，
夫妻和睦是一家。
桃树含苞满枝头，
果实累累坠树丫。

姑娘就要出嫁了，
夫妻和睦是一家。
桃树含苞满枝头，
桃叶茂密色葱绿。
姑娘就要出嫁了，
夫妻和睦是一家。

【赏析】

这首简单朴实的歌，唱出了女子出嫁之时对婚姻生活的希望和憧憬，诗人用桃树的枝叶茂盛、果实累累来比喻婚姻生活的幸福美满。歌中没有浓墨重彩，没有夸张铺垫，平平淡淡，但是在平淡中又足见朴实的含蕴。

正如女子化妆一样，轻施粉黛的淡妆总有无穷的神韵。浓妆艳抹，不仅艳俗，而且拒人于千里之外，因为浓妆艳抹既失去了美感又让人觉得装腔作态。

简单是质朴，是真实、是实在的生活，是萦绕在恋人心中不能忘却的情思。刻意修饰是媚俗，是虚伪，是令人生厌的。因此，不要觉得简单是一种缺陷，踏实是人生的一种境界，也是艺术的一种境界，并且是至高的境界。

鹊　巢

佚　名（秦朝）

【原文】

维鹊①有巢，维鸠②居之。之子于归，百两③御④之。
维鹊有巢，维鸠方⑤之。之子于归，百两将⑥之。
维鹊有巢，维鸠盈⑦之。之子于归，百两成⑧之。

【注释】

①维：发语词，没有实义。鹊：喜鹊。

②鸠：布谷鸟。传说布谷鸟不筑巢。

③两：同“辆”。百两：很多车辆。

④御（yù）：迎接。

⑤方：占有，占据。

⑥将：护送。

⑦盈：满，充满。

⑧成：完成了结婚的仪式。

【译文】

喜鹊筑巢在树上，
布谷飞来就居住。
姑娘就要出嫁了，
百辆大车来迎她。
喜鹊筑巢在树上，
布谷飞来占有她。
姑娘就要出嫁了，
百辆大车护送她。
喜鹊筑巢在树上，
布谷飞来占满它。
姑娘就要出嫁了，
百辆大车迎娶她。

【赏析】

这首诗描写女子出嫁的场景，一路上，场面壮观，那满载财物的众多车辆，那庞大的前呼后拥的迎亲队伍，吹拉弹唱，大红大绿，都足见其身份地位的不普通。过去的礼仪档次，是身份地位的象征。人们以财物的多少，来表明身份地位的高低贵贱。在这个意义上，财物、规格就变成了一种象征，用来说明主人的社会地位。

这种相沿成习的仪式保存到现在，形式虽在，内容却起了变化：礼仪档次的高低，成了拥有金钱多少的表现。经常可见的情形是，金钱不少，场面不小，形式和内容却华而不实。但是，这都是虚浮的表现。如今的假冒伪劣产品，不时配上可以乱真的“包装”。因为“包装”的精美，让人迷乱了双眼，已到了经常使人疑心的地步：越是堂而皇之的包装，越让人担心到底有几分真实货色。即使是货真价实的东西，为了出手，也不得不包装。于是，在包装之下，真假好坏让人难以分辨。

随着社会的开放，如今相亲结婚已不像过去那样要到洞房之中才能见到新娘的真面目，不知道是社会的进步还是社会的悲哀。但是，不管社会如何变换，也不管形式怎样变化，都不应该改变其中蕴藏的真实情感。

小　星

佚　名（秦朝）

【原文】

嘒[①]彼小星，三五[②]在东。肃肃[③]宵[④]征[⑤]，夙夜在公。寔[⑥]命不同！
嘒彼小星，维[⑦]参与昴[⑧]。肃肃宵征，抱[⑨]衾[⑩]与裯[⑪]。实命不犹[⑫]！

【注释】

①嘒（huì）：暗淡的样子。

②三五：用数字表示星星的稀少。

③肃肃：奔走忙碌的样子。

④宵：夜晚。

⑤征：行走。

⑥寔：即“实”，确实，实在。

⑦维：语气助词，没有实义。

⑧参（shēng）、昴：都是星名。

⑨抱：抛弃。

⑩衾（qīn）：被子。

⑪裯（chóu）：被单。

⑫犹：同，一样。

【译文】

微光闪闪小星星，
三三五五在东方。
匆匆忙忙连夜走，
早晚奔忙为官家，
只因命运不相同。
微光闪闪小星星，
还有参星和昂星。
匆匆忙忙连夜走，
抛开被子和床单，
都因命运不相同。

【赏析】

在古代，小官吏位于社会的最底层，形同草芥，绝不会引人注目，他们的举动也绝不会对官僚机构的运转有丝毫影响。他们的出现、存在、消失，全都是默默无闻，就像天上的星星一样不为人知。这样的小人物，就如社会浪潮中真正的边缘人。

处在边缘的小人物的呼号，虽软弱无力但是却震撼人心。软弱无力，是因为位卑职微而不会有人理睬，不会有人在意；震撼人心，是因为这种呼号表明了不向命运认同、要自我的尊严和价值得到承认和尊重的自觉意识。因此，当小人物自己有了自觉意识，也就有了自己的尊严。

绿　衣①

佚　名（秦朝）

【原文】

绿兮衣兮，绿衣黄里。心之忧矣，曷维其已②！
绿兮衣兮，绿衣黄裳。心之忧矣，曷维其亡③！
绿兮丝兮，女所治兮。我思古人④，俾无訧⑤兮！
絺⑥兮绤⑦兮，凄其以⑧风。我思古人，实获⑨我心！

【注释】

①衣：外衣。

②曷：何。维：助词。已：止。

③亡：一说通忘，一说停止。

④古人：故人，指已亡故之人。

⑤俾（bǐ）：使。訧（yóu）：同尤，过失，罪过。

⑥絺（chī）：细葛布。

⑦绤（xì）：粗葛布。

⑧凄：凉而有寒意。凄其，同“凄凄”。以：因。

⑨获：得。

【译文】

绿外衣啊绿外衣，
绿外衣里是黄衣。
心忧伤啊心优伤，
忧伤何时才停止？
绿外衣啊绿外衣，
绿衣下面是黄裳。

心忧伤啊心忧伤，
忧伤何时才淡忘？
绿色丝啊绿色丝，
丝丝缕缕是你织。
我心思念已亡人，
使我不要有过失！
细葛布啊粗葛布，
寒风吹拂凉凄凄。
我心思念已亡人，
你仍牢牢系我心！

【赏析】

悼亡诗是古人怀念故人的一种普遍的形式。斯人已去，此情却在，当睹物思人的时候，难免黯然神伤。时间和空间都难以永恒，惟有经过时空淘汰而积淀在心灵深处的情思，可以留下岁月的踪迹。

如今匆匆的生活节奏，令人迷乱的花花世界，早已把心灵打磨得十分粗糙、迟钝、轻浮、疲惫，以至于让人忘了去追思，去怀念。太多的诱惑、无边的欲望，让人无法不沉溺其中。因此，当灵魂在欲望中无限膨胀之时，我们的思想就是空虚的，再也没有任何属于心灵的内容。

魂兮归来，这是纯真的心灵的呼唤。斯人虽已去，但在天堂之中也会回应这旷古的呼唤的。悼亡是在心灵中筑起一座神圣的殿堂，把我们生命中最真诚、最可贵、最理想的一切供奉起来。对这一切的祭奠，是对逝者的怀念，也是对生者的安慰。

击　鼓

佚　名（秦朝）

【原文】

击鼓其镗[①]，踊跃[②]用兵[③]。土国[④]城漕，我独南行。
从孙子仲[⑤]，平[⑥]陈与宋[⑦]。不我以归[⑧]，忧心有忡[⑨]。
爰[⑩]居爰处？爰丧[⑪]其马？于以[⑫]求之？于林之下。
死生契阔[⑬]，与子成说[⑭]。执子之手，与子偕老。
于嗟[⑮]阔兮，不我活[⑯]兮。于嗟洵[⑰]兮，不我信[⑱]兮。

【注释】

①镗：鼓声。其镗，即“镗镗”。

②踊跃：双声连绵词，犹言鼓舞。

③兵：武器，刀枪之类。

④土国：或役土功于国。或者说在国内修筑土城。

⑤孙子仲：邶国将军。

⑥平：和也，和二国之好。谓救陈以调和陈宋关系。

⑦陈、宋：诸侯国名。

⑧不我以归：即不以我归。

⑨有忡：忡忡。

⑩爰（yuán）：本发声词，犹言“于是”。

⑪丧：丧失，此处言跑失。

⑫于以：于何。

⑬契阔：聚散。契，合；阔，离。

⑭成说（shuō）：成言也犹言誓约，“说”不通“悦”。

⑮于（xū）嗟（jiē）：即“吁嗟”，犹言今之哎哟。

⑯活：借为“佸”，相会。

⑰洵（xún）：远。

⑱信：一说古伸字，志不得伸。一说誓约有信。

【译文】

敲鼓声音响镗镗，鼓舞士兵上战场。人留国内筑漕城，唯独我却奔南方。

跟从将军孙子仲，要去调停陈和宋。长期不许我回家，使人愁苦心忡忡。

安营扎寨有了家，系马不牢走失马。叫我何处去寻找？原来马在树林下。

无论聚散与死活，我曾发誓对你说。拉着你手紧紧握，白头到老与你过。

叹息与你久离别，再难与你来会面。叹息相隔太遥远，不能实现那誓约。

【赏析】

本诗描写了兵士久戍不得回家的心情，表达了他们渴望归家与亲人团聚的强烈愿望。诗人从出征南行写起，随后写了战后未归的痛苦，又回忆起当初与亲人执手别离相约的场面，最后发出强烈的控拆，次第写来，脉络分明，而情感依次递进。叙事中，情感一步步推进，抒情中紧连着情节的发展，相得益彰，浑然天成。

关于这首诗的背景有几种不同的说法：《毛传》认为是指鲁隐公四年（前 719 年）夏，卫联合陈、宋、蔡共同伐郑；许政伯认为是指同年秋，卫国再度伐郑，抢了郑国的庄稼，这两次战争间有兵士在陈，宋戍守（《诗探》）；姚际恒则认为是说鲁宣公十二年，宋伐陈，卫穆公为救陈而被晋所伐一事（《跨经通论》）。不管是哪种背景，可以肯定的是：它反映了一个久戍不归的征夫的怨恨和思念。清代学者方玉润认为是“戍卒思归不得之诗也”（《诗经原始》），这个判断是对的。

这首整齐的四言诗按照时间顺序写成，共由五部分组成。

第一层四句写出征之前。交待了南征的原因和背景。第二层四句是写出征。孙子仲，这次南征的卫国将领，生平无考。“平陈与宋”，即讨伐、平定南方的陈国与宋国。

第三层是采用含蓄手法，通过设问设答来进行的。第四层是由严酷的现实转入对往事的回忆。诗人回忆起当年离家南征与妻子执手泣别的情形：

当年，两人曾立下誓言，要“死生契阔”，白头偕老。临别盟督，既反映了两人感情的深沉，爱情的坚贞，但也包含着对未来的隐隐担心。可怕的是，这种担心终于变成冷酷的事实：征人再也无法回家与亲人团聚了。

这首诗在结构和手法上有不少独到之处。结构上，它基本按时间顺序，写出一个被迫南征的兵士在出征前、出征时和出征后的复杂心理和行为，其中又插入回忆，形成往事与现实的强烈对比，在结构上形成顿宕。同时，在叙事之中又有抒情，在情感上又形成波澜。尤其是最后一层，那一兮一字结尾，把一个涕流满面的征夫在异乡的土地上，对着苍天大声呼喊的痛苦表现的淋漓尽致。另外，这虽是一首责备统治者战争政策的诗，但在表现手法上却较为含蓄。

“生死契阔，与子成说。执子之手，与子偕老。”此句著名诗句是中国人最为含蓄而坚决的爱情宣言，生死而不渝。契为合，阔为离，死生契阔，生死离合。沧海桑田，斗转星移，不变的是你我怦然心动的爱恋，海誓山盟，不知归期，痛彻着心扉。

静　女[1]

佚　名（秦朝）

【原文】

静女其姝，俟[2]我于城隅。爱而[3]不见，搔首踟蹰[4]。
静女其娈[5]，贻[6]我彤管。彤管有炜[7]，说怿[8]女美。
自牧归荑[9]，洵[10]美且异。匪女之为美，美人之贻。

【注释】

①静女：贞静娴雅之女。马瑞辰《毛诗传笺通释》：“静当读靖，谓善女，犹云淑女、硕女也。”

②俟：等待，此处指约好地方等待。

③爱而：隐蔽的样子。

④踟蹰（chí chú）：双声连绵词，亦作“踟躇”，心里迟疑，要走不走的样子。

⑤娈：面目姣好，与“姝”同义。

⑥贻（yì）：赠。彤管：一说红管的笔，一说和荑应是一物。

⑦炜（wěi）：盛明貌。

⑧说怿（yuè yì）：喜悦。

⑨牧：野外。归：借作“馈”，赠。荑（tí）：白茅，茅之始生也。象征婚媾。

⑩洵：实在，诚然。

【译文】

姑娘温柔又静雅，约我城角去幽会。

有意隐藏不露面，徘徊不前急挠头。

姑娘漂亮又静雅，送我一束红管草。

红管草色光灿灿，更爱姑娘比草美。

送我野外香勺药，勺药美丽又奇异。

不是勺药本身美，宝贵只因美人赠。

【赏析】

这首诗大概是我们迄今为止读到的最纯真的情歌之一。少男少女甜蜜相约，期间，开个天真无邪的玩笑，献上一束真情的野花，把两小无猜的动人画面勾勒得栩栩如生。青春年少，充满活力，生气勃勃，这本身就是一种不可言喻、动人心魄的美。

有的时候，纯洁的东西往往就是珍贵的。德国艺术史家温克尔曼就曾经赞叹古希腊艺术的魅力在于“高贵的单纯，静穆的伟大”。

少男少女的纯真爱情同样如此。它虽然没有成年人爱情的坚贞和厚重，没有中老年爱情历经沧桑之后的洗练与深沉，却以单纯、无邪、懵懂而更具美感。它同苦难一样，也是我们人生体验中的宝贵财富。当我们年老之时，再来重新回忆青春年少的滋味，定会砰然心动，神魂飞扬。青春是宝贵的，青春年少时的纯情不仅无价，也是唯一和永恒的。

有女同车[1]

佚　名（秦朝）

【原文】

有女同车，颜如舜[2]华。将翱将翔，佩玉琼琚[3]。彼美孟姜[4]，洵美且都[5]。

有女同行[6]，颜如舜英。将翱将翔，佩玉将将[7]。彼美孟姜，德音[8]不忘。

【注释】

①同车：一说男子驾车到女家迎娶。

②舜：植物名，即芙蓉花，又名木槿。

③琼琚：美玉。

④孟姜：毛传“齐之长女。”排行最大的称孟，姜则是齐国的国姓。后世孟姜也作为美女的通称。

⑤洵：确实。都：闲雅。

⑥行：音航。

⑦将将：即“锵锵”，玉石相互碰击摩擦发出的声音。

⑧德音：美好的品德声誉。

【译文】

我同姑娘乘一车，
容貌美如木槿花。
步态轻盈如鸟飞，
佩戴美玉闪光华。
美丽姑娘她姓姜，

真是漂亮又端庄。
我同姑娘一道行，
容貌美如木槿花。
步态轻盈如鸟飞，
佩戴美玉响叮当。
美丽姑娘她姓姜，
德行高尚人难忘。

【赏析】

出于某种原因，一男一女同车而行，男子为女子的美貌所动，扼腕之余，唱出了心中的感动。法国雕塑家罗丹说：“对我们的眼睛来说，不是缺少美，而是缺少发现。”这话只说对了一半。我们不光用双眼去寻找美，也用心灵去发现美。

在这个世界上，没有人不喜欢美丽的事物，那个木槿花似的姑娘，天生丽质，佩戴美玉，更有高雅的风度举止，如此佳丽，让谁看了都会新生好感。外貌本就美好，再加上披金戴玉更加悦目，风度闲雅，德行溢露以悦心。眼睛可以发现明眸皓齿、蛾眉螓首，却发现不了举手投足的优雅、言谈话语的韵味。外在的形可见可触，内在的神却要用心去遇。我们只有用心去发现、去创造、去拥抱，才能领悟其中的本质。

野①有蔓②草

佚　名（秦朝）

【原文】

野有蔓草，零露漙③兮。有美一人，清扬④婉兮。邂逅⑤相遇，适⑥我愿兮。
野有蔓草，零露瀼瀼⑦。有美一人，婉如清扬。邂逅相遇，与子偕臧⑧。

【注释】

①野：郊外田野。

②蔓：茂盛。“蔓”字在现代汉语词典中共三种读音：（wàn，màn，mán），可在古汉语词典中并无（wàn）这一音，所以这里还是应该读（màn）。

③漙：同“团”(tuán)，形容露水多。

④清扬：形容眼睛清澄明亮。

⑤邂逅：没有事行相约，碰巧相遇。

⑥适：恰好符合。

⑦瀼：形容露水多；瀼瀼：露水多的样子。

⑧偕：同；臧：善，好。偕臧，相爱。

【译文】

郊野青草遍地生，
露珠盈盈满草叶。
有个美丽的姑娘，
眉清目秀好动人。
不期而遇见到她，
正如我心情所愿。
郊野青草遍地生，
露珠盈盈满草叶。
有个美丽的姑娘，
眉清目秀好动人。
不期而遇见到她，
与她同行共欢乐。

【赏析】

一对青春男女偶然相遇，喜不自禁，其乐融融。表面上看是不期而遇，实际上却是“有备而来”。众里寻他千百度，蓦然回首，那人却在灯火阑珊处。原来，两人的相遇，不是偶然，也不是萍水相逢，而是苦苦寻找的必然结果。

在我们的日常生活之中，我们往往总是凭着直感去生活，去体验苦苦寻求的艰辛，幻想中的满足，以及偶然得到的惊喜。我们经常无法解释偶然得来的惊喜，但是，成为命运宠儿的毕竟是少数，而多数人则是平平凡凡的生活着。如果真有命运存在，相信它会是公平的，付出和收获应当成正比。这当中，重要的恐怕是自己的态度：得到了能怎样，没有得到又能怎样，最重要的是过程的快乐。

如果真的相信命运存在，就应当坦然面对现实。得到了不狂喜，得不到不哀伤。只要付出了，耕耘了，追求了，就是最大的收获，就不是两手空空，即便失败，也没有可后悔的。

葛 生

佚 名（秦朝）

【原文】

葛生蒙楚①，蔹②蔓于野。予美③亡此，谁与？独处？

葛生蒙棘④，蔹蔓于域⑤。予美亡此，谁与？独息？

角枕⑥粲兮，锦衾⑦烂兮。予美亡此，谁与？独旦⑧？

夏之日，冬之夜⑨。百岁之后，归于其居⑩。

冬之夜，夏之日。百岁之后，归于其室。

【注释】

①葛：藤本植物，茎皮纤维可织葛布，块根可食，花可解酒毒。蒙：覆盖。楚：灌木名，即牡荆。

②蔹（liǎn）：攀缘性多年生草本植物，根可入药，有白蔹、赤蔹、乌蔹等。

③予美：我的好人。郑笺：“我所美之人。”朱熹《诗集传》：“妇人指其夫也。”

④棘：酸枣，有棘刺的灌木。

⑤域：坟地。毛传：“域，营域也。”马瑞辰《毛诗传笺通释》：“营域，或作茔域，古为葬地之称。《说文》：‘茔，墓地也’是也。”

⑥角枕：牛角做的枕头。据《周礼·王府》注，角枕用于枕尸首。粲：同“灿”。

⑦锦衾：锦缎褥。闻一多《风诗类钞》：“角枕、锦衾，皆敛死者所用。”

⑧独旦：朱熹《诗集传》：“独旦，独处至旦也。”旦，天亮。一说旦释为安，闻一多《风诗类钞》：“旦，坦。”“坦，安也。”

⑨夏之日、冬之夜：夏之日长，冬之夜长，言时间长也。

⑩其居：亡夫的墓穴。下文“其室”义同。

【译文】

葛藤缠绕着荆树，
蔹草蔓延上山野。
我的爱人葬在此，
荒郊野岭谁同住？
葛藤缠绕着枣树，
蔹草蔓延遍坟地。
我的爱人葬在此，
荒郊野外谁同息？
角枕颜色光灿灿，
锦被鲜艳亮闪闪。
我的爱人葬在此，
荒郊野外独特已.
夏日炎炎日子长，
冬夜漫漫寒难耐。
待到百年身后时，
同归到你墓室中。

冬夜漫漫寒难耐，
夏日炎炎日子长。
待到百年身后时，
同归到你墓穴中。

【赏析】

这是迄今我们见到的最早的悼亡诗。对亡者的不绝哀思，深切怀念，在诗中表现无遗。因睹物思人，使得悼亡更让人悲励欲绝。谁都明白死人不可复生，然而，死者生前留下的一切，在回忆中又是那么清晰，那么深刻，那么刻骨铭心，让人往往无法接受死亡的事实。

但是，不管我们怎样对死亡充满着怀疑，无可更改和无法挽回的事实就在眼前，迫使你必须违背自己的意愿面对这冷酷的事实，没有任何商量的余地。事实与意愿的尖锐冲突让人捶胸顿足，悲天怆比，撕肝裂肺。

在悼亡故人的时候，我们自己的精神往往也会得到净化和升华，仿佛一夜之间长大。人们常说，人之将死，其言也善。就悼亡者而言，悼亡之时，我们会从亡者身上照见自己，自觉地去领悟生命的意义和价值，更加平淡地看待死亡。

蒹　葭①

佚　名（秦朝）

【原文】

蒹葭苍苍②，白露为③霜。所谓④伊人⑤，在水一方⑥，溯洄⑦从⑧之，道阻⑨且长。溯游从之，宛⑩在水中央。

蒹葭萋萋，白露未晞⑪。所谓伊人，在水之湄⑫。溯洄从之，道阻且跻⑬。溯游从之，宛在水中坻⑭。

蒹葭采采，白露未已。所谓伊人，在水之涘⑮。溯洄从之，道阻且右⑯。溯游从之，宛在水中沚⑰。

【注释】

①蒹（jiān）：没长穗的芦苇。葭（jiā）：初生的芦苇。

②苍苍：茂盛的样子。

③为：凝结成。

④所谓：所说的，此指所怀念的。

⑤伊人：那个人，指所思慕的对象。

⑥一方：那一边。

⑦溯洄：逆流而上。下文“溯游”指顺流而下。一说“洄”指弯曲的水道，“游”指直流的水道。

⑧从：追寻。

⑨阻：险阻，（道路）难走。

⑩宛：宛然，好像。

⑪晞（xī）：干。

⑫湄：水和草交接的地方，也就是岸边。

⑬跻（jī）：水中高地。

⑭坻（chí）：水中的沙滩。

⑮涘（sì）：水边。

⑯右：迂回曲折。

⑰沚（zhǐ）：水中的沙滩。

【译文】

芦苇茂密水边长，
深秋白露结成霜。
我心思念的那人，
就在河水那一方。
逆流而上去追寻，

道路崎岖又漫长。
顺流而下去追寻，
仿佛就在水中央。
芦苇茂盛水边长，
太阳初升露未干。
我心思念的那人，
就在河水那岸边。
逆流而上去追寻，
道路险峻难攀登。
顺流而下去追寻，
仿佛就在沙洲间。
芦苇茂密水边长，
太阳初升露珠滴。
我心思念的那人，
就在河水岸边立。
逆流而上去追寻，
道路弯曲难走通。
顺流而下去追寻，
仿佛就在沙洲边。

【赏析】

东周时的秦地大致相当于今天的陕西大部分及甘肃东部。因其地“迫近戎狄”的环境，才迫使秦人“修习战备，高尚气力”（《汉书·地理志》），此地也塑造了他们激昂粗豪的情感。保存在《秦风》里的十首也多写征战猎伐、痛悼讽劝一类的事，似《蒹葭》这种凄婉缠绵的情致却更像郑卫之音的风格。

诗中“白露为霜”表明诗中的气节已到了深秋，而天才破晓，因为芦苇叶片上还存留着夜间露水凝成的霜花。就在这样一个深秋的清晨，诗人为了追寻那思慕的人儿，来到茫茫的芦苇丛，眼前一派冷寂与落寞，诗人所苦苦期盼的人却不见踪影。诗人只知道思念的人在河水的另外一边，而且诗人根本就不明伊人的居处，还是伊人像“东游江北岸，夕宿潇湘沚”的“南国佳人”（曹植《杂诗七首》之四）一样迁徙无定，也无从知晓。

这种也许是毫无希望但却充满诱惑的追寻在诗人脚下和笔下展开。为了自己心爱的人而上下求索，不管艰难险阻，矢志不渝，这是历来文学中歌颂的对象，因为世界万物最终逃脱不了一个“情”字。那个“伊人”，其实也可以看作一种尽善尽美的境界，一种指向理想的超越。《蒹葭》的主人公所追求的，也是自己心目中尽善尽美的理想，是自己魂牵梦绕的意中人，因此不惜一切代价去上下求索，不断追求。

对于真正的求索者来说，达到目标固然重要，但更重要的还是过程。人生本来就是一个过程。生存的价值和意义，就存在于过程之中。同样，追求的价值和意义也存在于过程之中。如果忽视过程，实际上也是忽视了追求本身，因为，在追求过程中，才能真正体会到那种刻苦铭心的情感。

六　月

佚　名（秦朝）

【原文】

六月栖栖[①]，戎车既饬[②]。四牡骙骙[③]，载是常服[④]。玁狁[⑤]孔炽[⑥]，我是用急[⑦]。王于出征，以匡[⑧]王国。

比物[⑨]四骊，闲之维则[⑩]。维此六月，既成我服。我服既成，于三十里[⑪]。王于出征，以佐天子。

四牡修广，其大有颙[⑫]。薄伐玁狁，以奏肤公[⑬]。有严有翼[⑭]，共武之服[⑮]。共武之服，以定王国。

玁狁匪茹[⑯]，整居[⑰]焦获。侵镐及方[⑱]，至于泾阳[⑲]。织文鸟章[⑳]，白旆央央[㉑]。元戎十乘，以先启行。

戎车既安，如轾如轩[22]。四牡既佶[23]，既佶且闲。薄伐玁狁，至于大原[24]。文武吉甫，万邦为宪。

吉甫[25]燕喜，既多受祉[26]。来归自镐，我行永久。饮御[27]诸友，炰鳖脍鲤[28]。侯谁在矣？张仲[29]孝友。

【注释】

①栖栖：忙碌貌。

②饬（chì）：修整。

③骙骙（kuí）：《集传》：“骙骙，强貌。”

④常：画有日月的旗帜。服：泛指衣服、车马之类。《毛传》：“日月为常。服，戎服也。”

⑤玁狁（xiǎn yǔn）：古族名。中国古代的一个民族，即犬戎，春秋之前应称北戎，之后应称北狄，活动于今陕、甘一带，猃、岐之间。相传远古时曾遭黄帝驱逐。殷周之际游牧于今陕西、甘肃北境及宁夏、内蒙西部。西周初其势渐强，成为周王朝一大威胁。周宣王曾多次出兵抵御，并在朔方建筑城堡。春秋时被称为戎或狄。一说，玁狁为秦汉时匈奴的先民。

⑥炽：《毛传》：“炽，盛也。”

⑦我是用急：《盐铁论·徭役篇》引作“我是用戒。”

⑧匡：《通释》：“匡亦救也。”

⑨比物：《集传》：“比物，齐其力也。”

⑩闲、则：《毛传》：“则，法也。”《集传》：“闲，调息也。”

⑪于三十里：《郑笺》：“日行三十里可以舍息。”

⑫颙：大貌。《毛传》：“修，长；广，大也。颙，大貌。”

⑬肤公：大功。《毛传》：“奏，为。肤，大。公，功也。”

⑭严、翼：《毛传》：“严，威严也。翼，敬也。”

⑮共武之服：《集传》：“共，与供同。服，事也。言将帅皆严敬以恭武事也。”

⑯茹：度量。

⑰整：训练军队。居：同“据”，占据。焦获：地名。《毛传》：“焦获，周地，接于玁狁者。”

⑱侵镐及方：《集传》：“镐，刘向以为千里之镐，则非镐京之镐矣。方，疑即朔方也。”

⑲至于泾阳：《郑笺》：“来侵至泾水之北。”

⑳织文鸟章：《集传》：“织，帜同。鸟章，鸟隼之章也。”

㉑白旆（pèi）央央：《毛传》：“白旆，继旐（zhào）者也。央央，鲜明貌。”

㉒轾（zhì）：车行向前倾。如：或。轩：车行向后仰。

㉓佶（jí）：强健。

㉔大（tài）原：“大原，后魏原州，地在今平凉。”

㉕吉甫：《毛传》：“吉甫，尹吉甫也。有文有武。宪，法也。”宪：楷模。

㉖祉：福祉。《毛传》：“祉，福也。”《诗缉》：“即王之赏赐也。”

㉗御：进献。

㉘炰（páo）鳖：清蒸团鱼。脍鲤：细切鲤鱼。

㉙张仲：《郑笺》：“张仲，吉甫之友，其性孝友。”

【译文】

六月出兵紧急，兵车已经备齐。马匹强壮威武，人人穿起军衣。玁狁来势凶猛，我方边境告急。周王命我出征，保卫国家莫辞。

四匹黑马配好，进退训练有素。正值盛夏六月，做成我军军服。我军军服已成，行军一舍有余。周王命我出征，辅佐天子稳固。

公马四匹高大，宽头大耳威风。只为讨伐玁狁，建立无上功勋。严整肃穆小心，认真对待敌军。认真对待敌军，使我国家安定。

玁狁来势不弱，占据焦获驻防。又犯我镐与方，不久就到泾阳。织有凤鸟纹样，白色大旗明亮。我军兵车十乘，先行冲锋扫荡。

兵车已经驶稳，前后俯仰操纵。公马四匹整齐，整齐而且从容。只为讨伐玁狁，进军太原猛攻。文武双全吉甫，国家榜样英雄。

吉甫宴饮欢喜，接受许多赏赐。从那镐京归来，走了许多日子。设席招待朋友，蒸鳖脍鲤美食。哪些朋友参加，忠孝张仲在此。

【赏析】

《六月》记叙的是周宣王北伐玁狁的事，但其目的是通过对这次战争胜利的描写，赞美宣王时的中兴功臣，也即这次战争的主帅尹吉甫文韬武略、指挥若定的出众才能和堪为万邦之宪的风范。姚际恒《诗经通论》说：“此篇则系吉甫有功而归，燕饮诸友，诗人美之而作也。”

全诗六章，前四章主要叙述这次战争的起因、时间，以及周军在主帅指挥下所做的迅速勇猛的灵活反应。诗的开首，作者就以追述的口吻，铺写在忙于农事的六月里战报传来时，刀出鞘、箭上弦、人喊马嘶的紧急气氛（“栖栖”、“孔炽”、“用急”）。

三章作者转向对周军训练有素、应变迅速的赞叹。以“四骊”之“维则”、“修广”、“其大有颙”的强健，以“我服既成”的及时，“有严有翼，共武之服”的严明及“以奏肤功”的雄心，从侧面烘托出主将的治军有方。

第四章作者用对比之法，先写“玁狁匪茹，整居焦获。侵镐及方，至于泾阳”的凶猛来势；再写车坚马快、旌旗招展的周军先头部队“元戎十乘，以先启行”的军威。一场恶战就要开始，至此，紧张的气氛达到了顶峰。

第五章作者的想象力并没有被时空逻辑的局限所束缚，凌空纵笔，接连使用了三个“既”字（“戎车既安，如轾如轩。四牡既佶，既佶且闲”），描写己方军队以无坚不克之凛然气势将来犯之敌击退至靠近边界的太原，很自然地从战果辉煌的喜悦之中流露出对主帅的赞美和叹服。从紧张的战斗过渡到享受胜利的平和喜悦，文势为之一变，如飞瀑落山，又如河过险滩，浩荡而雄阔。

最末一章，作者从记忆中转回眼前共庆凯旋的欢宴。“来归自镐”是将记忆与眼前之事联系起来，而“我行永久”说明作者也曾随军远征，定国安邦，与有荣焉。然而自己的光荣之获得，又与主帅的领导有关，可谓自豪与赞扬俱在其中。从审美的角度统观全诗，这种以追忆开始，以现实作结的方法，使得原本平淡的描写平添了几分回味和余韵。同时，此诗在行文的节奏上，一、二、三章铺垫蓄势，第四章拔至高潮，第五章舒放通畅，第六章归于宁静祥和，也使诗歌产生了丰富变化的节奏感、灵动感、层次感。

谷　风

佚　名（秦朝）

【原文】

习习①谷风，维风及雨。将②恐将惧，维予与女。将安将乐，女转弃予。
习习谷风，维风及颓③。将恐将惧，置予于怀④。将安将乐，弃予如遗⑤。
习习谷风，维山崔嵬⑥。无草不死，无木不萎⑦。忘我大德，思我小怨。

【注释】

①习习：《郑笺》：“习习，和调之貌，东风谓之谷风。”
②将：《传疏》：“将犹方也。”
③颓（tuí）：暴风由上而下。《毛传》：“颓，风之焚轮者也。”
④置予于怀：《郑笺》：“置我于怀，言至亲己也。”
⑤如遗：《郑笺》：“如遗者，如人行道遗忘物，忽然不省存也。”
⑥崔嵬：山高貌。
⑦无木不萎：《毛传》：“草木无有不死叶萎枝者。”

【译文】

和暖东风微微起，阴雨连绵下不止。当初恐惧危难时，相依只有我和你。如今安乐生活好，你却把我来抛弃。

和暖东风微微起，忽成旋风吹不已。当初恐惧危难时，把我紧紧搂怀里。如今安乐生活好，弃我如丢烂东西。

山口大风刮不停，一直刮过高山顶。地上百草全枯死，山间树木尽凋零。忘了我的大恩情，只把小怨记分明。

【赏析】

从此诗的内容考察，这该是一首被遗弃的妇女所作的诗歌。诗中的女主人公遭到了丈夫遗弃，她满腔幽怨地回忆旧日家境贫困时，她辛勤操劳，帮助丈夫克服困难，丈夫对她也体贴疼爱的情形；但后来生活安定富裕了，丈夫就变了心，忘恩负义地将她一脚踢开。因此她唱出这首诗谴责那只可共患难，不能同安乐的负心丈夫。

诗歌用风雨起兴，这手法同《邶风》中的那篇《谷风》如出一辙，两诗的主题也完全相同，这大概是在风雨交加的时候最容易触发人们的凄苦之情。被丈夫遗弃的妇女，面对着凄风苦雨，更增添了无穷的伤怀愁绪，发出"秋风秋雨愁煞人"的哀叹。

此诗语言凄恻而又委宛，娓娓地叙述被遗弃前后的事实，并不加谴责骂詈的词句，而责备的意思却充分表露，所谓"怨而不怒"，说明主人公是一位性格善良懦弱的劳动妇女。这也反映了几千年以前，妇女就处在被压迫的屈辱境地，没有独立的人格和地位。

前人评此诗说："道情事实切，以浅境妙。末两句道出受病根由，正是诗骨。"

鸳　鸯

佚　名（秦朝）

【原文】

鸳鸯于飞，毕[①]之罗之。君子万年，福禄宜之[②]。

鸳鸯在梁，戢[③]其左翼。君子万年，宜其遐[④]福。乘马在厩[⑤]，摧之秣[⑥]之。君子万年，福禄艾[⑦]之。

乘马在厩，秣之摧之。君子万年，福禄绥⑧之。

【注释】

①毕：罗网。《集传》："毕，小网长柄也。罗，网也。"

②福禄宜之：《通释》："福禄宜之，犹言福禄绥之，宜、绥皆安也。"

③戢（jí）：收敛。《释文》："戢，《韩诗》云：'捷也。'捷其噣（zhòu）于左也。"

④遐（xiá）：长久。《郑笺》："遐，远也。远犹久也。"

⑤厩（jiù）：马棚，泛指牲口棚。

⑥摧（cuò）：铡碎的草。秣（mò）：用来喂马的杂谷。《释文》："刍（chú）也。秣，谷马也。"

⑦艾：养育。《通释》："《尔雅·释诂》：'艾，相也。'艾之谓辅助之。"

⑧绥（suī）：安定。

【译文】

鸳鸯双双轻飞翔，遭遇大小罗与网。好人万年寿而康，福禄一同来安享。

鸳鸯相偎在鱼梁，喙儿插进左翅膀。好人万年寿而康，一生幸福绵绵长。

拉车辕马在马房，每天喂草喂杂粮。好人万年寿而康，福禄把他来滋养。

拉车辕马在马槽，每天喂粮喂饲草。好人万年寿而康，福禄齐享永相保。

【赏析】

此诗出于《诗经·小雅·甫田之什》。对此诗旨义的解释历代主要有两种说法，一是以《毛诗序》为代表，以为"刺幽王也。思古明王交于万物有道，自奉养有节焉。"孔颖达疏进一步解释说："前二章鸳鸯为兴，言交于万物有道奉一物以例余也。后二章又以刍秣之式兴奉养有节。"一是以明代人何楷为代表，谓"以《白华》之诗证之，其第七章曰：'鸳鸯在梁，戢其左翼，之子无良，二三其德。'是诗亦有'在梁'二语，词旨昭然。凡诗言'于飞'者六，其以雌雄连言者，惟'凤凰于飞'及此'鸳鸯于飞'耳。《乘马》二章，皆咏亲迎之事而因以致其祷颂之意。《汉广》

之诗曰：‘之子于归，言秣其马’亦同。”（《诗经世本古义》）清人姚际恒、方玉润也都赞同何说，认为是一首祝贺新婚的诗。相比而言，这一说法更为通达，因为鸳鸯作为匹鸟的文化底蕴与“交于万物有道”没有任何合理的关联。

此诗一、二章以鸳鸯匹鸟兴夫妇爱慕之情。描绘了一对五彩缤纷的鸳鸯，拍动着羽毛绚丽的翅膀，双双飞翔在辽阔的天空，雌雄相伴，两情相依，情有独钟的浪漫爱情画面。在遭到捕猎的危险时刻，仍然成双成对，忠贞不渝，并不是大难临头各自飞。从同甘到共苦两种境遇的转变，进一步展现了鸳鸯高洁的品格，挖掘了鸳鸯独特的禀性，较好地运用了象征的艺术手法，为后面对人物的抒写做了充分的准备。

诗的第三、四章以摧秣乘马，兴结婚亲迎之礼，充满了对婚后生活的美好憧憬。抓住亲迎所用的厩中肥马这一典型细节，引发人对婚礼情景的丰富联想：隆重、热烈、喜庆，并且厩有肥马也反映着生活的富足。这都含蓄地暗示了婚姻美好的客观条件：男女般配，郎才女貌，感情专一，家产丰裕，反映了诗人的婚姻价值观念，也是对理想人生、美好人生的由衷礼赞。

【诗词小贴士】

《诗经》是汉代确立的“五经”之一（《乐经》早已亡佚失传）。贾谊说：“为之称《诗》，而广显道德，以驯明其志。”董仲舒说：“《诗》道志，故长于质。”《毛诗序》中对诗歌抒发志向的作用更有具体的阐述：“诗者，志之所之也。在心为志，发言为诗。情动于中，而形于言。言之不足，古嗟叹之。嗟叹之不足，故咏歌之。咏歌之不足，不知手之舞之，足以蹈之也。……故正得失，动天地，感鬼神，莫近于《诗》，先王以是经夫妇，成孝敬，厚人伦，美教化，移风俗。”汉代学校分为官学和私学两种，其使用的教材有所不同。《诗经》是官学的主要教材之一，也是私学选学教材。

3. 古歌辞赋

离 骚

屈 原（秦朝）

【原文】

帝高阳[1]之苗裔兮，朕皇考[2]曰伯庸。
摄提[3]贞于孟陬兮，惟庚寅[4]吾以降。
皇览揆余初度[5]兮，肇[6]锡余以嘉名：
名余曰正则[7]兮，字[8]余曰灵均。
纷吾既有此内美[9]兮，又重之以修能[10]。
扈江离与辟[11]芷兮，纫[12]秋兰以为佩。
汩[13]余若将不及兮，恐年岁之不吾与[14]。
朝搴[15]阰之木兰兮，夕揽洲之宿莽[16]。
日月[17]忽其不淹兮，春与秋其代序[18]。
惟[19]草木之零落兮，恐美人[20]之迟暮。
不抚壮而弃秽兮，何不改此度？
乘骐骥以驰骋兮，来吾道夫先路！

昔三后[21]之纯粹兮，固[22]众芳之所在。
杂[23]申椒与菌桂兮，岂惟纫夫蕙茝[24]！
彼尧舜之耿介[25]兮，既遵道[26]而得路。

何桀纣之昌披[27]兮，夫[28]惟捷径以窘步。
惟夫党人[29]之偷乐兮，路幽昧以险隘。
岂余身之惮[30]殃兮，恐皇舆[31]之败绩！
忽奔走以先后兮，及[32]前王之踵武。
荃[33]不察余之中情兮，反信谗而齌[34]怒。
余固知謇謇[35]之为患兮，忍[36]而不能舍也。
指九天[37]以为正兮，夫惟灵修[38]之故也。
曰黄昏以为期兮，羌中道而改路！
初既与余成言[39]兮，后悔[40]遁而有他。
余既不难夫离别兮，伤灵修之数化。

余既滋[41]兰之九畹兮，又树蕙之百亩[42]。
畦留夷与揭车[43]兮，杂[44]杜衡与芳芷。
冀枝叶之峻茂兮，愿俟时乎吾将刈[45]。
虽萎绝[46]其亦何伤兮，哀众芳之芜秽[47]。
众[48]皆竞进以贪婪兮，凭[49]不厌乎求索。
羌内恕[50]己以量人兮，各兴心而嫉妒。
忽驰骛[51]以追逐兮，非余心之所急。
老冉冉其将至兮，恐修名之不立。
朝饮木兰之坠露兮，夕餐秋菊之落英。
苟余情其信姱以练要兮，长颇颔亦何伤！
揽木根以结茝兮，贯薜荔之落蕊。
矫菌桂以纫蕙兮，索胡绳之纚纚。
謇吾法夫前修兮，非世俗之所服。
虽不周于今之人兮，愿依彭咸之遗则。

长太息以掩涕兮，哀民生之多艰。
余虽好[52]修姱以鞿羁兮，謇朝谇[53]而夕替。
既替余以蕙纕[54]兮，又申之以揽茝。

亦余心之所善兮，虽九死其犹未悔。
怨灵修之浩荡兮，终不察夫民心。
众女嫉余之蛾眉[55]兮，谣诼[56]谓余以善淫。
固时俗之工巧兮，偭规矩而改错。
背绳墨以追曲兮，竞周容以为度。
忳[57]郁邑余侘傺兮，吾独穷困乎此时也。
宁溘死以流亡兮，余不忍为此态也。
鸷鸟之不群兮，自前世而固然。
何方圜之能周兮，夫孰异道而相安？
屈心而抑志兮，忍尤而攘诟。
伏清白以死直兮，固前圣之所厚。

悔相道之不察兮，延伫乎吾将反。
回朕车以复路兮，及行迷之未远。
步余马于兰皋兮，驰椒丘且焉止息。
进不入以离尤兮，退将复修吾初服[58]。
制芰[59]荷以为衣兮，集芙蓉以为裳。
不吾知其亦已兮，苟余情其信芳。
高余冠之岌岌兮，长余佩之陆离。
芳与泽其杂糅兮，唯昭质其犹未亏。
忽反顾以游目兮，将往观乎四荒。
佩缤纷其繁饰兮，芳菲菲其弥章[60]。
民生各有所乐兮，余独好修以为常。
虽体解吾犹未变兮，岂余心之可惩。

女嬃[61]之婵媛兮，申申其詈[62]予，曰：
“曰鲧[63]婞直以亡身兮，终然夭乎羽[64]之野。
汝何博謇而好修兮，纷独有此姱节[65]！
薋菉葹以盈室兮，判独离而不服。

众不可户说兮，孰云察余之中情？
世并举而好朋兮，夫何茕独而不予听！”

依前圣以节中兮，喟凭心而历兹！
济沅湘以南征兮，就重华而陈词：
“启九辩与九歌兮，夏康娱以自纵。
不顾难以图后兮，五子用失乎家巷。
羿淫游以佚畋兮，又好射夫封狐。
国乱流其鲜终兮，浞又贪夫厥家。
浇身被于强圉兮，纵欲而不忍。
日康娱而自忘兮，厥首用夫颠陨。
夏桀之常违兮，乃遂焉而逢殃。
后辛之菹醢兮，殷宗用而不长。
汤禹俨而祗敬兮，周论道而莫差。
举贤而授能兮，修绳墨而不颇。
皇天无私阿兮，览民德焉错辅。
夫维圣哲以茂行兮，苟得用此下土。
瞻前而顾后兮，相观民之计极。
夫孰非义而可用兮，孰非善而可服！
阽[66]余身而危死兮，揽余初其犹未悔！
不量凿而正枘兮，固前修以菹醢。”
曾歔欷[67]余郁邑兮，哀朕时之不当。
揽茹蕙以掩涕兮，沾余襟之浪浪。

跪敷衽[68]以陈辞兮，耿吾既得此中正。
驷玉虬以乘鹥兮，溘埃风余上征。
朝发轫于苍梧兮，夕余至乎县圃。
欲少留此灵琐兮，日忽忽其将暮。
吾令羲和弭节兮，望崦嵫[69]而勿迫。

路曼曼其修远兮，吾将上下而求索。
饮余马于咸池兮，总余辔乎扶桑。
折若木以拂日兮，聊逍遥以相羊。
前望舒使先驱兮，后飞廉使奔属。
鸾皇为余先戒兮，雷师告余以未具。
吾令凤鸟飞腾兮，继之以日夜。
飘风屯其相离兮，帅[70]云霓而来御。
纷总总其离合兮，斑陆离其上下。
吾令帝阍开关兮，倚阊阖[71]而望予。
时暧暧其将罢兮，结幽兰而延伫。
世溷浊而不分兮，好蔽美而嫉妒。

朝吾将济于白水[72]兮，登阆风[73]而绁马。
忽反顾以流涕兮，哀高丘之无女。
溘吾游此春宫兮，折琼枝以继佩。
及荣华之未落兮，相下女之可诒。
吾令丰隆乘云兮，求宓妃[74]之所在。
解佩纕[75]以结言兮，吾令謇修[76]以为理。
纷总总其离合兮，忽纬繣[77]其难迁。
夕归次于穷石[78]兮，朝濯发乎洧盘[79]。
保厥美以骄傲兮，日康娱以淫游。
虽信美而无礼兮，来违弃而改求。
览相观于四极兮，周流乎天余乃下。
望瑶台之偃蹇兮，见有娀之佚女。
吾令鸩为媒兮，鸩告余以不好。
雄鸠之鸣逝兮，余犹恶其佻巧。
心犹豫而狐疑兮，欲自适而不可。
凤皇既受诒兮，恐高辛[80]之先我。
欲远集而无所止兮，聊浮游以逍遥。

及少康之未家兮，留有虞之二姚。
理弱而媒拙兮，恐导言之不固。
世溷浊而嫉贤兮，好蔽善而称恶。
闺中既邃远兮，哲王又不寤。
怀朕情而不发兮，余焉能忍而与此终古？

索藑茅[81]以筳篿兮，命灵氛[82]为余占之。
曰：“两美[83]其必合兮，孰信修而慕[84]之？
思九州之博大兮，岂惟是其有女？”
卜 ：“勉远逝而无狐疑兮，孰求美而释女？
何所独无芳草兮，尔何怀乎故宇？
世幽昧以昡曜兮，孰云察余之善恶？
民好恶其不同兮，惟此党人其独异！
户服艾以盈要兮，谓幽兰其不可佩。
览察草木其犹未得兮，岂珵[85]美之能当？
苏粪壤以充帏兮，谓申椒其不芳。”

欲从灵氛之吉占兮，心犹豫而狐疑。
巫咸将夕降兮，怀椒糈[86]而要之。
百神翳[87]其备降兮，九疑缤其并迎。
皇剡剡[88]其扬灵兮，告余以吉故。
曰：“勉升降以上下兮，求矩矱[89]之所同。
汤禹俨而求合兮，挚咎繇[90]而能调。
苟中情其好修兮，又何必用夫行媒？
说操筑于傅岩兮，武丁用而不疑。
吕望之鼓刀[91]兮，遭周文而得举。
宁戚之讴歌兮，齐桓闻以该辅。
及年岁之未晏兮，时亦犹其未央。
恐鹈鴂之先鸣兮，使夫百草为之不芳。”

何琼佩之偃蹇兮，众薆然而蔽之。
惟此党人之不谅兮，恐嫉妒而折之。
时缤纷其变易兮，又何可以淹留。
兰芷变而不芳兮，荃蕙化而为茅。
何昔日之芳草兮，今直为此萧艾也？
岂其有他故兮，莫好修之害也！
余以兰为可恃兮，羌无实而容长。
委厥美以从俗兮，苟得列乎众芳。
椒专佞以慢慆兮，樧[92]又欲充夫佩帏。
既干进而务入兮，又何芳之能祗？
固时俗之流从兮，又孰能无变化？
览椒兰其若兹兮，又况揭车与江离？
惟兹佩之可贵兮，委厥美而历兹。
芳菲菲而难亏兮，芬至今犹未沬。
和调度以自娱兮，聊浮游而求女。
及余饰之方壮兮，周流观乎上下。

灵氛既告余以吉占兮，历吉日乎吾将行。
折琼枝以为羞兮，精琼爢[93]以为粻。
为余驾飞龙兮，杂瑶象以为车。
何离心之可同兮，吾将远逝以自疏。
邅吾道夫昆仑兮，路修远以周流。
扬云霓之晻蔼兮，鸣玉鸾[94]之啾啾。
朝发轫于天津兮，夕余至乎西极。
凤皇翼其承旗兮，高翱翔之翼翼。
忽吾行此流沙兮，遵赤水而容与。
麾蛟龙使梁津兮，诏西皇使涉予。
路修远以多艰兮，腾众车使径待。
路不周以左转兮，指西海以为期。

屯余车其千乘兮，齐玉轪[95]而并驰。
驾八龙之婉婉兮，载云旗之委蛇[96]。
抑志而弭节兮，神高驰之邈邈。
奏九歌而舞韶兮，聊假日以媮[97]乐。
陟升皇之赫戏兮，忽临睨夫旧乡。
仆夫悲余马怀兮，蜷局顾而不行。

乱[98]曰：　已矣哉！
国无人莫我知兮，又何怀乎故都！
既莫足与为美政[99]兮，吾将从彭咸之所居[100]！

【注释】

①高阳：古帝颛顼（zhuān xū）的号。传说颛顼为高阳部落首领，因以为号。

②朕：我。先秦之人无论上下尊卑，皆可称朕，至秦始皇始定为帝王的专用第一人称代词。皇考：在位的皇帝对先皇的称呼。

③摄提：摄提格的简称，是古代“星岁纪年法”的一个名称。古人把天宫分为十二等份，分别名之曰子、丑、寅、卯、辰、巳、午、未、申、酉、戌、亥，是为十二宫，以太岁运行的所在来纪年。当太岁运行到寅宫那一年，称“摄提格”，也就是寅年。

④惟：句首语词。庚寅：古人以干支纪日，指正月里的一个寅日。

⑤皇：指皇考。览：观察，端相。揆：估量、测度。初度：初生之时。

⑥肇：借为“兆”，古人取名字要通过卜兆。

⑦则：法。屈原名平，字原，正则隐括“平”字义。

⑧字：用作动词，即起个表字。

⑨内美：指先天具有的高贵品质。

⑩修能：杰出的才能，这里指后天修养的德能。

⑪辟：同“僻”，幽僻的地方。

⑫纫：联缀、编织。

⑬汩：水流迅速的样子，比喻时间过得很快。

⑭与：等待。“不吾与”，即“不与吾”，是否定句宾语提前句式。

⑮搴（qiān）：楚方言，拔取。

⑯宿莽：楚方言，香草名，经冬不死。朝、夕是互文，言自修不息。

⑰日月：指时光。

⑱代序：代谢，即更替轮换的意思，古“谢”与“序”通。

⑲惟：思。

⑳美人：作者自喻。

㉑三后：指楚国历史上的三位贤王熊绎、若敖、蚡冒。

㉒固：本来、当然。

㉓杂：犹言“纷”，众多的意思。

㉔茝（chǎi）：同“芷”。

㉕耿介：光明正大。

㉖道：正途，指治国正道。

㉗猖披：狂乱放荡。

㉘夫：犹“彼”，代指桀纣。

㉙党人：结党营私之人。

㉚惮：害怕。

㉛皇舆：帝王的乘车，比喻国家。

㉜及：追随的意思。

㉝荃（quán）：香草名，亦名“荪”，喻指楚怀王。

㉞齌（jì）：用急火煮食物。

㉟謇謇（jiǎn）：直言的样子。

㊱忍：忍受。

㊲九天：古说天有九层，故说九天。

㊳灵修：指楚怀王。

㊴成言：成约，彼此说定的话。

㊵悔：反悔。

㊶滋：培植。

㊷百亩：也是栽种得多的意思。

㊸畦：《说文》："田五十亩曰畦。"这里作种植用。留夷、揭车均为香草名。

㊹杂：间种。

㊺刈：割、收获。

㊻萎绝：枯萎黄落，这里比喻所培养的人被摧残。

㊼芜秽：本义指田地长满杂草，这里比喻所培养的人变节。

㊽众：指群小，楚国的腐朽贵族。

㊾凭：满，楚方言。

㊿恕：宽恕。

51驰骛：狂奔乱跑。

52好：喜欢。一说为衍文（见姜亮珍《屈原赋校注》引臧庸《拜经日记》）。

53谇（suì）：谏。

54蕙纕：以蕙草编缀的带子。

55蛾眉：喻指美好的品德。

56谣诼（zhuó）：楚方言，造谣诽谤。

57忳（tún）：忧愁、烦闷，副词，作"郁邑"的状语。

58初服：未入仕前的服饰，喻指自己原来的志趣。

59芰（jì）：菱叶。

60弥章：更加显著。章：同"彰"，显著。

61女媭（xū）：传说为屈原的姊。

62申申：反反复复。詈：（lì）：骂。

63鲧（gǔn）：禹的父亲。

64羽：羽山。传说一般都认为鲧治水失败而被杀。韩非却认为因鲧直谏尧而被杀。

65姱节：美好的节操。

66阽（diàn）：接近危险的意思。

67歔欷：（xī xū）欷歔也写作唏嘘。叹息声；抽咽声。

68敷：铺。衽（rèn）：衣襟。

69崦嵫：神话中山名，日落之处。

70帅：率领。

⑺阊阖：天门，楚人称门为阊阖。

⑻白水：神话中水名，源于昆仑山，饮后不死。

⑼阆风：神话中山名，在昆仑山上。

⑽宓（fú）妃：相传为伏羲氏之女，溺死于洛水，遂成为洛水女神。

⑾佩纕：指佩带的饰物。纕，佩用的丝带。

⑿蹇修：正直贤善之人，是作者虚拟的人物。

⒀纬繣（huà）：乖戾。

⒁穷石：神话中山名，相传为后羿所居之处。这句是说宓妃与后羿淫乱。

⒂洧（wěi）盘：神话中水名，源于崦嵫山。

⒃高辛：帝喾（dì kù）的别号。

⒄藑（qióng）茅：一种可用于占卜的草。

⒅灵氛：传说中的神巫名，善占卜。

⒆两美：指明君贤臣。

⒇慕：与“占”押韵，闻一多《楚辞校补》认为是“莫念”的误合，“念”字去上部，仅余下部“心”，故二字误合作“慕”。译文从之。

㉑珵（chéng）：美玉。

㉒糈（xǔ）：精米。这里椒、糈都是享神的用物。

㉓翳（yì）：遮蔽。

㉔剡剡（yǎn）：闪闪发光的样子。

㉕矱（huò）：量长度的工具。矩矱：喻指法度。

㉖咎繇：即皋陶，禹之贤臣。

㉗鼓刀：鸣刀、钢（gàng）刀。相传吕望未发迹时曾在朝歌做屠夫。

㉘榝（shā）：恶木名，即木本植物食茱萸。此指食茱萸所结的籽，味辛辣。

㉙琼靡（mí）：玉屑。

㉚玉鸾：玉铃，形如鸾鸟。

㉛玉轪（dài）：车毂端的冒盖。

㉜委蛇：迎风舒展的样子。

㉝媮：同“愉”。

㉞乱：乐曲的卒章称乱，也就是尾声的意思。从文章方面讲，乱，理也。篇

章既成，撮其大要，称乱辞。

⑲美政：指屈原的政治理想和主张。

⑩从彭咸之所居：即从彭咸于地下的意思，钱果之《离骚集传》："犹言相从古人于地下也。

【译文】

我是古帝高阳氏的远末子孙啊，
伯庸是我已故去的尊敬的父亲。
当太岁在寅的寅年寅月，
就在庚寅那一天我出生降临。
我的父亲仔细揣度我的生辰啊，
通过占卜才赐给我相应的美名。
给我起名叫正则啊，
给我取字叫灵均。
我既有许多内在的美质啊，
同时又有优秀的才能。
我身披幽香的江离白芷啊，
又佩戴上串串秋兰浓郁芳芬。
时光流逝我唯恐赶不上啊，
岁月不等人啊令人担心。
早晨我爬上山顶采拔木兰花啊，
黄昏我采摘宿莽来到水洲江滨。
时光一刻也不停留啊，
春去秋来四季往复交替更新。
想起那草木在秋风中飘落凋零啊，
自己也要老了的忧虑凄然而生。
如不趁年华正好的时节扬污去垢啊，
为什么还不改变自己爱美的本性？
乘上骏马放开四蹄奔驰啊，

来，我甘愿做开路先锋。

古时三位圣君纯正完美啊，
因此众贤臣都聚集在他们身旁。
他们把申椒和菌桂全都采集啊，
岂只把蕙草白芷编织独赏其芳？
那唐尧虞舜是多么光明正大啊，
遵循治国之道使国家昌盛兴旺。
那夏桀殷纣是多么狂乱放荡啊，
只贪小路弄得寸步难行迷失方向。
那些小人苟且偷安迷恋享乐啊，
致使国家前途黑暗危险毫无希望。
我哪里是害怕自己遭受祸殃啊，
实在是担心国家的盛衰兴亡。
我不停地在你前后左右奔走啊！
希望你把先王的事业继承发扬。
君王啊你不体察我的一片忠心，
反相信谗言对我发怒冷若冰霜。
我本来知道忠直会招来祸患啊，
我宁忍受祸患也决不停止直谏！
我对高高的苍天发誓啊，
这一切都是为了你的缘故。
当初你已经与我有约定啊，
可后来又反悔另有打算。
我不是害怕离你远去啊，
伤心的是你屡变无定见。

我曾培植了大片春兰啊，
又栽种了百多亩的蕙草。

留夷揭车种了一畦又一畦，
还间种了杜衡芳芷等众多香草。
本希望它们长得枝繁叶茂啊，
到时候我就将它们收获。
花谢草枯我并不感到伤心啊，
伤心的是他们中途变质。
众小人都拼命地往上爬啊，
已捞取了许多还钻营不止。
他们宽恕自己却猜疑别人啊，
一个个钩心斗角满心嫉妒。
到处钻营奔走争权夺利啊，
这一切我都不屑一顾。
眼见垂老之年渐渐来临啊，
我深怕美名不能树立。
早上我啜饮木兰花上的露滴啊，
晚上我采初开的秋菊花充饥。
只要我情操真正美好精诚专一啊，
就是长受清贫又有什么可悲泣？
拿起木根系上棵棵白芷啊，
再穿一串初开的薜荔。
举起菌桂拴上棵棵蕙草啊，
把胡绳编成绳又长又美丽。
啊，我效法那前代的贤人啊，
可这并不是世俗人们的服饰。
虽然这不合今人的习惯啊，
那么我宁愿像彭咸清白而死！

止不住的叹息擦不干的泪水啊，
可怜人生道路多么艰难不顺利。

我虽然爱好高洁又严于律己啊，
但早上进献忠言晚上就被废弃。
既然因为我佩戴美蕙而遭斥退啊，
但我还要加上芳香的白芷。
爱慕芳草是我内心的信念啊，
虽九死也绝不悔恨停止。
怨只怨君王是这般放荡糊涂啊，
始终不理解人家的心意。
众美女嫉妒我的娇容丰姿啊，
说我善淫大肆散布流言飞语。
本来时俗之人就善于取巧啊，
违背法度把政令改变抛弃。
他们背弃正道而追求邪曲啊，
争相把苟合求容当做法则规律。
忧愁、抑郁、烦恼我是这样失意啊，
只有我被困厄在这不幸的世纪。
宁愿立即死去变成游魂孤鬼啊，
我也不忍心以媚态立足人世。
凶猛的鹰隼不与众鸟同群啊，
自古以来就是如此。
方和圆怎能互相配合啊，
不同道的人怎能相安相处？
暂且委屈压抑一下自己的情怀啊，
忍受承担起那耻辱和编造的罪过。
怀抱清白之志为正义而死啊，
本来就是前代圣贤所嘉许的。

悔恨当初没有把道路看清楚啊，
现在停下来我准备往回返。

掉转我的马头把车赶上原路啊，
趁在迷途上还没走出太远。
让马儿在长满兰草的水边漫步啊，
再奔向椒丘暂且在那儿休息。
入仕为官不被信用反获罪过啊，
只好退身重整我当年的旧衣。
用芳洁的荷叶裁制上衣啊，
用芬芳的荷花缝制裙裳。
没有人理解我也就算了吧，
只要我的内心真正高尚。
头上戴着高高的高山冠啊，
长长的佩带我系在腰上。
芳草和美玉聚集我一身啊，
峻洁的美质无一丝损伤。
忽然回过头来纵目四望啊，
我打算去周游天下四方。
佩戴着五彩缤纷的佩饰啊，
香气阵阵分外浓郁幽香。
人们都各有自己的爱好啊，
我独爱好修饰习以为常。
即使粉身碎骨也不改变啊，
我的心岂能因害怕而改样！

女媭气喘吁吁地长叹，
她絮絮叨叨把我指责。
她说：“鲧太刚直不顾性命，
终于被杀死在羽山荒野。
你何必事事直言又爱好高洁，
独自保有这美好的节操？

杂花野草堆满整整一屋啊，
你却与众不同不肯佩用。
众小人不可以理喻啊，
又有谁理解咱们的心情？
世俗小人互相吹捧结党营私啊，
你为何孤傲不群连我的话也不听？”

遵循先圣的法则不偏不倚啊，
可叹我心怀愤懑至今不平。
渡过沅水湘水奔向南方啊，
向舜帝重华陈述自己的衷情：
“夏启上天带回《九辩》《九歌》啊，
他从此放纵自己恣意欢乐。
不计后果也不考虑前途啊，
他的五个儿子只图安逸招来大祸。
后羿纵情地游乐畋猎啊，
又专门爱把大狐狸射。
本来淫乱之徒就少有好的结果啊，
寒浞贪恋他的妻子终占了他的窝。
寒浇自恃身强多力气啊，
放纵情欲不知节制自我。
天天寻欢作乐忘乎所以啊，
他的脑袋因此被砍落。
夏桀违背治国的正道啊，
于是身死国灭而遭逢大祸。
殷纣王残害忠臣贤良啊，
商朝因此不能长久享国。
成汤夏禹谨慎畏天敬贤啊，
周文王讲究治国正道没差错。

提拔贤良选用有才能的人啊，
不偏不倚遵循一定规矩法则。
皇天公正无私心啊，
看谁有德就辅佐谁。
只有圣明德行美好的人啊，
才能够享有这天下。
看看历史再看看现在啊，
观察一下人们衡量事物的标准。
看有谁不义而可以被任用啊，
看有谁不善而可以得到民心。
尽管我面临着死亡的危险啊，
可回想起我的初衷并不悔恨。
不度量好凿孔就硬装木柄啊，
这正是前代贤人遭祸的原因。”
我止不住的悲泣心中烦闷啊，
可怜我命运多舛生不逢辰。
拿起柔嫩的蕙草擦拭眼泪啊，
泪水涟涟沾湿了我的衣襟。

我展开衣襟跪地诉说衷情啊，
很清楚我已经获得中正之道。
驾起白龙乘上凤车啊，
乘长风我急速向天空飞去。
早晨我从苍梧山出发啊，
晚上我已到达昆仑山的悬圃。
本想在神灵住处稍作停留啊，
怎奈落日匆匆天将暮。
我令羲和止鞭停车啊，
不要向崦嵫山急忙靠近。

前面的道路又长又远啊，
我将上天下地寻求知音。
让白龙马在咸池饮水啊，
把马缰绳系在扶桑树上。
折一枝若木枝阻挡太阳啊，
让它暂且在这里自由徘徊。
命望舒在前面为我开路啊，
令飞廉在后面紧紧跟上。
凤凰在前面为我戒备啊，
雷师却告诉我未备全行装。
我命令凤凰高高飞腾啊，
日夜兼程不停飞行。
旋风聚集紧相追随啊，
率领着云霞彩虹前来相迎。
云霓乱纷纷忽离忽合啊，
色彩斑斓上下飘忽翻腾。
我让天帝的门卫把天门打开啊，
他却倚着天门看着我一动不动。
天色昏暗时间已晚啊，
我系结着幽兰站在门外久等。
世道混浊善恶不分啊，
总喜欢掩盖美好嫉妒贤能。

明早我将渡过白水啊，
登上阆风把马拴在山上。
忽然回头四望不禁潸然泪下啊，
可叹这高山上没有美丽的女郎。
我匆匆来到春宫一游啊，
折几枝玉树枝增添佩饰。

趁着玉树花还没凋落啊，
看可送给下界哪个女子。
我令丰隆驾起云车啊，
去寻找宓妃的闺门。
解下佩囊装上书札啊，
让蹇修做我的送信人。
她态度暧昧让人捉摸不定啊，
忽然间变得乖戾理也不理。
晚间她回到穷石山过夜啊，
清晨又到洧盘把头发梳洗。
她依仗自己的美色满身傲气啊，
整日里寻欢作乐放荡不羁。
她虽然美丽但太不懂礼节啊，
算了吧，丢开她我另去寻觅。
我纵目环望四面八方啊，
遍游了天上我又回到大地。
远望高耸云天的玉台啊，
看见了有娀氏的美女简狄。
我让鸩鸟去做媒啊，
它欺骗我说她不好。
雄鸠边飞边叫能说会道啊，
我又嫌它巧而不实太轻佻。
我心犹豫拿不准主意啊，
想亲自登门又不合礼仪。
凤凰既然送去了聘礼啊，
又怕帝喾捷足先登把她娶。
想远走高飞可又无处去啊，
只好暂且四处闲逛自乐自娱。
趁着少康还没有娶妻成家啊，

有虞氏还留着两位待嫁娇女。
送信人无能媒人也太笨啊，
恐怕不能把话传达清楚。
这世道太混浊嫉恨贤能啊，
总喜欢隐人长处揭人短处。
闺房是那样深远啊，
明智的君王又不醒悟。
我满怀真情不得倾诉啊，
我怎么能永远忍受下去！

拿出筵草和占卜的竹片啊，
请灵氛给我卜个卦。
我说："郎才女貌一定会结合啊，
谁真正美好而无人思恋他？
想天下是这样广大啊，
难道只有这里才有美女娇娃？"
灵氛说："劝你远走高飞不要再迟疑啊，
哪有寻求娇客的人会把你丢下？
天底下哪里没有芳草啊，
你何必苦苦恋着故土老家？
世道黑暗使人惑乱眼花啊，
谁又能分辨咱们的善恶高下？
人们的好恶原本就不一样啊，
只是这些小人更古怪得可怕。
他们把野草艾蒿挂满腰间啊，
却说芳香的兰草不可佩挂。
他们连草木都分辨不清啊，
又怎能把美玉鉴赏评价？
取来粪土塞满荷包啊，

反说申椒不香气味差。”

想信从灵氛的吉卦啊，
可心里犹豫决心难下。
巫咸将在今晚降神啊，
我备好香椒精米去邀请他。
众神遮天盖地一齐降临啊，
九疑山诸神纷纷前来接驾。
神光闪闪显示着灵异啊，
巫咸告诉我君臣遇合的古话。
说：“努力上天下地去寻找啊，
去寻找政治主张一致的同道。
夏禹商汤认真访求贤臣啊，
终找到伊尹皋陶君臣协调。
如果你内心真正美好啊，
又何必托媒人去作介绍？
傅说在傅岩操筑垒墙啊，
武丁重用他毫不疑惑。
吕望在朝歌曾做过屠夫啊，
碰上周文王被举用位显官高。
宁戚夜半喂牛叩角高歌啊，
齐桓公听了请他辅佐当朝。
趁着你年岁还没有衰老啊，
还有充足的时光施展怀抱。
怕只怕杜鹃叫得太早啊，
到那时使百花凋零香消。”
为什么玉佩那么高贵美好啊，
众人埋没它不让它光彩四耀？
这些小人根本不讲诚信啊，

都嫉妒它要把它摧残毁掉。
时世纷乱变化无常啊，
久留这里又有何必要？
兰草白芷都变得失去了馨香，
荃草蕙草也都变质化为茅草。
为什么往日的香花芳草啊，
今日里全都成了野艾臭蒿。
难道是有别的什么缘故吗？
不好修洁是它们的祸根殃苗！
我本以为兰草可以依靠啊，
谁知它华而不实徒有其表。
抛弃了它的美德追随世俗啊，
挤进群芳的行列硬充芳草。
椒兰专横谄谀傲慢狂妄啊，
榇籽又要钻进香囊冒充香料。
既然一心钻营往上爬啊，
又怎能振发香气芬芳四飘？
本来世道习俗就是上行下效啊，
又有谁能够不发生变异？
看椒兰都变成了这样啊，
更何况是揭车和江离？
只有我的佩饰可宝贵啊，
它的美质却一直被抛弃。
但它香气浓郁丝毫不减啊，
芬芳的清香至今没有消失。
步伐和着玉佩的节拍自取乐啊，
我姑且浪游四方再把美女寻觅。
趁着我的佩饰正当盛美啊，
我上天下地四处观察游历。

灵氛告诉我占卜的吉像啊，
选择一个好日子我将远行。
折几枝玉树枝当做菜肴啊，
把美玉磨成细屑作为干粮。
替我把飞龙驾起啊，
用美玉象牙把车子镶嵌。
不同心的人怎么可以共处啊，
我将主动疏远你远走他乡。
把我的行程转向昆仑山啊，
道路是那么遥远而漫长。
高扬的云旗遮天蔽日啊，
车上的玉铃叮咚作响。
清晨从天河渡口出发啊，
晚上我就到了遥远的西方。
凤凰展翅高举着龙旗啊，
整齐地在高空翻飞翱翔。
转眼我来到一片沙漠啊，
沿着赤水河我从容不迫。
指挥蛟龙在渡口架起桥啊，
命令西皇少皞帮我渡过河。
路途遥远而又艰险啊，
传令众车让他们侍卫在两侧。
路过不周山向左转啊，
遥指西海那才是我期望的天国。
集合起我的千辆车乘啊，
一排排整齐的玉轮并驾飞行。
驾起八龙蜿蜒前进啊，
车上的云旗迎风飘动。

旗子卷起车儿停下啊，
我的精神仍在高飞驰骋。
奏起《九歌》舞起《九韶》啊，
且借这点时光把精神放松。
太阳冉冉东升一片光明啊，
突然间瞥见下面的故乡家园。
仆夫悲伤马儿也伤心啊，
缩身回头恋恋不肯向前。

尾声：
算了吧！
国无贤良没人理解我啊，
我又何必思恋着故乡？
既然没人能与我推行美政啊，
我将要以彭咸作为榜样！

【赏析】

《离骚》是一篇宏伟壮丽的政治抒情诗，是屈原的代表作，它的出现代表了“楚辞”的最高艺术成就，在我国诗歌史上占有重要地位。关于诗题《离骚》的解释，历来不尽一致。司马迁《史记·屈原贾生列传》说：“离骚者，犹离忧也。”他释“骚”为“忧”，于“离”字无解。

班固《离骚赞序》说：“离。犹遭也骚。忧也。明己遭忧作辞也。”东汉王逸《楚辞章句》则解释说：“离，别也骚，愁也。”他认为离骚，就是离别时愁苦的意思。班固和王逸的解释在诗中均可找到根据，然而都难以概括全篇的内容。所以近人又进一步考证出“离骚”乃是“劳商”的异写，“劳商”是楚地古乐曲名。以乐曲名篇在楚辞中还有《九歌》《九辩》等，所以这个说法也可备一说。

《离骚》的写作时期，人们的认识也不一致。有人谓作于屈原前期楚怀王时，有人认为作于屈原再放江南时的顷襄王时期，还有人说是初稿于前期完成于后期。从《离骚》所反映的内容看，以作于楚怀王时代的说法较为可信。如作品中说：“及年岁之未晏兮，时亦犹其未央”，“老冉冉其将至兮”，“及余饰之方壮兮”，“不抚壮而弃秽兮”，都说明他当时在壮年。另外，司马迁、刘向、班固、王逸、应劭等人都说作于楚怀王时期，他们的说法当是可靠的。

《离骚》是屈原生平思想最深刻的写照。这首长诗充分表达了诗人那种对美的坚持不懈的追求精神，对祖国深厚的爱恋之情。屈原是我国诗歌国度的一颗巨星，可以说是诗歌的鼻祖。他在我国诗歌史上，是无数后继者所仰慕的风范。他的不朽之作——《离骚》，震古烁今，千百年来深深地震撼着人们的心灵，成为我国诗歌史以至世界诗史上，最为激动人心而具有“永久的魅力”的篇章。

伟大、优秀的艺术，都来自其永恒的生命力，自是美的无尽藏。歌德说：“优秀的作品无论你怎样探测它，都是探不到底的。”是的，多少年来人们读《离骚》，人们认识它，分析它，开掘它，只要是一个态度严肃者，真正的渴求者，就不会空手而返。它给人以“真”的启迪、“善”的激励、“美”的享受。它是那样完美而丰富，古老而常新，“逸响伟辞，卓绝一世”，“衣被词人，非一代也。”

“离骚者，犹离忧也”，这是司马迁对《离骚》题义的解释。《离骚》正是诗人蕴藏着满腔爱国激情，饱含着血泪写成的一首悲伤怨愤之歌，读之令人摧肝裂胆，撼人心魄。

《离骚》一诗都认为难读，这除了南楚的方言、历史、神话、风物带来的某些理解上的障碍之外，主要由于全诗感情回环激荡，反反复复，脉络不易掌握。诚然，《离骚》是一首规模宏伟的长诗，凡二千四百七十七言，三百七十三句（从洪氏说删去“曰黄昏以为期，恙中道而改路”二句），它既是一首自叙传性的长篇政治抒情诗，而又带有某些神话色彩和事件叙写以及情节因素。因此，对于《离骚》一诗，我们要先从整体上进行把握，才有可能深入到它的思想、艺术深处，发掘出它深邃的思想和伟大的艺术创造。

《离骚》包含了诗人自己的某些生平经历，从而说它带有自叙传的性质，但它又具有大量的超现实的描写，在自我形象中渗入了浓重的神话因素。诗中的构思，具有某些情节性，但也并非是客观的、真实生活经历的叙写，而完全是主观想像的飞腾。这一切都说明长诗《离骚》是一篇浪漫主义的抒情之作，而不像有人所理解的那样是一篇自传体的叙事诗。

《离骚》长诗中的“情”，也就是司马迁所说的“怨”情，更确切地说就是一股忠怨之情。诗人处在战国时期新旧交替的激烈变化时代，他的父母之邦，他所热爱的祖国，原本是一个强大富庶的国家，在群雄并峙之中，曾居于盟主地位，有着统一天下的诸多条件。但自楚悼王变法失败以后，国政受旧贵族的把持，日非一日。至屈原所生活的怀王时期，由于内政不修，外有强秦压境，已处于岌岌可危的地步。

屈原是一位“博闻强志，明于治乱”的政治家，是个有理想、有远见和刚正不阿的爱国志士。他出于对祖国命运的担忧，满怀忠贞之志，企图革新政治，振兴楚国。但他的一片赤忠之心，却不能得到理解。最初他曾一度受到楚王的信任，担任左徒要职，推行新政；谁料正当他忠心耿耿，报效祖国之际，却因为触犯了旧贵族的利益，而谣诼蜂起。最使他感到哀怨愤怒的，是他目睹祖国的日趋危亡，而自己却被剥夺了报效祖国的机会，“岂余身之惮殃兮，恐皇舆之败绩”，“闺中既已邃远兮，哲王又不寤”。做为一个“忠而被谤”，爱国获罪，眼看祖国濒临险境而又“救国无门”的人，此时，诗人的感情犹如火山爆发，铸就这篇积忿幽深、摧人肝胆的长篇诗作——《离骚》。

忠怨之情是长诗《离骚》的一条主线，而从全诗结构上看，则可以分为两大层次，即从开篇到“岂余心之可惩”，可以视为诗篇的前半部分，这一部分主要写诗人矢志报国，高洁自守所遇到的矛盾和不公正的待遇，充分表现了抒情主人公与楚国黑暗现实的冲突；从女媭的责难至篇末，则主要写诗人遭到迫害以后，继续求索的精神和所引动起来的内心冲突，以至于最后的抉择。从艺术手法来说，前半部分虽然也有艺术夸张，并运用了多种象征手法，但基本上是诗人现实生活的经历，是实写；而后半部分，则主要把炽烈的感情化为超现实的想像，是诗人的心路历程，表现了一个苦闷的灵魂，上天下地的求索精神，是虚写。

长诗《离骚》的开端新其独特。诗人首先以十分庄重而自矜的口吻，自叙了高贵的出身，奇异的生日，以及由于父亲对自己莫大期望而赐予的“美名”。前人分析说：“首溯其本及始生之月日而命名命字，郑重之体也。”（清顾天成《离骚解》）诚然，开篇起始的八句，感情是很肃穆的，含蕴是深邃的。他强调自己与楚王同宗共祖（“帝高阳之苗裔”），意在表明自己对楚国的兴亡负有义不容辞的责任，同时也为他的至死不能去国埋下了伏线。接着诗人表白了自己的品德、才能和理想，并以万分急迫的心情表达了自己献身君国的愿望。

“汩余若将不及兮，恐年岁之不吾与。”这是对自己的。他担心时光飞逝，自己无法为国家做成事业。因此他不满足于先天的“内美”，还“重之以修能”，朝夕充实、提高自己，以便奉献于祖国。“日月忽其不淹兮，春与秋其代序。惟草木之零落兮，恐美人之迟暮。”这是对楚王（“美人”）。他担心楚王不能及时奋进，耽误了楚国的前途。两个“恐”字，充分表达了诗人对国事的危机感，特别是诗人为祖国的前途而焦虑，为祖国的命运而担忧的急迫心情。他寄希望于楚王，他劝导楚王“抚壮而弃秽”，愿为楚王“导夫先路”，希望日益衰败的楚国，重新振兴，恢复到开国盛世的那种局面：“岂余身之惮殃兮，恐皇舆之败绩。忽奔走以先后兮，及前王之踵武。”

但是，诗人的这一片赤忠之心，没有得到应有的理解和支持。相反的却因触犯了守旧贵族的利益，招来了沉重的打击和迫害。诗篇展现了楚国社会的一片让人窒息，令人愤慨的图景。楚王昏庸不察，信谗多变（“荃不察余之中情兮，反信谗而怒”，“初既与余成言兮，后悔遁而有他”）；“群芳”（培植的人才）随风转舵，堕落变质（“虽萎绝其亦何伤兮，哀众芳之芜秽”）；朝廷群小“贪婪”、“嫉妒”，蔽美称恶，无所不为。黑暗的现实构成了“历史的必然要求”与诗人的爱国理想“不可能实现”的悲剧性的冲突。诗人感到了极大的苦闷、孤独、愤懑，以至强烈的失望。但诗人坚决不屈，在诗篇中他反复申说了对自己的理想、信念和人格操守至死而不悔的决心：“亦余心之所善兮，虽九死其犹未悔”，“宁溘死以流亡兮，余不忍为此态也”，“民生各有所乐兮，余独好修以为常；虽体解吾犹未变兮，岂余心之可惩”。诗人是要誓死坚持自己的理想和信仰，誓死保持自己人格的清白的。

黑暗的现实、巨大的苦闷，迫使诗人由现实进入到了幻境。“路曼曼其修远兮，吾将上下而求索”，从而全诗转入了第二部分。女媭用“婞直以亡身”的历史悲剧来规劝他，劝他放弃执守，与世浮沉。这与诗人“依前圣以执中”的坚持真理的态度是矛盾的，实际也否定了诗人既往斗争生活。这一内心冲突是激烈的，这个矛盾怎样解决呢？他需要历史的反思，需要公平的仲裁。于是他借“就重华而陈词”，重温了夏、商、周历代的兴亡史，并以壮烈的心情回顾了前朝那些为正义而斗争者的命运。这种再认识不仅增强了他原有的信仰和信念，同时更激发起他继续奋斗的勇气和宁死不悔的壮烈胸怀：“瞻前而顾后兮，相观民之计极。夫孰非义而可用兮，孰非善而可服？阽余身而危死兮，览余初其犹未悔。不量凿而正枘兮，固前修以菹醢。”

诗人战胜了世俗的诱惑，他的内心世界获得暂时的平衡，于是他在新的认识的基础上，满怀激情地进行了新的“求索”。这样，诗篇又展现了一个再生的灵魂为实现理想而顽强追求的动人情境。诗中写他不顾天高路远，驾飞龙，历昆仑，渡白水，登阆风，游春宫，上叩天门，下求佚女，他在求索什么呢？他要唤醒楚王，他要挽救国运，他要寻求再次献身于祖国事业的机会。但楚国的现实太过黑暗，他遭到了冷遇、戏弄，结果以困顿、失望而告终：“世溷浊而嫉贤兮，好蔽美而称恶。闺中既已邃远兮，哲王又不寤。”诗人完全陷入到绝望的悲哀之中：“怀朕情而不发兮，余焉能忍与此终古！”诗人本是把自己的命运完全与祖国贴在一起的，他赤忠为国，但却“方正而不容”，那么他还有什么出路呢？出路是有的，那就是去国远逝，去求得自身安全和前途。这无论从当时“楚材晋用”的风习上看，还是从诗人主观的才能和现实处境上看，似乎都是可以理解的。于是出现了第二、第三个诱惑。

“索藑茅以筳兮，命灵氛为余占之”。占之的结果是告诉他在楚国已无出路可言，劝他离开是非颠倒的楚国，去寻求自己的前途。“思九州之博大兮，岂唯是其有女？曰：勉远逝而无狐疑兮，孰求美而释女？何所独无芳草兮，尔何怀乎故宇”？重大的抉择让诗人犹豫不定，使他“欲从灵氛之吉占兮，心犹豫而狐疑”。于是又出现了巫咸的劝说，巫咸不但同样劝他出走，而且还以历史上贤才得遇明主的事例，启发他趁年华未晚而急于成行：“及年岁之未晏兮，时亦犹其未央。恐鹈之先鸣兮，使夫百草为之不芳！”女媭的忠告、灵氛的劝说、巫咸的敦促，既代表了当时的世俗人情之见，无疑也是诗人在极度彷徨苦闷中内心冲突的表现，也就是坚定或动摇两种思想斗争的形象化。屈原要把自己思想感情考验得更坚定，就得通过这种种诱惑。

诗人因此假设自己姑且听从灵氛的劝告，“吾将远逝以自疏”，决心去国远游。可是正当他驾飞龙、乘瑶车奏《九歌》、舞《韶》舞，在天空翱翔行进的时候，忽然看到了自己的故乡楚国。也就是看来一切矛盾、冲突行将结束的时候，一切又都重新开始：是就此远离开这黑暗的已无希望的祖国呢，抑是仍无希望地留下来？诗人深沉的爱国情志再次占据上风，“仆夫悲余马怀兮，蜷局顾而不行”，诗人终于还是留下来了。他明知道楚国的现实是那么黑暗，政治风浪是那么险恶，就算诗人吃尽了苦头，也不能离开他灾难深重的祖国，哪怕是出于幻想也不能离开。

这样，诗人又从幻想被逼入了现实，悲剧性的冲突不可逆转地引导出悲剧性的结局。他热爱楚国，但楚王误解他，不能用他，楚国的小臣又凶狠地迫害他；他想离开楚国，这又与他深厚的爱国感情不能相容。看来，只能用死来殉他的理想了。

诗人屈原高标着“美政”的理想，怀着“九死不悔”的壮烈献身精神，经受着严酷的政治斗争和自我斗争的磨练。屈原的一生是极其不幸的，他蒙冤受屈，赴告无门，而最终以自沉结束了生命。但洋溢在长诗《离骚》中的整个感情却并不悲观，也不单纯是悲哀。它表现的是正义压倒邪恶，庄严压倒恐怖，美压倒丑；它所表现的是“伏清白以死直”，“九死而不悔”的刚毅不屈精神，是探索、是苦苦的追求。《离骚》中那些发自肺腑的昂扬诗句，会让每一位读者感受到一股不能自已的激越、崇高的感情和悲壮的英雄气概，这也正是长诗《离骚》的又一鲜明的美学特征。

《离骚》高超、独创性的艺术表现手段使全诗更具美感。诗人艾青在其《诗论》中说："一首诗必须具有一种造型美，一首诗是一个心灵的活的雕塑。"《离骚》为我国文学开辟了一个新的传统，成为我国古代积极浪漫主义文学创作的典范。这是就长诗《离骚》总的创作方法和宏观结构而言的。而就其诸多的具体表现手法来看，长诗《离骚》也有着多方面的新颖创造。如他发展了《诗经》以来的"比兴之义"，以香花美草作为抒情主人公的情志节操的象征，令读者如睹其崇高圣洁之姿，如闻其道德之芳香。

长诗《离骚》是一首政治抒情诗，但诗人却不时借用男女情爱的心理来表达自己的希望与失望，坚贞与被嫉，苦恋与追求。屈原的悲剧是政治的悲剧，但他对君国的忠诚哀怨眷恋之情，用爱情来比喻，用爱情心理来刻画，显得更为曲折尽致，深微动人。诗人抓住香花异草、佳木美林、男女情爱本身所具有的丰富美学内涵，来美化抒情主体的形象和性格，从而使全诗的风格更为绚美奇丽，美轮美奂。

易水歌

荆　轲（战国）

【原文】

风萧萧①兮，易水②寒，壮士一去兮，不复还。

探虎穴兮，入蛟宫，仰天呼气兮，成白虹。

【注释】

①萧萧：指风声。

②易水：指水名，源出河北省易县，是当时燕国的南界。

【译文】

风萧萧地响着把易水岸边吹得很冷，壮士去了就再也不回来了。刺杀秦王就像是到虎穴到龙宫一样危险啊，但是我们的英雄英勇的气概，连仰天吐气都能形成白虹。

【赏析】

本诗是一个身赴虎穴，破釜沉舟的壮士的慷慨悲歌。虽然全诗仅仅两句，却将那种苍凉、悲壮、义无反顾的精神表现得淋漓尽致。第一句写临别时的环境：萧瑟的秋风、寒冽的易水，都现出了一派悲壮苍凉的气氛，景物描写中渗透着歌者的感情。第二句表现了英雄赴难义无反顾的献身精神。

这首诗语言十分平易、简练，借景抒情，情景交融，是中国古代诗歌中的一首千古绝唱。荆轲以此得名，诗句虽短，却永垂千古。在诗里表现雄壮的情绪之难，在于令人心悦诚服，而不在嚣张夸大；在能表现出那暂时感情的后面蕴藏着更永久普遍的情操，而不在那一时的冲动。

《易水歌》以短短二句瞬间抓住读者的心，我们读到它时，虽然自己不是荆轲，但也能感受到荆轲的身世之苦，还有他与敌人决一死战的豪迈。这正是艺术的普遍性，它超越了时间与空间而诉之于那永久的情操。对荆轲的行为，自古以来评价不一。有人说荆轲是舍生取义的壮士，有人说他是微不足道的亡命徒，还有人说他是中国古代的恐怖分子。

垓下歌

项　羽（汉朝）

【原文】

力拔山兮①气盖世。时不利兮骓不逝。
骓不逝兮可奈何②！虞兮虞兮奈若何③！

【注释】

①兮：文言助词，相当于现代的“啊”或“呀”。

②奈何：怎么办。

③若何：怎样；怎么办。

【译文】

力量可以拔起大山，豪气世上无人能比。但时局对我不利啊，乌骓马跑不起来了。

乌骓马不前进啊，我该怎么办？虞姬啊！虞姬啊！我又该把你怎么办？

【赏析】

项羽在秦末与叔父项梁一起举兵反秦。由于其辉煌的战功、无双的勇力、杰出的才能，成为了反秦群雄的领袖，在推翻暴秦的统治中起了主要的作用。

秦亡以后，在长达五年的时间内，项羽与刘邦展开了争夺天下的战争。但由于坑杀20万秦国降卒，进咸阳后又再烧杀抢掠，项羽早失民心，单是他分封诸侯的做法，就完全背离了黎民百姓渴望安定统一的愿望。项羽终于在垓下（在今安徽灵璧县南沱河北岸）陷入刘邦的重重包围之中，损兵折将，粮草吃尽，到了山穷水尽的地步。在一个黑沉沉的夜里，项羽忽然听到从四面刘邦的军营中传来一阵阵楚国的歌声，项羽大吃一惊，误认为汉军已经把楚国全占领了，他慌张地从床上爬起来，饮酒消愁。还好，身边还有自己的美人陪着，美人名叫虞姬，深得项羽宠爱，多年来一直跟随左右，与他形影不离；还有一匹毛色青白相间的骏马，项羽经常骑着它行军打仗。项羽看着即将永别的美人，看着心爱的骏马，忍不住唱出了这首慷慨悲凉的《垓下歌》。

当夜，项羽率部下突围，虽曾杀伤敌军多人，终因兵力单薄，自刎于乌江（今安徽和县东北）。《垓下歌》是西楚霸王项羽在进行殊死战斗的前夕所作的绝命词。其中既洋溢着无与伦比的豪气，又蕴含着满腔深情；既显示出罕见的自信，却又为人的渺小而沉重地叹息。以短短的四句，表现出如此丰富的内容和复杂的感情，真可说是个奇迹。

“力拔山兮气盖世”一句，项羽概括了自己叱咤风云的业绩。项羽是将门之子，少年气盛，力能扛鼎，才气超群。他胸怀大志，面对不可一世的秦始皇，勇敢喊出“彼可取而代之”的豪言壮语。项羽是顶天立地的英雄，23 岁跟随叔父项梁起兵反秦，率领江东八千子弟投入起义的大潮，成了诸路起义首领中的佼佼者。巨鹿一战，项羽破釜沉舟，与几倍于己的秦军进行浴血奋战，奇迹般地灭了秦军主力，被各路诸侯推举为“上将军”。此后，项所向披靡，直至进军咸阳，自封为西楚霸王。但从这一句诗中也可以看出，项羽夸大了个人的力量，这是他失败的一个重要原因。

“时不利兮骓不逝”，天时不利，连乌骓马也不肯前进了。项羽不是新时代的骄子，而是旧制度的牺牲品。在四年的楚汉战争之中，他虽然与汉军大战七十，小战半百，打了不少胜仗，但仍是匹夫之勇，既不善于用人，更不会审时度势，这也是他失败的根本原因。

“骓不逝兮可奈何，虞兮虞兮奈若何？”这是项羽面临绝境时的悲叹。虞姬也很悲伤，眼含热泪，起而舞剑，边舞边歌，唱道：“汉兵已略地，四方楚歌声。大王意气尽，贱妾何聊生？”歌罢，自刎身亡，好不悲壮！

可见，世界上的英雄，无论他曾经怎样的不可一世，显赫一时，如果他办事不遵循王者之道而失去民心，使事态发展到不可收拾的地步，到那时即便后悔也为时已晚。

大风歌

刘　邦（汉朝）

【原文】

大风起兮云飞扬，
威加①海内②兮③归故乡，
安得④猛士兮守四方。

【注释】

①威：威力；威武。加：凌驾。

②“海内”，四海之内，就是“天下”的意思。我国古人认为天下是一片大陆，四周大海环绕，海外则荒不可知。

③“兮”表示语气的词，类似现在的“啊”。

④安得：怎样得到。

【译文】

大风刮起来了，
云随着风翻腾奔涌啊！
我威武平天下，荣归故乡。
怎样得到勇士去守卫国家的边疆啊！

【赏析】

刘邦当上皇帝以后，在前195年，他出兵东征，平定淮南王黥布（也叫英布）的叛乱。回归途中，经过沛县，他邀集家乡旧友和父老兄弟，一起饮酒，在宴席上他唱起这首大风歌，抒发了他的政治抱负，也表达了他对国事忧虑的心情。

在古代时期的汉高祖刘邦有一枚“大风歌印章”，上面写着：“大风起兮云飞扬，威加海内兮归故乡，安得猛士兮守四方！”那时候刘邦的大风歌印万世传诵，熟知并且能背诵下来的人很多，但后世人却还是难以琢磨。有关此印的记载出自清代王士祯的笔记《池北偶谈》。书中说道，顺治十七年，富阳典史孙某解饷北上，穿过高邮时，见湖中夜间有光，命人在水中搜索，得玉玺一枚。玉玺方四寸六分，盘龙双钮，辨其篆文，正是汉高祖刘邦的大风歌印。孙某高兴地将其献于朝廷。这方印不仅精致绝伦，富有艺术之美，而且其印文可与文献中的《大风歌》相互参照印证。

假如说项羽的《垓下歌》表现了失败者的悲哀，那么《大风歌》就显示了胜利者的悲哀。而作为这两种悲哀的纽带的，则是对于人的渺小的感伤。

对第一句诗“大风起兮云飞扬”，唐代的李善曾解释说：“风起云飞，以喻群雄竞逐，而天下乱也。”（见汲古阁本李善注《文选》卷二十八）这是对的。“群雄竞逐而天下乱”，显然是指秦末群雄纷起、争夺天下的情状。“群雄竞逐”的“雄”，《文选》的有些本子作“凶”。倘原文如此，则当指汉初英布等人的反乱是陆续发动的，并非同时并起，不应说“群凶竞逐”；再则那都是局部地区的反乱，并没蔓延到全国，不应说“天下乱”。故当以作“雄”为是。下句的“威加海内兮归故乡”，则是说自己在这样的形势下夺得了帝位，因而能够衣锦荣归。所以，在这两句中，刘邦无异坦率承认：他之得以“威加海内”，首先有赖于“大风起兮云飞扬”的局面。但是，正如风云不是人力所能支配的了，这种局面也不是刘邦所造成的，他只不过运道好，碰上了这种局面而已。从这一点来说，他之得以登上帝位，实属偶然。尽管他的同时代人在这方面都具有跟他同样的幸运，而他之终于获得成功乃是靠了他的努力与才智；但对于刘邦这样出身低微的人来说，若不是碰上如此的时代，他的努力与才智也用不上，所以，无论怎么说，他之所以能当上皇帝，首先是靠机运，其次才是自己的努力与才智。但是，不论刘邦把他的这种机运看作是上天的安排抑或是一种纯粹的偶然性，那都不是他自己所能决定的。换言之，最大限度地发挥自己的才智；但这一切到底有多大效果，还得看机运。所以，第三句的“安得猛士兮守四方”，既是希冀，又是疑问。他是希望做到这一点的，虽然不知道自己能不能做到。可以说，他对于是否找得到捍卫四方的猛士，也即自己的天下是否守得住，不但毫无把握，而且深感忧虑和不安。也正因此，这首歌的前二句虽显得踌躇满志，第三句却突然透露出前途未卜的焦灼和恐惧。因此，他在配合着歌唱而舞蹈时，要“慷慨伤怀，泣数行下”（《汉书·高帝纪》）了。

秋风辞

刘　彻（汉朝）

【原文】

秋风起兮白云飞，草木黄落兮雁南归。
兰[①]有秀[②]兮菊有芳[③]，怀佳人兮不能忘。
泛楼船[④]兮济汾河[⑤]，横中流兮扬素波。
箫鼓鸣兮发棹[⑥]歌，欢乐极兮哀情多。
少壮几时兮奈老何！

【注释】

①兰：比拟佳人。

②秀：此指颜色。

③芳：花的香气。

④楼船：上面建造楼的大船。

⑤汾河：起源于山西宁武，西南流至河津西南入黄河。

⑥棹：船桨。这里代指船。

【译文】

阵阵秋风携白云而飞，草木枯黄树叶落下，大雁飞向南方。

幽兰含芳，秋菊斗艳，却不能忘记佳人。
楼船在汾河中流疾驶，碧水中扬起白浪。
吹箫击鼓唱着棹歌，欢乐多，哀伤也多。
少年有多长，又能怎样阻挡衰老？

【赏析】

全诗共有九句，可分作四层："秋风起兮白云飞，草木黄落兮雁南归"为第一层，点出季节时令特点。秋高气清，天上飘飞着几团白云，那一行行的大雁鸣叫着向南归去，大地上树叶凋落，草木枯黄，是深秋的时候了。这两句状物描景，有色彩形象，有流动感，念来给人以清晰自然之感，而句式结构又十分紧促干练，起、飞、落、归这几个动词的组合，直给人以物换星移的紧迫感。

三、四句"兰有秀兮菊有芳，怀佳人兮不能忘"为第二层，是作者的因景联想和中心情思，兰草的秀丽、菊花的清香，各有千秋，耐人品味。春兰秋菊自有盛时，作者观赏的情趣和心态可以想见。接着作者由对花木的观赏，引发起对佳人的怀念，这种由物到人的移情，在我国古典文学作品中是常用的手法。五、六、七句"泛楼船兮济汾河，横中流兮扬素波。箫鼓鸣兮发棹歌"为第三层，是泛舟中流的生动描绘。汉武帝与群臣祭祠后土之后，坐着楼船渡过汾河，但见河中心翻滚起白色的鳞鳞水波，这时楼船上宴饮正酣，箫鼓齐鸣，乐工歌伎们唱着舞着，与那艄公划船的声音上下相应和，不绝于耳。这一层每句均包含两个动词，依次泛、济、横、扬、鸣、发的排列开来，将"忻然中流"的热烈场面描绘得声情并茂，呼之欲出。

八、九句"欢乐极兮哀情多，少壮几时兮奈老何！"为第四层，是作者本次行幸河东，乐极哀来的深沉感慨。过分的欢乐之后，又带给人哀怨的心绪，青春难再，老之将至，因而不得不及时行乐了。这一描状自然景物后的思想归结，仍没有摆脱古代骚人墨客的低沉情调。

登徒子好色赋[1]

宋　玉（战国）

【原文】

大夫登徒子侍于楚王[2]，短[3]宋玉曰："玉为人体貌闲丽[4]，口多微辞[5]，又性好色。愿王勿与出入后宫。"

王以登徒子之言问宋玉。玉曰："体貌闲丽，所受于天也；口多微辞，所学于师也；至于好色，臣无有也。"王曰："子不好色，亦有说乎？有说则止[6]，无说则退。"玉曰："天下之佳人莫若楚国，楚国之丽者莫若臣里，臣里之美者莫若臣东家之子。东家之子[7]，增之一分则太长，减之一分则太短；著[8]粉则太白，施朱[9]则太赤；眉如翠羽，肌如白雪；腰如束素[10]，齿如含贝；嫣然一笑，惑阳城，迷下蔡[11]。然此女登墙窥[12]臣三年，至今未许[13]也。登徒子则不然：其妻蓬头挛[14]耳，齞唇历齿[15]，旁行踽偻[16]，又疥且痔[17]。登徒子悦之，使有五子[18]。王孰察[19]之，谁为好色者矣。"

是时，秦章华大夫在侧[20]，因进而称曰："今夫宋玉盛称邻之女，以为美色，愚乱之邪[21]；臣自以为守德，谓不如彼[22]矣。且夫南楚穷巷之妾[23]，焉足为大王言乎？若臣之陋，目所曾睹者，未敢云也。"王曰："试为寡人说之。"大夫曰："唯唯。臣少曾远游，周览九土[24]，足历五都[25]。出咸阳[26]、熙邯郸[27]，从容郑、卫、溱、洧之间[28]。是时向[29]春之末，迎夏之阳[30]，鸧鹒喈喈[31]，群女出桑[32]。此郊之姝[33]，华色含光[34]，体美容冶，不待饰装。臣观其丽者，因称诗[35]曰：'遵大路兮揽子袪[36]'。赠以芳华辞甚妙。于是处子怳若有望[37]而不来，忽[38]若有来而不见。意密体疏[39]，俯仰异观[40]；含喜微笑，窃视流眄[41]。复称诗曰：'寤春风兮发鲜荣[42]，洁斋俟兮惠音声[43]，赠我如此兮不如无生[44]。'因迁延而辞避[45]。盖徒以微辞[46]相感动。精神相依凭；目欲其颜[47]，心顾其义[48]，扬《诗》守礼[49]，终不过差，故足称[50]也。"

于是楚王称善，宋玉遂不退。

【注释】

①登徒子好色赋：选自《文选》卷十九。此赋也有人认为是后人托名宋玉而作。

②楚王：这里是指楚襄王。

③短：这里指攻其所短。

④闲丽：文雅英俊。

⑤微辞：言辞婉转、巧妙。

⑥止：与下文“退”相对，指留下。

⑦东家之子：东边邻家的女儿。

⑧著：搽。

⑨施朱：涂胭脂。

⑩束素：一束白色生绢。这是形容腰细。

⑪惑阳城，迷下蔡：使阳城、下蔡两地的男子着迷。阳城、下蔡是楚国贵族封地。

⑫窥：偷看。

⑬未许：不同意，没有答应。

⑭挛（luán）：卷曲。

⑮齞（yàn）唇历齿：稀疏又不整齐的牙齿露在外面。齞：牙齿外露的样子。历齿：形容牙齿稀疏不整齐。

⑯旁行踽（jǔ）偻（lǚ）：弯腰驼背，走路摇摇晃晃。踽偻：驼背。

⑰又疥且痔：长满了疥疮和痔疮。

⑱使有五子：使她生有五个儿女。

⑲孰察：孰，通“熟”。仔细端详。

⑳秦章华大夫在侧：当时秦国的章华大夫正在楚国。章华：楚地名。这里是以地望代称。

㉑愚乱之邪：美色能使人乱性，产生邪念。

㉒彼：他，指宋玉。

㉓南楚穷巷之妾：指楚国偏远之地的女子，也即“东邻之子”。

㉔周览九土：足迹踏遍九州。九土：九州。

㉕五都：五方都会，泛指繁盛的都市。

㉖咸阳：当时秦国都城，故址在今陕西省咸阳市东北。

㉗熙邯郸：在邯郸游玩。熙：游玩。邯郸：当时赵国都城，故址在今河北省邯郸市。

㉘从容郑、卫溱（zhēn）洧（wěi）之间：在郑卫两国的溱水和洧水边逗留。从容：逗留，停留。郑、卫：春秋时的两个国名，故址在今河南省新郑市到滑县、濮阳一带。溱洧：郑国境内的两条河。《诗经·郑风·溱洧》写每年上巳节，郑国力女在岸边聚会游乐的情况。

㉙向：接近，临近。

㉚迎夏之阳：将有夏天温暖的阳光。迎：迎接，将要出现。

㉛鸧鹒喈（僻）喈：鸧鹒鸟喈喈鸣叫。

㉜群女出桑：众美女在桑间采桑叶。

㉝此郊之姝（shū）：意指郑、卫郊野的美女。

㉞华色含光：美妙艳丽，光彩照人。

㉟称诗：称引《诗经》里的话。

㊱遵大路兮揽子祛（qū）：沿着大路与心上人携手同行。祛：衣袖。《诗经·郑风。遵大路》：“遵大路兮，掺执子之祛兮。”

㊲怳：同“恍”。有望：有所期望。

㊳忽：与怳为互文，恍忽：心神不定的样子。

㊴意密体疏：尽管情意密切，但形迹却又很疏远。

㊵俯仰异观：那美人的一举一动都与众不同。

㊶窃视流眄（miǎn）：偷偷地看看她，她正含情脉脉，暗送秋波。

㊷寤春风兮发鲜荣：万物在春风的吹拂下苏醒过来，一派新鲜茂密。寤：苏醒。

㊸洁斋俟兮惠音声：那美人心地纯洁，庄重矜持；正等待我惠赠佳音。斋：举止庄重。

㊹赠我如此兮不如无生：似这样不能与她结合，还不如死去。

㊺因迁延而辞避：她引身后退，婉言辞谢。

㊻微辞：指终于没能打动她的诗句。

㊼目欲其颜：很想亲眼看看她的容颜。

㊽心顾其义：心里想着道德规范，男女之大防。

㊾扬《诗》守礼，终不过差：口诵《诗经》古语，遵守礼仪，也终于没有什么越轨的举动。过差：过失，差错。

㊿足称：值得称道。

【译文】

楚国大夫登徒子在楚王面前说宋玉的坏话，他说："宋玉其人长得娴静英俊，说话很有口才而言辞微妙，又很贪爱女色，希望大王不要让他出入后宫之门。"楚王拿登徒子的话去质问宋玉，宋玉说："容貌俊美，这是上天所生；善于言词辨说，是从老师那里学来的；至于贪爱女色，下臣则绝无此事。"楚王说："你不贪爱女色确有道理可讲吗？有道理讲就留下来，没有理由可说便离去。"宋玉于是辩解道："天下的美女，没有谁比得上楚国女子，楚国女子之美丽者，又没有谁能超过我那家乡的美女，而我家乡最美丽的姑娘还得数我邻居东家那位小姐。东家那位小姐，论身材，若增加一分则太高，减掉一分则太短；论其肤色，若涂上脂粉则嫌太白，施加朱红又嫌太赤，真是生得恰到好处。她那眉毛有如翠鸟之羽毛，肌肤像白雪一般莹洁，腰身纤细如裹上素帛，牙齿整齐有如一连串小贝，甜美地一笑，足可以使阳城和下蔡一带的人们为之迷惑和倾倒。这样一位姿色绝伦的美女，趴在墙上窥视我三年，而我至今仍未答应和她交往。登徒子却不是这样，他的妻子蓬头垢面，耳朵挛缩，嘴唇外翻而牙齿参差不齐，弯腰驼背，走路一瘸一拐，又患有疥疾和痔疮。这样一位丑陋的妇女，登徒子却非常喜爱她，并且生有五个孩子。请大王明察，究竟谁是好色之徒呢？"

在那个时候，秦国的章华大夫在楚国，趁机对楚王进言说："如今宋玉大肆宣扬他邻居的小姐，把她作为美（人），而美色能使人乱性，产生邪念；臣自认为我自己老实遵守道德，我觉得还不如宋玉。并且楚国偏远之地的女子，东临之子，怎么能对大王说呢？如果说我眼光鄙陋，大家的确有目共睹，我便不敢说了。"楚王说："你尝试着再对我说点。"大夫说："是，臣年少的时候曾经出门远游，足迹踏遍九州，足迹踏遍繁盛的城市。离开咸阳，在邯郸游玩，在郑卫两国的溱水和洧水边逗留。当时是接近春末，将有夏天温暖的阳光，鸧鹒鸟喈喈鸣叫，众美女在桑间采桑叶。郑、卫郊野的美女美妙艳丽，光彩照人。他们体态曼妙，面容姣好。臣看她们里面美丽的人，称引《诗经》里的话：‘沿着大路与心上人携手同行’。把她送给这芳华美女最妙了。那美人好像要来又没有来，撩得人心烦意乱，恍忽不安。

尽管情意密切，但形迹却又很疏远。那美人的一举一动都与众不同；偷偷地看看她，心中不由欣喜微笑，她正含情脉脉，暗送秋波。于是我又称引《诗经》里的话：‘万物在春风的吹拂下苏醒过来，一派新鲜茂密。那美人心地纯洁，庄重矜持’正等待我惠赠佳音。似这样不能与她结合，还不如死去。她引身后退，婉言辞谢，大概最终还是没能找到打动她的诗句，只有凭借精神上支持相依靠着；真的很想亲眼看看她的容颜，心里想着道德规范，男女之大防，口诵《诗经》古语，遵守礼仪，始终没有超越规矩的差错，所以也终于没有什么越轨的举动。”于是楚王同意说好，宋玉就不离去了。

【赏析】

“登徒子”一向被称为好色之徒的代名词，便是从赋后始。其实此赋中登徒子，说他是一个谗巧小人还可，说其好色，却有些令人啼笑皆非。赋中写登徒子在楚王面前诋毁宋玉好色，宋玉则以东家邻女至美而其不动心为例说明他并不好色。又以登徒子妻其丑无比，登徒子却和她生了五个孩子，反驳说登徒子才好色。作者描写的登徒子妻不仅是丑，简直令人恶心，而登徒子“悦之”，若好色如登徒子，可称为“色盲”。

此赋写了三种对待男女关系的态度：登徒子是女人即爱；宋玉本人是矫情自高；秦章华大夫则好色而守德。作者以第二种自居，是为了反击登徒子之流，实则作者赞同的是第三种，即发乎情止乎礼，这种态度近于人性而又合乎礼制，是我国古代文人大夫对待两性关系代表性的态度。此赋极尽刻画之形容，如：“增之一分则太长，减之一分则太短；著粉则太白，施朱则太赤。”，“眉如翠羽，肌如白雪，腰如束素，齿如含贝。”这种方法，继承了前人，如《诗经·卫风·硕人》：“手如柔荑，肤如凝脂，领如蝤蛴，齿如瓠犀，螓首蛾眉”，只是此赋的描写更细腻，更极尽刻画形容之能事。

这篇《登徒子好色赋》问世以后，登徒子便成了好色之徒的代称。然而细读此文，就不难发现，登徒子既没有追逐美女，又从来不见异思迁，始终没嫌弃过他那位容貌丑陋的妻子，这实在非常难得。登徒子在夫妻生活方面感情如此专一，绝非好色之徒所能办得到的，因而有实事求是地加以澄清的必要。

宋玉此赋之所以影响巨大，主要因为是作者巧妙地运用烘托的手法描绘了一幅美女的肖像。文中有这么几句："东家之子，增之一分则太长，减之一分则太短，着粉则太白，施朱则太赤"，这段话不但一直被后世引用，而且还有人仿效其方法写作。

凤求凰

司马相如（汉朝）

【原文】

其一：
有美人兮，见之不忘。
一日不见兮，思之如狂。
凤飞翱翔兮，四海求凰。
无奈佳人兮，不在东墙。
将琴代语兮，聊写衷肠。
何时见许兮，慰我彷徨。
愿言配德兮，携手相将。
不得于飞兮，使我沦亡。
其二：
凤兮凤兮归故乡，遨游四海求其凰。
时未遇兮无所将，何悟今兮升斯堂！

有艳淑女在闺房，室迩人遐毒我肠。
何缘交颈为鸳鸯，胡颉颃兮共翱翔！
凰兮凰兮从我栖，得托孳尾①永为妃。
交情通意心和谐，中夜相从知者谁？
双翼俱起翻高飞，无感我思使余悲。

【注释】

①孳尾：指鸟兽雌雄交媾。《尚书·尧典》："厥民析，鸟兽孳尾。"

【译文】

有位俊秀的女子啊，我见了她的容貌，就此难以忘怀。一日不见她，心中牵念得像是要发狂一般。我就像那在空中回旋高飞的凤鸟，在天下各处寻觅着凰鸟。可惜那美人啊不在东墙邻近。我以琴声替代心中情语，姑且描写我内心的情意。希望我的德行可以与你相配，携手同在一起。何时能允诺婚事，慰藉我往返徘徊？不知如何是好的心情无法与你比翼偕飞，百年好合。这样的伤情结果，令我沦陷于情愁而欲丧亡，令我沦陷于情愁而欲丧亡。

凤鸟啊凤鸟，回到了家乡。行踪无定，游览天下只为寻求心中的凰鸟。未遇凰鸟时啊，不知所往。怎能悟解今日登门后心中所感？有位美丽而娴雅贞静的女子在她的居室，居处虽近，这美丽女子却离我很远。思念之情，正残虐着我的心肠。如何能够得此良缘，结为夫妇，做那恩爱的交颈鸳鸯？但愿我这凤鸟，能与你这凰鸟一同双飞，天际游翔。凰鸟啊凰鸟！愿你与我起居相依，形影不离，哺育生子，永远做我的配偶，情投意合，两心和睦谐顺。半夜里与我互相追随，又有谁会知晓？展开双翼远走高飞，徒然为你感念相思而使我悲伤。

【赏析】

第一首表达相如对文君的无限倾慕和热烈追求。相如自喻为凤，比文君为皇（凰），在本诗的特定背景中有多重含义。其一凤凰是传说中的神鸟，雄曰凤，雌曰凰。古人称麟、凤、龟、龙为天地间"四灵"，（《礼记·礼运》）凤凰则为鸟中之王。《大戴礼·易本名》云："有羽之虫三百六十而凤凰为之长。”长卿自幼慕相如之为人才改名“相如”，又在当时文坛上已负盛名；文君亦才貌超绝，非等闲女流。故此处比为凤凰，正有浩气凌云、自命非凡的意思。“遨游四海”更加强了一层寓意，既紧扣凤凰“出于东方君子之国，翱翔四海之外，过昆仑，饮砥柱，羽弱水，莫（暮）宿风穴”（郭璞注《尔雅》引天老云）的神话传说，又隐喻相如的宦游经历：此前他曾游京师，被景帝任为武骑常侍，因景帝不好辞赋，相如志不获展，因借病辞官客游天梁。梁孝王广纳文士，相如在其门下“与诸生游士居数岁”。后因梁王卒，这才反“归故乡”，足见其“良禽择木而栖。”其二，古人常以“凤凰于飞”、“鸾凤和鸣”喻夫妻和谐美好。文君雅好音乐，相如以琴声“求其凰”，正喻以琴心求知音之意，使人想起俞伯牙与钟子期“高山流水”的音乐交浪，从而发出芸芸人海，知音难觅之叹。

第二首写得更为大胆炽烈，暗约文君半夜幽会，并一起私奔。“孳尾”，指鸟兽雌雄交媾。《尚书·尧典》：“厥民析，鸟兽孳尾。”《传》云：“乳化曰孳，交接曰尾。”“妃”，配偶。《说文》：“妃，匹也。”“交情通意”，交流沟通情意，即情投意合。“中夜”，即半夜。前两句呼唤文君前来幽媾结合，三四句暗示彼此情投意合连夜私奔，不会有人知道；五六句表明远走高飞，叮咛对方不要使我失望，徒然为你感念相思而悲伤。因为相如既已事前买通文君婢女暗通殷勤，对文君寡居心理状态和爱情理想亦早有了解，而今复以琴心挑之，故敢大胆无忌如此。

这两首琴歌之所以赢得后人津津乐道，首先在于“凤求凰”表现了强烈的反封建思想。相如文君大胆冲破了封建礼教的罗网和封建家长制的樊篱，成为后代男女青年争取婚姻自主、恋爱自由的一面旗帜。

其次，在艺术上，这两首琴歌，以“凤求凰”为通体比兴，不仅包含了热烈的求偶，而且也象征着男女主人公理想的非凡、旨趣的高尚、知音的默契等丰富的意蕴。全诗言浅意深，音节流亮，感情热烈奔放而又深挚缠绵，融楚辞骚体的旖旎绵邈和汉代民歌的清新明快于一炉。即使是后人伪托之作，亦并不因此而减弱其艺术价值。

悲　歌

佚　名（汉朝）

【原文】

悲歌可以当[1]泣，
远望可以当归[2]。
思念故乡，
郁郁[3]累累。
欲归家无人，
欲渡河无船。
心思[4]不能言，
肠中车轮转[5]。

【注释】

①可以：这里是“聊以”的意思。当（dāng）：代替。

②悲歌二句的意思是：“惟其欲泣，所以悲歌；惟不能归，所以远望”（张玉谷《古诗赏析》）。

③郁郁：愁闷的样子。累累：失意的样子。

④思：悲也。

⑤心思二句是说：思乡的悲愁憋闷在心里，就象车轮在肚肠中滚来转去。

【译文】

悲歌一曲代替思家的哭泣，无法还乡，登高望远就当做回到了故乡。茫茫的草木，重重的山岗遮住了望眼，思乡的忧愁盈满心怀。家里已经没有亲人了，哪里还有家可归。即便是有家可归，也回不去，因为前途坎坷，走投无路，无船可渡。思乡之情、痛苦遭遇很想向人诉说，但有许多难言之隐无法倾诉，只好憋闷在心中，心里万分痛苦，就像车轮在肠子里转动，一股阵阵绞痛。

【赏析】

乐府本是汉武帝时开始设立的一个掌管音乐的官署，它除了将文人歌功颂德的诗配乐演唱外，还担负采集民歌的任务。这些乐章、歌辞后来统称为“乐府诗”或“乐府”。今存两汉乐府中的民歌仅四十多首，它们多出自于下层人民群众之口，反映了当时某些社会矛盾，有较高的认识价值；同时，其风格直朴率真，不事雕琢，颇具独特的审美意趣。

这首古辞收在《乐府诗集·杂曲歌辞》中，写游子思乡不得归的悲哀。“悲歌可以当泣”，诗一开头，劈头劈脑拦腰斩断许多内容，不难理解，这位悲歌者在此之前不知哭泣过多少回了，由于太伤心，以至最后以放声悲歌代替哭泣，他为何这样悲哀？“远望可以当归”，原来是一位游子，他远离故乡，无法还乡，只好以望乡来代替还乡了。真的“远望可以当归”吗？但是，也只是聊以解忧，无可奈何罢了。这两句把许许多多人的生活体验作了典型的艺术概括，很容易引起读者共鸣，所以成为千古名句。

“心思不能言，肠中车轮转。”写出了他的思乡之情，和他的痛苦遭遇。这首诗，既不写景，也不叙事，它以肺腑之言、真挚的感情和痛苦的体验而动人心弦。可以说，抒情诗的意境，并不在于写景和叙事，只要感情真挚、感人能引起共鸣，那么诗的意境就出来了。

【诗词小贴士】

在汉代，由于“罢黜百家，独尊儒术”，儒家思想占统治地位，尤其强调诗歌与政治教化的关系，诗歌被视为“经夫妇、成孝敬、厚人伦、美教化、移风俗”（《诗·大序》）的工具。董仲舒把孔子所说的“诗”奉为“经”，此后便称“诗经”。

4. 乐府古诗

北方有佳人

李延年（汉朝）

【原文】

北方有佳人，绝世而独立。
一顾倾人城，再顾倾人国。
宁不知[①] 倾城与倾国[②]？
佳人难再得！

【注释】

①宁不知：怎么不知道。

②倾城、倾国：原指因女色而亡国，后多形容妇女容貌极美。陶渊明《闲情赋》：“表倾城之艳色，期有德于传闻。”

【译文】

北方有位美丽姑娘，独立世俗之外，她对守城的将士瞧一眼，将士弃械，墙垣失守；

她对君临天下的皇帝瞧一眼，皇帝倾心，国家败亡！美丽的姑娘呀，常常带来“倾城、倾国”的灾难。

纵然如此，也不能失去获得佳人的好机会。美好姑娘世所难遇、不可再得！

【赏析】

在武帝宠爱的众多后妃中，最生死难忘的，要数妙丽善舞的李夫人了。而李夫人的得幸，则是靠她哥哥李延年这首名动京师的佳人歌：初，（李）夫人兄延年性知音，善歌舞，武帝爱之。每为新声变曲，闻者莫不感动。延年侍上，起舞歌曰：“北方有佳人，绝世而独立。一顾倾人城，再顾倾人国。宁不知倾城与倾国？佳人难再得！”上叹息曰：“善！世岂有此人乎？”平阳主因言延年有女弟，上乃召见之，实妙丽善舞，由是得幸。（《汉书·外戚传》）

一阕短短的歌，居然使得雄才大略的武帝闻之而动心，立时生出一见伊人的向往之情。这在我国古代诗歌史上，恐怕是绝无仅有之例。

初看起来，这首歌的起句平平，对“佳人”的夸赞开门见山，没有渲染铺垫，但其意蕴非同凡俗。南方国秀丽，其佳人多杏目柳腰、清艳妩媚；北国苍莽，其仕女多雪肤冰姿、妆淡不俗。此歌以“北方”二字领起，开笔就给所歌佳人，带来了一种与南方迥异的晶莹素洁的风神。北方的佳人何止千万，而此歌所瞩意的，“绝世而独立”还隐隐透露出，这位佳人不屑与众女同伍，没有知己而独立栏杆的的淡淡哀愁——那就不仅是超世脱俗，而且更楚楚可怜了。这就是平中孕奇，只开篇两句，恐怕就足已令武帝一见钟情，生出对佳人的向往之情了。

北方佳人既如此脱俗可爱，当其顾盼之间，其风姿肯定是美好的，要表现这一点，就不太容易了。

然而，这位富于才情的音乐家，却出人意外地唱出了“一顾倾人城，再顾倾人国”的奇句——她只要对守卫城垣的士卒瞧上一眼，便可令士卒弃械、墙垣失守；倘若再对驾临天下的人君“秋波那么一转”，亡国灭宗的灾祸，可就要降临其身了！

作者的用意，正是要以深切的惋惜之辞，牵动武帝那难获绝世佳人的失落之感，从而迅速作出抉择。这样收束，可谓一唱三叹、余音袅袅，令人闻之而怅然不已。难怪汉武帝听完此歌，不禁发出“世岂有此人乎”的喟然叹息了——李夫人在这样的时刻被荐举、召见，正适合于李延年这首非同凡响之歌所造成的情感氛围。

上　邪[1]

佚　名（汉朝）

【原文】

上邪，我欲与君相知[2]，长命无绝衰[3]。山无陵[4]，江水为竭。冬雷震震[5]，夏雨雪[6]。天地合[7]，乃敢[8]与君绝。

【注释】

①上邪（yé）：天啊！上，指天。邪，语气助词，表示感叹。

②相知：相爱。

③命：古与“令”字通，使。衰（cuī）：衰减、断绝。这两句是说，我愿与你相爱，让我们的爱情永不衰绝。

④陵：山峰、山头。

⑤震震：形容雷声。

⑥雨（yù）雪：降雪。雨，名词活用作动词。

⑦天地合：天与地合二为一。

⑧乃敢：才敢，“敢”字是委婉的用语。

【译文】

上天呀！我渴望与你相知相惜，长存此心永不褪减。除非巍巍群山消逝不见，除非滔滔江水干涸枯竭。除非凛凛寒冬雷声翻滚，除非炎炎酷暑白雪纷飞，除非天地相交聚合连接，直到这样的事情全都发生时，我才敢将对你的情意抛弃决绝！

【赏析】

《上邪》为《铙歌十八曲》之一，属乐府《鼓吹曲辞》，是一首民间情歌，歌颂了感情强烈，气势奔放的爱情。诗中女子为了表达她对情人忠贞不渝的感情，她指天发誓，指地为证，要永远和情人相亲相爱。

“上邪！我欲与君相知，长命无绝衰。”“上邪”犹言“天哪”，“相知”即相亲相爱。此句说：“天哪！我要和君相爱，让我们的感情永久不破裂，不衰减。”为了证实她的矢志不褕，她接连举了五种自然界的不可能出现的变化，“山无陵，江水为竭，冬雷震震，夏雨雪，天地合。”意思是：要想背叛我们的誓言，除非出现山平了，江水干了，冬日里雷雨阵阵，夏天里大雪纷纷，天与地合而为一！女主人公充分发挥她的想象力，一件比一件想得离奇，一桩比一桩令人难以思议。到“天地合”时，她的想象已经失去控制，漫无边际地想到人类赖以生存的一切环境都不复存在了。这种缺乏理智、夸张怪诞的奇想，正是这位痴情女子表示爱情的特殊形式。

全诗写情，但不加点缀铺排。“上邪”三句，笔势突兀，气势不凡，指天发誓，直吐真言，既见情之炽烈，又透出压抑已久的郁愤。“长命无绝衰”五字，铿锵有力，于坚定之中充满忠贞之意。一个“欲”字，把不堪礼教束缚，追求幸福生活的反抗女性性格表现的淋漓尽致。此三句虽未进行形象刻画，但一个情真志坚，忠贞刚烈的女子形象已清晰地站在读者面前。

《上邪》对后世的影响很大。敦煌曲子词《菩萨蛮》在思想内容和艺术表现手法上明显地受到它的启发：“枕前发尽千般愿，要休且待青山烂。水面上秤锤浮，直待黄河彻底枯。白日参辰现，北斗回南面，休即未能休，且待三更见日头。”不仅对坚贞专一的爱情幸福的追求是如出一辙的，并且连续用多种不可能的情形来说明一种不可能的艺术构思也是完全相同的。

客从远方来

佚　名（汉朝）

【原文】

客从远方来，遗我一端①绮，
相去万余里，故人心尚尔②！
文彩双鸳鸯③，裁为合欢被④。
著⑤以长相思，缘⑥以结不解。
以胶投漆中，谁能别离⑦此？

【注释】

①端：犹“匹”。古人以二丈为一“端”，二端为一“匹”。

②故人：古时习用于朋友，此指久别的“丈夫”。尔：如此。这两句是说尽管相隔万里，丈夫的心仍然一如既往。

③鸳鸯：匹鸟。古文中常用以比夫妇。这句是说缔上织有双鸳鸯的图案。

④合欢被：被上绣有合欢的图案。合欢被取“同欢”的意思。

⑤著：往衣被中填装丝绵叫“著”。绵为“长丝”，“丝”谐音“思”，故云“著以长相思”。

⑥缘：饰边，镶边。这句是说被的四边缀以丝缕，使连而不解。缘与“姻缘”的“缘”音、义并同，故云“缘以结不解”。

⑦别离：分开。

【译文】

客人风尘仆仆，从远方送来了一端（二丈）织有文彩的素缎，并且郑重其事地说，这是我夫君特意从远方托他捎来的。它从万里之外的夫君处捎来，这丝丝缕缕，该包含著夫君对我的无尽关切和惦念之情！

绮缎上面织有文彩的鸳鸯双栖之形彩，夫君特意选择彩织鸳鸯之绮送我，将它裁作棉被面，做条温暖的合欢被。床被内须充实以丝绵，被缘边要以丝缕缀。丝绵使我联想到男女相思的绵长无尽，缘结暗示我夫妻之情永结同心。丝绵再长，终究有穷尽之时，缘结不解，终究有松散之日。惟有胶之与漆，粘合固结，再难分离。那么，就让我与夫君像胶和漆一样投合，看谁还能将我们分隔！

【赏析】

此诗似乎是《古诗十九首·孟冬寒气至》的姊妹篇。它以奇妙的构思，抒写了一位思妇的意外喜悦和痴情的浮想。

这喜悦是与远方客人的突然造访同时降临的：客人风尘仆仆，送来了“一端”（二丈）织有文彩的素缎（“绮”），并且郑重其事地告诉女主人公，这是她夫君特意从远方托他捎来的。女主人公不禁异常惊喜，喃喃而语曰：“相去万余里，故人心尚尔！”一端文彩之绮，本来也不算多珍贵；但它从“万里”之外的夫君处捎来，便带有了非同寻常的意义：那丝丝缕缕，包含着夫君对她的无限关切和惦念之情。女主人公不能不睹物而惊、随即喜色浮漾。

此诗开篇也一改《古诗十九首》常从写景入手的惯例，采用了突兀而起、直叙其事的方式，营造了一种绝望中的“意外”之境，便于更强烈地展示女主人公那交织着凄苦、哀伤、惊喜，慰藉的“感切”之情——这就是开篇的妙处。

自“文彩双鸳鸯”以下，诗情又有奇妙的变化：当女主人公把绮缎展开一瞧，又意外地发现，上面还织有文彩的鸳鸯双栖之形。鸳鸯双栖，历来是伉俪相偕的美好象征（如《孔雀东南飞》之结尾就是一例）。夫君之特意选择彩织鸳鸯之绮送她，正是倾诉着愿与妻子百年相守的热烈情意。女主人公睹绮思夫，不禁触发起联翩的浮想：倘若将它裁作被面，则可以做条温暖的“合欢被”，再“著以长相思，缘以结不解”，非常地惬人心意。“著”有“充实”之意，“缘”指被之边饰。床被内须充实以丝绵，被缘边要以丝缕缀结，这是制被的常识。但在痴情的女主人公心中，这些平凡的事物，都获得了特殊的含义：“丝绵”使她联想到男女相思的绵长无尽；“缘结”暗示她夫妻之情永结难解。这两句以谐音双关之语，把女主人公浮想中的痴情，传达得既巧妙又动人。

涉江采芙蓉

佚　名（汉朝）

【原文】

涉江采芙蓉①，兰泽②多芳草。
采之欲遗③谁？所思在远道④。
还顾望旧乡⑤，长路漫浩浩⑥。
同心⑦而离居，忧伤以终老⑧。

【注释】

①芙蓉：荷花的别名。

②兰泽：生有兰草的沼泽地。

③遗（wèi）：赠。

④远道：犹言“远方”。

⑤旧乡：故乡。

⑥漫浩浩：犹“漫漫浩浩”，形容路途的遥远无尽头。形容无边无际。

⑦同心：古代习用的成语，多用于男女之间的爱情或夫妇感情融洽。

⑧终老：度过晚年直至去世。

【译文】

踏过江水去采芙蓉，生有兰草的水泽中长满香草。
采了荷花要送给谁呢？想要送给那远方的爱人。
回望那一起生活过的故乡，路途无边无际。
两心相爱却又各在一方，愁苦忧伤以至终老异乡。

【赏析】

《涉江采芙蓉》初看起来，似乎不用多解说，即可明白它的旨意，乃在表现远方游子的思乡之情。诗中的“还顾望旧乡，长路漫浩浩”，正把游子对“旧乡”的望而难归之思，抒写得极为凄惋。那么，开篇之“涉江采芙蓉”者，也当是离乡游子了。不过，游子之求宦京师，是在洛阳一带，是不可能去“涉”南方之“江”采摘芙蓉的，而且按江南民歌所常用的谐音双关手法，“芙蓉”（荷花）往往以暗关着“夫容”，明是女子思夫口吻，当不可径指其为“游子”。连主人公的身份都在两可之间，可见此诗并不单纯。不妨先从女子口吻，体味一下它的妙处。

夏秋之交，正是荷花盛开的美好季节。在风和日丽中，荡一叶小舟，穿行在“莲叶何田田”、“莲花过人头”的湖泽之上，开始一年一度的采莲活动，是江南农家女子的乐事。采莲之际，摘几枝红莹可爱的莲花，归去送给各自的心上人，正是妻子、姑娘们真挚情意的表露。何况在湖岸泽畔，还有着数不清的兰蕙芳草，一并摘置袖中、插上发际，幽香袭人，更让人心醉。

“兰泽”间传来阵阵戏谑、欢笑之声。但这美好欢乐的情景，刹那间被充斥于诗行间的叹息之声改变了。镜头迅速摇近，人们才发现，这叹息来自一位怅立船头的女子。与众多姑娘的嬉笑打诨不同，她注视着手中的芙蓉默然无语。此刻，“芙蓉”在她眼中幻出了一张亲切微笑的面容——他就是这位女子苦苦思念的丈夫。

接着两句空间突然转换，出现在画面上的，似乎已不是拈花沉思的女主人公，而是那身在“远道”的丈夫了：“还顾望归乡，长路漫浩浩。”仿佛是心灵感应似的，正当女主人公独自思夫的时候，她远方的丈夫，此刻也正带着无限忧愁，回望着妻子所在的故乡。他当然不能望见故乡的山水，和那在江对岸湖泽中采莲的妻子。此刻展现在他眼间的，无非是漫漫无尽的“长路”，和那阻止山隔水的浩浩烟云。

这种“从对面曲揣彼意”的表现方式，与《诗经》“卷耳”、“陟岵”的主人公，在悬想中显现丈夫骑马登山望乡，父母在云际呼唤儿子的幻境，有着异曲同工之妙——所以，诗中的境界应该不是空间的转换和女主人公的隐去，而是画面的分隔和同时显现：一边是痛苦的妻子，正手拈芙蓉、仰望远天，身后的密密荷叶、红丽荷花，衬着她飘拂的衣裙，显得孤独而凄清；一边则是云烟缥缈的远空，隐隐约约摇晃着丈夫返身回望的身影，那一闪而隐的面容，是十分愁苦的。两者之间，则是层叠的山峦和浩荡的江河。双方都茫然相望，当然谁也无法看见对方。正是在这样的静寂中，天地间幽幽响起了一声凄伤的悲叹："同心而离居，忧伤以终老！"读者当读到这结句时，或许能感觉到：此诗抒写的思无念之情虽然那样"单纯"，但由于采取了如此婉曲的表现方式，便如山泉之曲折奔流，最后终于汇成了飞凌山岩的急瀑，震荡起撼人心魄的巨声。

江　南①

佚　名（汉朝）

【原文】

江南可②采莲，莲叶何田田③。
鱼戏莲叶间，鱼戏莲叶东，
鱼戏莲叶西，鱼戏莲叶南，
鱼戏莲叶北。

【注释】

①江南：乐府诗。汉乐府原是汉初采制乐的官署，后来又专指汉代的乐府诗。汉惠帝时，有乐府令一官，可能当时已设有乐府。武帝时乐府规模扩大，成为一个专设的官署，掌管郊祀、巡行、朝会、宴飨时的音乐，兼管采集民间歌谣，以供统治者观风察俗，了解民情厚薄。这些采集来的歌谣和其他经乐府配曲入乐的诗歌即被后人称为乐府诗。

②可：在这里有“适宜”、“正好”的意思。

③田田：荷叶茂盛的样子。

【译文】

江南又到了适宜采莲的季节了，莲叶浮出水面，挨挨挤挤，重重叠叠，迎风招展。在茂密如盖的荷叶下面，欢快的鱼儿在不停地嬉戏玩耍。一会儿在这儿，一会儿又忽然游到了那儿，说不清究竟是在东边，还是在西边，还是在南边，还是在北边。

【赏析】

这是一首采莲歌，反映了采莲时的场景和采莲人欢乐的心情，在汉乐府民歌中具有独特的风味。民歌以简洁明快的语言、回旋反复的音调、优美隽永的意境、清新明快的格调，勾勒出一幅明丽美妙的图画。一望无际的碧绿的荷叶，莲叶下自由自在、欢快戏耍的鱼儿，还有那水上划破荷塘的小船上采莲的壮男俊女的欢声笑语和悦耳的歌喉，多么秀丽的江南风光！多么宁静而又生动的场景！从文化学的角度，我们又会发现这是一首情歌，它隐含着青年男女相互嬉戏，追逐爱情的意思。

读完此，仿佛一股夏日的清新迎面扑来，想着就令人觉得清爽。还不止于此，我们感受着诗人那种安宁恬静的情怀的同时，自己的心情也随着变得轻松起来。诗中没有一字是写人的，但是我们又仿佛如闻其声，如见其人，如临其境，感受到了一股勃勃生机的青春与活力，领略到了采莲人内心的欢乐和青年男女之间的欢愉和甜蜜，这就是这首民歌不朽的魅力所在。

长歌行[1]

佚　名（汉朝）

【原文】

青青园中葵[2]，朝露待日晞[3]。
阳春[4]布[5]德泽[6]，万物生光辉。
常恐秋节[7]至，焜黄[8]华[9]叶衰[10]。
百川[11]东到海，何时复西归。
少壮不努力，老大徒[12]伤悲。

【注释】

①长歌行：汉乐府曲调名。长歌：长声歌咏，也指写诗；行（xíng）：古代歌曲的一种体裁，歌行体的简称，诗歌的字数，和句子的长度不受限制。长歌行是指“长声歌咏”为曲调的自由式歌行体。

②葵：冬葵，我国古代重要蔬菜之一，可入药。

③晞：天亮，引申为阳光照耀。

④阳春：温暖的春天。

⑤布：布施，给予。

⑥德泽：恩惠。

⑦秋节：秋季。

⑧焜黄：形容草木凋落枯黄的样子。

⑨华：同“花”。

⑩衰：为了押韵，这里可以按古音读作“cuī”。

⑪百川：河流。

⑫徒：白白的。

【译文】

早晨，园中有碧绿的葵菜，晶莹的朝露等待在阳光下晒干。春天把幸福的希望洒满了大地，所有生物因此都呈现出一派繁荣生机。常常担心肃杀的秋天来到，花和叶都变黄衰败了。千万条大河奔腾着向东流入大海，什么时候才能再向西流回来？如果年轻力壮的时候不知道图强，到了老年头发花白，一事无成，悲伤也没用了。

【赏析】

这首诗选自《乐府诗集》卷三十，属相和歌辞中的平调曲。《乐府解题》说这首古辞“言芳华不久，当努力为乐，无至老大乃伤悲也。”把“努力”理解为“努力为乐”，显然是一种曲解。汉代的五言古诗，大多是慨叹年命短促、鼓吹及时行乐的。这首诗从整体构思看，主要意思是说时节变换得很快，光阴一去不返，因而劝人要珍惜青年时代，发奋努力，使自己有所作为。其情感基调是积极向上的。

《乐府诗集》是宋代郭茂倩编的一部乐府诗总集，全书一百卷，分十二类。上起汉魏，下迄五代，兼有秦以前歌谣十余首。除收入封建朝廷的乐章外，还保存了大量民间音乐的歌词和文人创造的《新乐府诗》（《新乐府诗集》其中包括《木兰诗》《孔雀东南飞》）。全书各类有总序，每曲有题解，对各种歌辞、曲词的起源和发展，均有考订。

这是一首咏叹人生的歌。唱人生而从园中葵起调，这在写法上被称作“托物起兴”，即“先言他物以引起所咏之辞也”。园中葵在春天的早晨亭亭玉立，青青的叶片上滚动着露珠，在朝阳下闪着亮光，像一位充满青春活力的少年。诗人由园中葵的蓬勃生长，写到整个自然界，由于有春天的阳光、雨露，万物都在闪耀着生命的光辉，到处是生机盎然、欣欣向荣的景象。这四句，字面上是对春天的礼赞，实际上是借物比人，是对人生最宝贵的东西——青春的赞歌，即所谓“兴而比”。

自然界的时序不停交换，转眼春去秋来，园中葵及万物经历了春生、夏长，到了秋天，它们成熟了，昔日奕奕生辉的叶子变得焦黄枯萎，丧失了活力。人生亦如此，由青春勃发而长大，而老死，也要经历一个新陈代谢的过程，这是一个不可移易的自然法则。由时间尺度来衡量人的生命也是老死以后不能复生。在这永恒的自然面前，人生岂不就像叶上的朝露一见太阳就被晒干了吗？岂不就像青青葵叶，一遇秋风就枯黄凋谢了吗？诗歌由对宇宙的探寻转入对人生价值的思考，终于推出“少壮不努力，老大徒伤悲”这一发聋振聩的结论，结束全诗。

古　歌

佚　名（汉朝）

【原文】

（一）：

高田种小麦，终久不成穗。

男儿在他乡，焉得不憔悴。

（二）：

秋风萧萧①愁杀人。出亦愁，入亦愁。

座中何人谁不怀忧？令我白头。

胡地多飚风②，树木何修修③！

离家日趋远，衣带日趋缓。

心思不能言，肠中车轮转④。

【注释】

①萧萧：寒风之声。

②胡地：古代胡人居北方，故后即用以代指北方。飙（biāo）风：暴风。

③修修：与“翛翛”通，鸟尾敝坏无润泽貌，这里借喻树木干枯如鸟尾。

④思：悲。末二句是说难言的悲感回环在心里，好像车轮滚来滚去。

【译文】

在高高的田土上播种小麦，最终（会因为缺水）而难以长出麦穗。男儿（常年漂泊流浪）在他乡，又怎能不憔悴难当？

呼啸的秋风让人无限忧愁，进也忧愁，退也忧愁，异域戍边的人，哪个不陷入悲愁中？真是愁白了头啊。西域多狂风，树木萧瑟干枯。离家日子越来越远，衣带渐宽人消瘦。思乡的悲苦无法言说，就像车轮在心中旋转。

【赏析】

这首诗以一个苍莽悲凉的秋日起头，在一场郁郁无欢的怅饮中，本已令人愁闷难耐。何况还有那吹不尽的秋风，老是在帐外“萧萧”地响，更教人愁杀。“秋风萧萧愁杀人”，这一句突发的啸叹，正将主人公心头的万缕愁绪，化作烈烈秋风，“苍茫而来”，立时令人生出一种“不可遏抑”的困扰之感。“出亦愁，入亦愁”，则以细节刻画，抒写愁苦中人的坐立不安。不禁使人感到，那困扰着主人公的忧愁，是怎样难以趋避、无可摆脱呢？受这困扰的，不止主人公一人：“座中何人谁不怀忧？”既称“何人”，又加“谁不”，这双重反问告诉人们：那忧愁正如病魔一样，已侵袭到所有在座者的心腑，使主人公所对无非忧者、所闻无非愁叹——这样的日子，真能耗蚀人的青春，加速衰老之期的到来。难怪主人公要发出“令我白头”的幽幽哀叹了。

以上一节，一味写“愁”，使人来不及细想，先就浸染上了那摆脱不开的忧愁。“胡地多飚风，树木何修修！”“胡地”，即塞外胡人居住之所。主人公既呼之为“胡”，可见他自己不是胡人。联系下文“离家日趋远”一句，可知主人公应是远离家乡、出塞戍守的汉卒。这正是有家难归的万里离思的缘故。在这样的断肠人眼中，无论是“飚风”，无论是“修树”，触目间全都化成一片愁雾。故此二句看似写景，实亦写愁，正与上文“秋风萧萧愁杀人”相应，将满腹的忧愁“外化”了。

如果说，忧愁可以催人衰老，它首先带给人们的，则是憔悴和消瘦。“离家日趋远，衣带日趋缓。”诗中的主人公，正因为飘泊异乡、离家日远，被愁思消磨得茕茕骨立了。但诗人却不肯明言，而是巧妙地运用“衣带”之“日缓（松）”，来反衬主人公身躯的日渐消瘦，写得含蕴不露而哀情深长。

有所思

佚　名（汉朝）

【原文】

有所思，乃在大海南。何用问遗君？双珠玳瑁簪，用玉绍缭之。闻君有他心，拉杂摧烧之。摧烧之，当风扬其灰。从今以往，勿复相思。相思与君绝！鸡鸣狗吠，兄嫂当知之。妃呼豨秋风肃肃晨风飔，东方须臾高[①]知之。

【注释】

①高：与“皓”字相通。即东方发白，天亮了。

【译文】

我所思念的人，远在大海南边。临别时，你不知拿什么礼物来赠送给我，只以镶嵌着珍珠的玳瑁簪相赠以表达你的一片痴心。送给我后，我小心地用玉环把发簪缠绕起来，以同样表示对你的深情依恋。后来听说你变了心，我生气地把这发簪折断砸碎了。毁掉它，同时也想毁掉我们间的情意。从今与你一刀两断，不再为你而相思难眠。我下决心与你断绝这份情意，但回想起我们当年的相见，初次见面时那份甜蜜，我又难下决心。外面已是秋风萧瑟的季节，雉为求偶发出了悲鸣声，而人呢，谁不想有个好的伴侣？我现在犹豫难定，等天亮以后再做个最终的决定吧！

【赏析】

这首诗写一位少妇，独处空闺，深深地思念着远征边塞的丈夫，情真意切，思致清幽绵邈。唐初边地战火不断，诗人有所感而作此诗。诗通过对女主人公心理的细腻描绘，反映出战争给人民带来的痛苦，表达了诗人的厌战情绪和对不幸者的深切同情。

短歌行

曹　操（三国）

【原文】

对酒当歌[①]，人生几何？
譬如朝露，去日苦多。
慨当以慷，忧思难忘。
何以解忧？惟有杜康。
青青子衿[②]，悠悠我心。
但为君故，沉吟至今。
呦呦鹿鸣，食野之苹。
我有嘉宾，鼓瑟吹笙。
明明如月，何时可掇？
忧从中来，不可断绝。
越陌度阡，枉用相存。
契阔谈讌，心念旧恩。
月明星稀，乌鹊南飞。
绕树三匝，何枝可依？
山不厌高，海不厌深。

周公吐哺，天下归心。

【注释】

①对酒当歌：一边喝着酒，一边唱之歌。当，是唱歌的意思。

②青青子衿（jīn），悠悠我心：出自《诗经·郑风·子衿》。原写姑娘思念情人，这里用来比喻渴望得到有才学的人。子，对对方的尊称。衿，古式的衣领。青衿，是周代读书人的服装，这里指代有学识的人。

【译文】

面对美酒应该高歌，人生短促日月如梭。
好比早晨的露水，苦于过去的日子太多了！
席上歌声激昂慷慨，忧愁长久难以散去。
靠什么来排解忧闷？唯有喝酒方可解脱。
有才识的人啊，是我深深的牵挂。
只因为你的缘故啊，让我思念到如今。
麋鹿找到了艾蒿，就会相呼相鸣。
我要是有了嘉宾，一定要鼓瑟吹笙。
那皎洁的月亮呦，何时可以摘取呢？
因此而忧心啊，一直不曾断绝。
来吧朋友！越过那田间小道，别管他阡陌纵横。
有劳你枉驾前来，让我们永远相依。
欢饮畅谈，重温那往日的恩情。
月光如此明亮，星光也显得暗淡了，一群乌鸦向南飞去。
绕树飞了三周，却找不到它们的栖身之所，
山不会满足自己的雄伟，海再深也不自满。
若如周公那样礼待贤才，天下人心皆归向于我也。

【赏析】

《短歌行》是汉乐府的旧题，属于《相和歌辞·平调曲》。这就是说它本来是一个乐曲的名称。最初的古辞已经失传。乐府里收集的同名有24首，最早的是曹操的这首。

这首《短歌行》的主题鲜明，作者希望有大量人才来为自己所用。曹操在其政治活动中，为了扩大他在庶族地主中的统治基础，打击反动的世袭豪强势力，曾大力强调“唯才是举”，为此先后发布了“求贤令”、“举士令”、“求逸才令”等；而《短歌行》实际上就是一曲“求贤歌”、又正因为运用了诗歌的形式，含有丰富的抒情成分，所以起到了独特的感染作用，有力宣传了他所坚持的主张，配合了他所颁发的政令。

“对酒当歌，人生几何？譬如朝露，去日苦多。慨当以慷，忧思难忘。何以解忧，唯有杜康。”在这八句中，作者强调他非常发愁，愁得不得了。那么愁的是什么呢？原来他是苦于得不到众多的“贤才”来同他合作，一道抓紧时间建功立业。试想连曹操这样位高权重的人居然在那里为“求贤”而发愁，那该有多大的宣传作用。假如庶族地主中真有“贤才”的话，看了这些话就不能不大受感动和鼓舞。他们正苦于找不到出路呢，没有想到曹操却在那里渴求人才，于是那真正有才或自以为有才的许许多多人，就很有可能跃跃欲试，向他“归心”了。

“青青子衿，悠悠我心。但为君故，沉吟至今。呦呦鹿鸣，食野之苹。我有嘉宾，鼓瑟吹笙。”这八句情味更加缠绵深长了。“青青”二句原来是《诗经·郑风·子衿》中的话，原诗是写一个姑娘在思念她的爱人，其中第一章的四句是：“青青子衿，悠悠我心。纵我不往，子宁不嗣音？”（你那青青的衣领啊，深深萦回在我的心灵。虽然我不能去找你，你为什么不主动给我音信？）曹操说“青青子衿，悠悠我心”，固然是直接比喻了对“贤才”的思念；但更重要的是他所省掉的两句话：“纵我不往，子宁不嗣音？”曹操由于事实上不可能一个一个地去找那些“贤才”，所以他便用这种含蓄的方法来提醒他们：“就算我没有去找你们，你们为什么不主动来投奔我呢？”由这一层含而不露的意思可以看出，他那“求才”的用心实在是太周到了，的确具有感人的力量。而这感人力量正体现了文艺创作的政治性与艺术性的结合。

“明明”这八句是对以上十六句的强调和照应。以上十六句主要讲了两个意思，即为求贤而愁，又表示要待贤以礼。倘若借用音乐来作比，这可以说是全诗中的两个“主题旋律”，而“明明如月”八句就是这两个“主题旋律”的复现和变奏。前四句又在讲忧愁，是照应第一个八句；后四句讲“贤才”到来，是照应第二个八句。

“月明”四句既是准确而形象的写景笔墨，同时也有比喻的深意。这四句诗生动刻画了那些犹豫彷徨者的处境与心情，然而作者不仅丝毫未加指责，反而在浓郁的诗意中透露着对这一些人的关心和同情。这恰恰说明曹操很会做思想工作，完全是以通情达理的姿态来吸引和争取人才。

白 头 吟

卓文君（汉朝）

【原文】

皑如山上雪，皎①若云间月。
闻君有两意②，故来相决③绝。
今日斗④酒会，明旦沟水头。
躞蹀⑤御沟上，沟水东西流。
凄凄复凄凄，嫁娶不须啼。
愿得一心人，白头不相离⑥。
竹竿⑦何袅袅，鱼尾何簁簁⑧！
男儿重意气⑨，何用钱刀为！

【注释】

①皑、皎：都是白。

②两意：就是二心（和下文“一心”相对），指情变。

③决：别。

④斗：盛酒的器具。这两句是说今天置酒作最后的聚会，明早沟边分手。

⑤躞蹀：（xiè dié）小步行走貌。

⑥嫁娶句连后两句：是说嫁女不须啼哭，只要嫁得“一心人”，白头到老，别和我一样，那就好了。

⑦竹竿：指钓竿。

⑧簁簁：形容鱼尾象濡湿的羽毛。在中国歌谣里钓鱼是男女求偶的象征隐语。这里用隐语表示男女相爱的幸福。

⑨意气：这里指感情、恩义。

【译文】

爱情应该像山上的雪一般纯洁，像云间月亮一样光明。听说你怀有二心，所以来与你决裂。今日犹如最后的聚会，明日便将分手沟头。我缓缓地移动脚步沿沟走去，过去的生活宛如沟水东流，一去不返。当初我毅然离家随君远去，就不像一般女孩凄凄啼哭。满以为嫁了一个情意专心的称心郎，可以相爱到老永远幸福了。男女情投意合就像钓竿那样轻细柔长，鱼儿那样活波可爱。男子应当以情意为重，失去了真诚的爱情是任何钱财珍宝都无法补偿的。

【赏析】

此作品世传为卓文君所作，但西汉尚没有出现如此精美的五言诗，因此，疑为后人伪作。这是一首汉乐府民歌，它巧妙地通过抒情主人公的言行，塑造了一个个性爽朗、感情强烈的女性形象。既真实的刻画了女主人公的心烦意乱、思虑万千的神情状态，同时也显示了她思想的冷静和周密。

原诗中的“皑如山上雪，皎若云间月”：这两句是卓文君自喻其人格纯洁如白玉。皑：白色，通常用来形容雪的洁白。皎：皎洁，通常用以形容月光，洁白光明的意思，但也不专指月光，如《诗经·小雅》有“皎如白驹”之句。“闻君有两意”：两意，指两条心。说的是司马相如另有所爱——欲纳茂陵女为妾。“竹竿何嫋嫋，鱼尾何簁簁”：诗人用竹竿尾的摇动和鱼尾的摇动来形容意志、爱情不坚定。钱刀：古时使用的铜钱形状似刀，故叫做钱刀。这里指爱情不是金钱能买到的。

文君的《白头吟》有着民歌式的轻浅明亮，它像一把匕首刺眼地亮在她和司马相如之间。

据说，司马相如穷困时在临邛富豪卓王孙家作客，在饮宴中偶然见到卓王孙新守寡的女儿文君。文君很美貌，于是相如弹奏《凤求凰》表达自己的爱慕之情，挑逗文君。文君果为所动，当夜与相如私奔成都。相如是个贫苦文人，生计无着，过了一阵只好同文君回到临邛开个小酒店。就开在卓府对面。卓文君当垆卖酒，卓王孙大为恼怒，不忍爱女抛头露面为人取笑，只好分一部分财产给她。司马相如后来到京城向皇帝献赋，为汉武帝赏识，给他官做。司马相如在京城想娶茂陵女为妾，卓文君听到此消息，写了这首白头吟表示恩情断绝之意。题解这首诗未必是汉代的才女卓文君所作，也有可能是后人杜撰。据传说，司马相如发迹后，渐渐耽于逸乐、日日周旋在脂粉堆里，直至欲纳茂陵女子为妾。卓文君忍无可忍，因之作了这首《白头吟》，呈递相如。随诗并附书曰："春华竞芳，五色凌素，琴尚在御，而新声代故！锦水有鸳，汉宫有水，彼物而新，嗟世之人兮，瞀于淫而不悟！朱弦断，明镜缺，朝露晞，芳时歇，白头吟，伤离别，努力加餐勿念妾，锦水汤汤，与君长诀！"

全诗时而今，时而昔，时而言己："愿得一心人，白头不相离"，时而言他："男儿重义气，何用钱刀为？"回环交错，层层递进。全诗的脉络看似乱而不乱，犹断又续，既真实地刻画了女主人公心烦意乱、思虑万千的精神状态，同时也显示她思想的冷静和周密。

【诗词小贴士】

诗歌在汉代有了新的发展。汉代乐府诗的出现，标志着我国古代诗歌继《诗经》、楚辞之后取得新的成就。汉武帝时设立"乐府"，它所收集的民歌就叫"乐府"民歌，多同民间的音乐舞蹈相结合，乐府诗大多是在这种民歌的基础上加工形成的，如《江南》、《陌上桑》、《十五从军征》等，具有典型的"兴、观、群、怨"的作用。乐府诗的整理流传，推动了诗歌教育的普及。从此，五言诗代替了四言诗，在长时间里成为诗的主要形式。

第二章 魏晋至唐代诗词

魏晋时期到唐代以前，出现了五言诗和七言诗，为唐代近体诗的形成奠定了基础。唐代是中国诗歌史上的黄金时代，其主体唐诗更标志着中国古典诗歌成就的高峰。据清代编纂的《全唐诗》录存的作品已达 48900 多首，姓名可考的作者 2200 多人。在这名家辈出、名作如林的诗坛上，李白、杜甫、白居易等具有世界影响的伟大诗人的出现，给时代增添了光辉，成为中华民族的骄傲。

七步诗

曹　植（魏晋）

【原文】

煮豆持①作羹②，
漉③豉以为汁④。
萁⑤在釜⑥下燃⑦，
豆在釜中泣。
本⑧是同根生，
相煎⑨何⑩太急？

【注释】

①持：用来。

②羹：用肉或菜做成的糊状食物。

③漉（lù）：过滤。

④豉（chǐ）：煮熟后发酵过的豆子。这句的意思是把豆子的残渣过滤出去，留下豆汁作羹。

⑤萁：豆类植物脱粒后剩下的茎。

⑥釜：锅。

⑦燃：燃烧。

⑧本：原本，本来。

⑨煎：煎熬。相煎：指互相残害，表达了曹植对曹丕的不满。

⑩何：何必。

【译文】

锅里煮着豆子，是想把豆子的残渣过滤出去，留下豆子汁来做成糊状食物。豆秸在锅下燃烧，豆子在锅里哭泣。它说：我们本来是同条根上生出来的，你又怎能这样急迫地煎熬我呢？

【赏析】

此诗纯以比兴的手法写出，语言浅显，寓意明畅，无用多加阐释，只须将个别词句略加疏通，其意自明。诗人取譬精妙，用语轻巧，而且在刹那间脱口而出，实在令人叹为观止。“本是同根生，相煎何太急”二语，千百年来已成为人们劝诫避免兄弟阋墙、自相残杀的普遍用语，说明此诗在人民中流传极广。

作者用同根而生的萁和豆来比喻同父共母的兄弟，用萁煎其豆来比喻同胞骨肉的哥哥残害弟弟，表现了作者对兄弟相逼、骨肉相残的不满与厌恶。

浮萍篇

曹　植（魏晋）

【原文】

浮萍寄清水，随风东西流。结发辞严亲，来为君子仇。恪勤在朝夕，无端获罪尤。

在昔蒙恩惠，和乐如瑟琴。何意今摧颓，旷若商与参。茱萸自有芳，不若桂与兰。

新人虽可爱，无若故所欢。行云有返期，君恩傥中还。慊慊仰天叹，愁心将何愬。

日月不恒处，人生忽若寓。悲风来入怀，泪下如垂露。发箧①造裳衣，裁缝纨与素。

【注释】

①箧（qiè）：小箱子，藏物之具。

【译文】

将惋惜之情寄托在清清的河水之上，像浮萍一样东飘西荡。女子当年辞别了双亲，嫁到夫家。她每日恭敬勤恳，而丈夫也对她宠爱有加，当女子正沉浸在爱的温馨中时，却无缘无故承受罪过，昔日的甜蜜化为乌有。她夜不能寐，辗转反侧，心乱如麻，往事蜂拥而至聚于心头，她的内心很痛苦。新人可爱如茱萸，只是不如故人情意更深长。行云也有返回的时候，丈夫也许会记得情义回到自己身边吧。忧虑无法摆脱，她只得将所有的心绪化成一声长叹，内心的孤寂和满腹的怅惘向谁诉说呢？太阳月亮不会老是出现，人生短暂无常啊。风吹而过带来阵阵寒意，心中也更加伤感，不知不觉间泪如雨下。新衣掩盖不了憔悴，织素也驱赶不了悲伤。

【赏析】

从内容上看，此篇开始以“浮萍”起兴，进而进行全篇的创作。“浮萍”作为一种水生植物，无根，因而能够“随风东西流”。

“茱萸自有芳，不若桂与兰”，“茱萸”、“桂”和“兰”，这些意象曾在《离骚》中经常出现，代表美好，高洁的东西，在这里却起到一个比喻的作用，即“茱萸”的芳香毫不逊色桂花和兰花的芳香。然而这只是一个表面上的比喻，深层的含义，诗歌后面就有揭晓：“新人虽可爱，不若故人欢”，从这里可以看出，诗人本意是要说新与旧，但却先说“茱萸”、“桂”和“兰”，这样一来，文章就显得流畅通顺自然，合情合理。

从艺术手法上看，此诗写作手法多变，形象生动丰富，行云如流水一般地表现了作者的真性情。“浮萍寄清水”和“茱萸自有芳”都采用了“兴”的手法，以引起所咏之事，“和乐如瑟琴”和“泪下如垂露”都采用了“比”的手法，比喻贴切自然。此外，此诗采用纯五言的形式，为中国文人五言诗歌的发展做出了有效的贡献。

却东西门行

曹　操（三国）

【原文】

鸿雁出塞北，乃在无人乡。举翅万馀里，行止自成行。
冬节食南稻，春日复北翔。田中有转蓬①，随风远飘扬。
长与故根绝，万岁不相当②。奈何③此征夫，安得④驱四方！
戎马不解鞍，铠甲不离傍。冉冉⑤老将至，何时反故乡！
神龙藏深泉⑥，猛兽⑦步高冈。狐死归首丘，故乡安可忘⑧！

【注释】

①转蓬：飞蓬，菊科植物，古诗中常以飞蓬比喻征夫游子背井离乡的漂泊生活。

②不相当：不相逢，指飞蓬与本根而言。

③奈何：如何，这里有“可叹”、“可怜”的意思。

④安得：怎能。

⑤冉冉：渐渐。

⑥深泉：应作“深渊”，唐人抄写古书时常把“渊”字改为“泉”，以避唐高祖李渊之讳。

⑦猛兽：应作“猛虎”，唐人为李渊之父李虎避讳，常把“虎”字改写作“猛兽”。

⑧狐死句：屈原《哀郢》中有“鸟飞反故乡兮，狐死必首丘”。首丘，头向着自己的窟穴。狐死首丘是古来的一种说法，用以比喻人不该忘记故乡。最后四句以龙、虎、狐不离故地，不忘窟穴，来反比征夫们的流离辗转，有家不能归。

【赏析】

本诗为曹操按旧题写的新词，是曹操的传世名篇之一。据考证，这首诗作于曹操的晚年，即东汉末年的建安十三年（公元208年），也就是曹操大败于赤壁之战以后。当时曹操已经53岁，年事渐高，面对连年战乱，统一中国的事业仍旧未完成，因而忧愁幽思，苦闷煎熬。但他并不灰心，仍以统一天下为己任，决心广泛招揽人才，招纳贤士致力于建功立业。

诗的首六句采用比兴手法。一开头，诗人略一勾勒，便写出了鸿雁的境遇及其春来冬去的候鸟特征。“塞北”、“无人乡”强调其孤寂寥落，“万里余”则突出路途之遥。鸿雁万里远征，与同类结伴而行，相濡以沫，处于寂寞凄凉的环境中；它们顺从节令的安排，严冬则南飞而食稻，阳春则北翔而重回，其辛劳困苦不言而喻。“田中有转蓬”四句为第二层次，诗人没有像通常的诗歌那样在比兴后立刻引入正题，而是再用一比兴手法，写蓬草随风飘荡，无所归止，也永远无法回归故土。“相当”意为与故根相遇。“鸿雁”与“转蓬”这两个艺术形象极不相同，鸿雁有信，依节侯岁岁而回；转蓬无节，随轻风飘荡不止。但是，它们本质上是一样的，都不得不转徙千万里之外。

在连续铺垫以后，诗歌第三层切入正题，写征夫之状虽只有六句，却括尽他们艰险苦难生活的内容：一为出征之遥，远赴万里，镇守四方；二为出征之苦，马不解鞍，甲不离身；三为年岁飞逝，老之将至；四为故乡之思，返还无期，徒作渴念。这几方面有紧密关系，而思乡不得归是其关键。因为愿望不能实现，其思乡之情也就日益加深。这一层所表现的乡关之思显得极为真切和强烈，虽然没有一个愁、苦之类的主观色彩的词语，但纯朴的语言，却更能收到动人心魄的效果。

“神龙藏深泉”四句为诗歌最后一层，诗人描写完正题后又将笔墨宕开，连用神龙、猛兽、狐狸等数个比喻。神龙藏于深泉，猛兽步于高冈，各有定所，各遂其愿，令有家归不得的征夫很是羡慕。“狐死归首丘”典出《礼记·檀弓》：“古之人有言曰：‘狐死正首丘，仁也’。”比兴手法的反复使用，给诗歌带来了从容舒卷、开阖自如的艺术美感。全诗丝毫没有华丽词句，唯见其朴实之语。钟嵘《诗品》评曹操诗说：“曹公古直，甚有悲凉之句。”从这首诗来看，“古直”二字评价很中肯。

感离赋

曹　丕（三国）

【原文】

建安十六年，上西征，余居守，老母诸弟皆从，不胜思慕，乃作赋曰：秋风动兮天气凉，居常不快兮中心伤。出北园兮彷徨，望众墓兮成行。柯条憯[①]兮无色，绿草变兮萎黄。感微霜兮零落，随风雨兮飞扬。日薄暮兮无悰[②]，思不衰兮愈多。招延伫[③]兮良从，忽踟蹰兮忘家。

【注释】

①憯（cǎn）：万分悲怜，凄惨。

②无悰：没有欢乐。

③延伫（zhù）：久立；引颈悬望。

【译文】

建安十六年秋七月，曹操西征，母亲及弟弟们都追随他而去，只留我在家，我非常想念亲人，因此做此赋：秋风刮起来了，天气变凉，我感到心中悲伤。走出北园，满目萧索，只见前面的原野上坟茔累累成行，树枝在悲伤中瑟瑟发抖，原本葱绿的野草也变得一片萎黄。秋风中，我感到有霜飞落，好像下起了雨。太阳西落，我愁绪万千，思想纷乱。我的侍从向我招手，让我回去，我徘徊良久竟忘了归家。

【赏析】

建安十六年秋七月，曹操西征马超、韩遂。曹丕之母卞氏及弟弟们都跟随而去，而曹丕则独留邺城在家守候。曹丕在这时写下了这首《感离赋》。当时，正是“秋风动兮天气凉”，曹丕心情相当不愉快。他独自走出北园后，满目萧索，意绪迷茫。只见前面的原野上坟茔累累成行，树枝在风中瑟瑟颤动，原本葱绿的野草也变得一片萎黄。秋风中，他甚至感到了一些纷纷漠漠的霜雪在空中飘扬。西边的夕阳也正在消隐，头脑中的纷乱思绪却越来越多，理不清头绪。身边的忠实随从在向他招手，该回去了，他徘徊良久竟忘记了回家。全诗笼罩着一种淡淡的忧伤，表达了诗人的孤独情怀和对亲人的思念之情。

饮酒·其五

陶渊明（魏晋）

【原文】

结庐在人境①，而无车马喧。
问君②何能尔③？心远地自偏。
采菊东篱下，悠然④见南山⑤。
山气日夕佳，飞鸟相与还⑥。
此中有真意，欲辨已忘言⑦。

【注释】

①结庐在人境：构筑房舍。结，建造、构筑。庐，简陋的房屋。人境：人聚居的地方。

②君：陶渊明自谓。

③尔：如此、这样。

④悠然：自得的样子。南山：指庐山。因采菊而见山，境与意会，此句最有妙处。

⑤见：通常读作（xiàn），但有时也被人读作（jiàn）。（学术界仍无确切定论，但大部分学者认为读（xiàn）更好，仿佛南山出现在眼前。如：风吹草低见牛羊）

⑥山气二句：意谓傍晚山色秀丽，飞鸟结伴而还。日夕，傍晚。相与，相交、结伴。

⑦此中二句：意谓此中含有人生的真正意义，想辨别出来，却忘了如何用语言表达。

【译文】

我家建在众人聚居的繁华之地，然而没有烦神去应酬车马的喧闹。要问我怎能如此超凡洒脱，心灵避离尘俗自然幽静远邈。东篱下采撷清菊心情徜徉，无意中见到南山胜景绝妙。暮色中缕缕彩雾萦绕升腾，结队的鸟儿回归远山的怀抱。南山仰止啊，这里有人生的真义，已经无须多言。

【赏析】

本诗是陶渊明组诗《饮酒》二十首中的第五首。诗的意象构成中情景交融，全在一偶然无心上。“采菊”二句所表达的都是偶然之兴味，东篱有菊，偶然采之；而南山之见，亦是偶尔凑趣；山且无意而见，菊岂有意而采？山中飞鸟，为日夕而归；但其归也，适值吾见南山之时，此亦偶凑之趣也。这其中的“真意”，乃千古不传之秘，即使道书千卷、佛经万页，也不能将其中的奥妙道尽，所以只好“欲辨已忘言”不了了之。这种偶然的情趣，偶然无心的情与景相会，正是诗人生命自我敞亮之时，其空明无碍的本真之境的无意识投射。大隐隐于市，真正宁静的心境，不是自然造就的，而是你自己的心境的外化。千古名句“采菊东篱下，悠然见南山”，表达了诗人悠然自得、寄情山水的情怀。

杂诗·人生无根蒂

陶渊明（魏晋）

【原文】

人生无根蒂，飘如陌上尘①。
分散逐风转，此已非常身②。
落地③为兄弟，何必骨肉亲！
得欢当作乐，斗④酒聚比邻。
盛年⑤不重来，一日难再晨。
及时⑥当勉励，岁月不待人。

【注释】

①蒂（dì）：花等与枝茎相连处都叫蒂。陌：东西的路，这里泛指路。这两句是说人生在世没有根蒂，飘泊如路上的尘土。

②此：指此身。非常身：不是经久不变的身，即不再是盛年壮年之身。这句和上句是说生命随风飘转，此身历尽了艰难，已经不是原来的样子了。

③落地：刚生下来。

④斗：酒器。

⑤盛年：壮年。

⑥及时：趁盛年之时。

【译文】

人生在世没有根蒂，飘泊如路上的尘土。生命随风飘转，此身历尽了艰难，已经不是原来的样子了。世人都应当视同兄弟，何必亲生的同胞弟兄才能相亲呢？遇到高兴的事就应当作乐，有酒就要邀请近邻共饮。青春一旦过去便不可能重来，一天之中永远看不到第二次日出。应当趁年富力强之时勉励自己，因为光阴流逝，并不等待人。

【赏析】

陶渊明《杂诗》共有十二首，此为第一首。王瑶先生认为前八首“辞气一贯”，当作于同一年内。据其六“奈何五十年，忽已亲此事”句意，证知作于公元414年（晋安帝义熙十年），时陶渊明五十岁，距其辞官归田已有八年。

这组《杂诗》，实即“不拘流例，遇物即言”（《文选》李善注）的杂感诗。正如明黄文焕《陶诗析义》卷四所云：“十二首中愁叹万端，第八首专叹贫困，余则慨叹老大，屡复不休，悲愤等于《楚辞》。”可以说，慨叹人生之无常，感喟生命之短暂，是这组《杂诗》的基调。

“人生无根蒂”四句引《古诗十九首》之“人生寄一世，奄忽若飘尘”，用来感叹人生的反复无常。将人生比作无根之木、无蒂之花，是为一喻，再比作陌上尘，又是一喻，比中之比，象外之象，直把诗人深刻的人生体验写了出来，透露出至为沉痛的悲怆。

“落地为兄弟，何必骨肉亲。”承前而来，既然每个人都已不是最初的自我，那又何必在乎骨肉之亲、血缘之情呢？来到这个世界上的都应该成为兄弟。这一层意思出自《论语》：“子夏曰：‘君子敬而无失，与人恭而有礼。四海之内，皆兄弟也。君子何患乎无兄弟也？’”这也是陶渊明在战乱年代对和平、泛爱的一种理想渴求。“得欢当作乐，斗酒聚比邻。”阅历的丰富往往使人对人生的悲剧性有更深刻的认识，虽然遭逢不尽挫折，诗人却没有完全放弃美好的人生理想，他转向官场宦海之外的自然去寻求美，转向仕途荣利之外的村居生活去寻求精神上的欢乐，这种欢乐平淡平和、明净淳朴。“斗酒聚比邻”正是这种陶渊明式的欢乐的写照。

“盛年不重来”四句常被人们引用来勉励年轻人要抓紧时机，珍惜光阴，努力学习，奋发上进。陶渊明在自然中发现了自然的纯净之美，在村居生活中找到了质朴的人际关系，在田园劳动中得到了自我价值的实现。这首诗起笔就命运之不可把握发出慨叹，读来使人感到迷惘、沉痛。继而振起，诗人执著地在生活中寻找着友爱，寻找着欢乐，给人一线希望。终篇慷慨激越，使人为之感奋。全诗用语朴实无华，取譬平常，质如璞玉，然而内蕴极丰富，波澜跌宕，发人深省。

思吴江歌

张　翰（魏晋）

【原文】

秋风起兮木叶①飞，吴江水兮鲈②正肥。

三千里兮家未归，恨难禁兮仰天悲。

【注释】

①木叶：树叶。

②鲈：即桂花鱼，古名银鲈、玉花鲈。体侧扁，巨口细鳞，身有桂花色纹，肉肥嫩鲜美。

【译文】

秋风起，树叶飞，吴江的鲈鱼鲜又肥。离家三千里，想回未能回。

思念家乡的愁和恨，怎么也压抑不住，只能向天悲叹！

【赏析】

读唐宋诗词，常会看到“秋风鲈脍”、“莼羹鲈脍”（莼羹：即莼菜汤。莼，一种水生植物，叶椭圆，柔滑味美。鲈鱼脍：即鲈鱼片）的典故，这典故就是出自张翰。张翰，字季鹰，西晋吴郡吴人，家住吴江（即吴淞江）、太湖间。其为人纵任不拘，时人比为阮籍，称之为“江东步兵”。他本无意于功名，竟也鬼使神差到洛阳做了几年官，自然觉着很不适应。

“秋风起兮木叶飞”，首句即见其思情的发动。悲凉的秋风最容易触动人们的节序之感和念远之情。从时间上说，秋往往意味着岁暮即将来临，使人觉着时光的流逝、流年的虚度。从空间看，秋高气清，万木萧萧，视野一下空阔起来，不自觉中自有人在何方、家在何方之叹。秋风一吹，又使作者想起往昔的乡居生活、家乡风物，第二句就自然接上了：“吴江水兮鲈正肥”。鲈鱼，是作者家乡的特产，味极鲜美，秋天又正是鱼肥的季节。“鲈正肥”着一“正”字，便与“秋风起”连上了，同时还流露了一种“正”当其时、迫不及待的心情。下两句直抒其情。“三千里兮家未归，恨难禁兮仰天悲。”“三”比“数”来得明确、爽口，同时它既可表确数，又可表虚数，而且往往指向多的方面，这“三千里”比“数千里”更能给人以距离遥远之感。下句的“恨”是思归不得之恨，这种恨想压也压不住，于是仰天悲叹。这里把他的思归之情表现得异常强烈。这首短歌似是最早的七言四句押同部平声韵的作品，虽然句句用韵，句句有“兮”，未脱楚歌格调，但向后来的七绝体式还是前进了一步。

敕勒歌①

佚　名（南北朝）

【原文】

敕勒川②，
阴山③下。
天似穹庐④，
笼盖四野⑤。
天苍苍⑥，野茫茫⑦，
风吹草低见⑧牛羊。

【注释】

①《敕勒（chì lè）歌》：这是南北朝时代敕勒族的一首民歌。

②敕勒川：敕勒族居住的地方，在现在的山西、内蒙古一带。川：平川、平原。

③阴山：山脉的名称，在内蒙古自治区的北部，又叫“大青山”。

④穹庐：蒙古包。

⑤笼盖四野（yǎ）：笼盖，笼罩；四野，草原的四面八方。

⑥天苍苍：苍，青。天苍苍，天蓝蓝的。

⑦野茫茫：草原无边无际。

⑧见（xiàn）：显露，露出来。

【译文】

阴山脚下啊，有敕勒族生活的大平原。敕勒川的天空啊，它的四面与大地相连，看起来好像牧民们居住的毡帐一般。蓝天下的草原啊，翻滚着绿色的波澜，那风吹到草低处，有一群群的牛羊时隐时现。

【赏析】

这首北朝民歌，虽然仅有短短三十个字，却有极大的艺术感染力。它歌咏了北国草原的富饶、壮丽，抒发了敕勒人对养育他们的水土，对游牧生活无限热爱之情。

“敕勒川，阴山下”，诗歌一开头就以高亢的音调，吟咏出北方的自然风光，无遮无拦，高远辽阔。这简洁的六个字，格调雄阔宏放，透显出敕勒民族雄强有力的性格，从中我们也可以强烈地感受到那不可抑制的由衷赞美之情。

“天似穹庐，笼盖四野”，这两句承接上面的背景，极言画面之壮阔，天野之恢宏。同时，抓住了这一民族生活的最典型的特征，歌者以如椽之笔勾画了一幅北国风貌图。“天苍苍，野茫茫，风吹草低见牛羊”，“天”、“野”两句承上，且描绘笔法上略有叠沓，蕴涵着咏叹抒情的情调。作者运用叠词的形式，极力突出天空之苍阔、辽远，原野之碧绿、无垠。这两句显现出敕勒民族博大的胸襟、豪放的性格。“风吹草低见牛羊”这最后一句是全文的点睛之笔，描绘出一幅殷实富足、其乐融融的景象。

这首民歌从语言到意境可谓浑然天成，它简单朴素、意韵真淳。语言无晦涩难懂之句，浅近明快、酣畅淋漓地抒写了敕勒人的豪情。

人日①思归

薛道衡（南北朝）

【原文】

入春才七日，
离家已二年。
人归落雁后②，
思发在花前③。

【注释】

①人日：古代相传农历正月初一为鸡日，初二为狗日，初三为猪日，初四为羊日，初五为牛日，初六为马日，初七为人日。

②人归落雁后：诗人回家的日子要落在春回大地北飞的雁群之后。

③思发在花前：想回家的念头发生在春花开放以前。

【译文】

现在是正月初七，我离家已经有两年了，在春花开放以前，我就想着回家，而真正回家的日子却要落在春回大地雁群北飞之后了。

【赏析】

诗句一开始就点出诗人是在异地他乡辞旧岁迎新年的。从诗句的词语中可看出，“离家已二年”并不是真的离家已整整两年。后两句，诗人告诉我们，他在春花开放前就有了归家的念头，但是因为种种原因，真正能动身回乡，可能要落在南雁北飞的日子之后。诗歌写出了远在他乡的人时刻都在想着回家的普遍心理。

别宋常侍

尹　式（隋朝）

【原文】

游人[①]杜陵北，送客汉川东。
无论去与住，俱是一飘蓬。
秋鬓含霜白，衰颜倚酒红。
别有相思处，啼鸟杂夜风。

【注释】

①游人：指宋长待。

【译文】

我要到汉水以东的地方去，宋常侍在杜陵北为我送行。他也是宦游之人，无论是行者还是送行者，都是天涯漂泊，就像秋后随风飘荡的蓬草一样。彼此都是两鬓如秋霜的白发之人了，衰老的容颜依仗酒力才变红。今日离别之情固然令人难忘，但异日又将会有新的情景触动自己的相思之情。分手以后，我将会因为思念好友而不得安眠，得以听到静夜里的乌啼声夹杂着如泣如诉的夜风声。

【赏析】

第二联运用比喻，将游子比作飘蓬，表现其飘泊不定，孤单无依的特点，写出了诗人伤感，孤苦之情。末句写别后相思之情，借风中乌鸦夜啼的印象，渲染凄凉的气氛，表达诗人相思的凄苦。

酬乐天扬州初逢席上见赠[①]

刘禹锡（唐朝）

【原文】

巴山楚水[②]凄凉地，二十三年弃置身[③]。
怀旧空吟闻笛赋[④]，到乡翻似烂柯人[⑤]。
沉舟侧畔千帆过，病树前头万木春。
今日听君歌一曲，暂凭杯酒长精神。

【注释】

①酬：答谢，酬答，这里是指以诗相答的意思。用诗歌赠答。乐天：指白居易，字乐天。见赠：送给（我）。

②巴山楚水：古时四川东部属于巴国，湖南北部和湖北等地属于楚国。刘禹锡曾被贬到这些地方做官，所以用巴山楚水指诗人被贬到之地。

③二十三年：从唐顺宗永贞元年（805 年）刘禹锡被贬为连州刺史到写此诗时，共 22 个年头，因第二年才能回到京城，所以说 23 年。弃置身：指遭受贬谪的诗人自己。

④怀旧：怀念故友。吟：吟唱。闻笛赋：指西晋向秀的《思旧赋》。三国曹魏末年，向秀的朋友嵇康 、吕安因不满司马氏篡权而被杀害。后来，向秀经过嵇康、吕安的旧居，听到邻人吹笛，不禁悲从中来，于是作《思旧赋》。序文中说：自己经过嵇康旧居，因写此赋追念他。刘禹锡借用这个典故怀念已死去的王叔文、柳宗元等人。

⑤翻似：倒好像。翻：副词，反而。烂柯人：指晋人王质。相传晋人王质上山砍柴，看见两个童子下棋，就停下观看。等棋局终了，手中的斧柄（柯）已经朽烂。回到村里，才知道已过了一百年。同代人都已经亡故。作者以此典故表达自己遭贬 23 年的感慨。刘禹锡也借这个故事表达世事沧桑，人事全非，暮年返乡恍如隔世的心情。

【译文】

巴山楚水一带荒远凄凉，二十三年来，我被朝廷抛弃在那里。回到家乡后，熟悉的人都已逝去，只能哼唱着向秀闻笛时写的《思旧赋》来怀念他们，而自己也成了神话中那个烂掉了斧头的人，已无人相识，真令人恍如隔世啊。在沉舟旁边有上千条船争相驶过，枯败的病树前万棵绿树生机勃发。今天听到你为我作的那一首诗，就借这美酒重新振作起精神吧。

【赏析】

唐敬宗宝历二年（826），刘禹锡罢和州刺史任返洛阳，同时白居易从苏州归洛，两位诗人在扬州相逢。白居易在筵席上写了一首诗相赠："为我引杯添酒饮，与君把箸击盘歌。诗称国手徒为尔，命压人头不奈何。举眼风光长寂寞，满朝官职独蹉跎。亦知合被才名折，二十三年折太多。"刘禹锡便写了《酬乐天扬州初逢席上见赠》来酬答他。

刘禹锡这首酬答诗，接过白诗的话头，着重抒写出在那种特定环境中自己的感情。这两句诗，在同情之中又包含着赞美，显得十分委婉。因为白居易在诗的末尾说到二十三年，所以刘禹锡在诗的开头就接着说："巴山楚水凄凉地，二十三年弃置身。"自己谪居在巴山楚水这荒凉的地区，算来已经有二十三个年头了。一来一往，显出朋友之间推心置腹的亲切关系。

接着，诗人自然地发出感慨道："怀旧空吟闻笛赋，到乡翻似烂柯人。"说自己在外二十三年，如今回来，许多老朋友都已去世，只能徒然地吟诵"闻笛赋"表示悼念而已。此番回来恍如隔世，觉得人事全非，旧日的光景一去再也不回来了。后一句用王质烂柯的典故，既暗示了自己贬谪时间的长久，又表现了世态的变迁，以及回归之后生疏而怅惘的心情，涵义十分丰富。

正因为"沉舟"这一联诗突然振起，一变前面伤感低沉的情调，尾联便顺势而下，写道："今日听君歌一曲，暂凭杯酒长精神。"点明了酬答白居易的题意。意思是说，今天听了你的诗歌不胜感慨，暂且借酒来振奋精神吧！刘禹锡在朋友的热情关怀下，表示要振作起来，重新投入到生活中去，表现出坚韧不拔的意志。诗情起伏跌宕，沉郁中见豪放，是酬赠诗中优秀之作。

题破山寺[1]后禅院

常　建（唐朝）

【原文】

清晨入古寺，初日照高林。
曲径通幽处，禅房花木深。
山光悦鸟性，潭影空人心。
万籁[2]此俱寂，但余钟磬[3]声。

【注释】

①破山寺：即兴福寺，今江苏省常熟市北。
②万籁：一切声响。
③磬：和尚念经时敲的一种乐器。

【译文】

清晨我信步来到破山寺，
朝阳映照着高高的树林。
曲折山道通向幽静处所，
禅房深藏之处花卉缤纷。
山光秀丽怡悦群鸟性情，
碧潭映影净化人的心灵。
自然界的声音全然消失，

只听到院里的钟磬声音……

【赏析】

本诗赞美了后禅院景色的幽静、秀美，抒发诗人寄情山水之胸怀。诗人清晨登常熟县的破山，入破山寺（即兴福寺），在旭日初升、光照山林的景色中，表露礼赞佛宇之情。然后走到山寺幽静的后院，面对美妙的佳境，忘情地欣赏。

“曲径通幽处，禅房花木深”句的意境描写显得尤其静净、自然。起句对偶，颔联反而对得不工整，虽属五律，却有古体诗的风韵。破山在今江苏常熟，寺指兴福寺，是南齐时郴州刺史倪德光施舍宅园改建的，到唐代已属古寺。诗中抒写清晨游寺后禅院的观感，笔调古朴，描写省净，兴象深微，意境浑融，艺术上相当完整，是盛唐山水诗中独具一格的名篇。

使至塞上[①]

王　维（唐朝）

【原文】

单车欲问边[②]，属国[③]过居延。
征蓬[④]出汉塞，归雁入吴天。
大漠孤烟直，长河落日圆。
萧关逢候骑，都护在燕然。

【注释】

①使至塞上：奉命出使边塞。使：出使。

②单车：一辆车，车辆少，这里形容轻车简从。问边：到边塞去察看，指慰问守卫边疆的官兵。

③属国：有几种解释：一指少数民族附属于汉族朝廷而存其国号者。汉、唐两朝均有一些属国。二指官名，秦汉时有一种官职名为典属国，苏武归汉后即授典属国官职。唐人有时以“属国”代称出使边陲的使臣。居延：地名，汉代称居延泽，唐代称居延海，在今内蒙古额济纳旗北境。又西汉张掖郡有居延县（参《汉书·地理志》），故城在今额济纳旗东南。又东汉凉州刺史部有张掖居延属国，辖境在居延泽一带。此句一般注本均言王维路过居延。然而王维此次出使，实际上无需经过居延。因而林庚、冯沅君主编的《中国历代诗歌选》认为此句是写唐王朝“边塞的辽阔，附属国直到居延以外”。

④征蓬：随风飘飞的蓬草，此处为诗人自喻。

【译文】

乘单车想去慰问边关，路经的属国已过居延。

千里飞蓬也飘出汉塞，北归大雁正翱翔云天。

浩瀚沙漠中孤烟直上，无尽黄河上落日浑圆。

到萧关遇到侦候骑士，告诉我都护已在燕然。

【赏析】

开元二十五年（737）河西节度副大使崔希逸战胜吐蕃，唐玄宗命王维以监察御史的身份出塞宣慰，察访军情，而实际情况是将王维排挤出朝廷，这首诗正是作于赴边途中。“单车欲问边”，轻车前往，向哪里去呢？“属国过居延”，居延在今甘肃张掖县西北，远在西北边塞。“征蓬出汉塞，归雁入胡天”，诗人以“蓬”、“雁”自比，说自己就像随风而去的蓬草一样出临“汉塞”，像振翅北飞的“归雁”一样进入“胡天”。

然后诗人抓住沙漠中的典型景物进行刻画：“大漠孤烟直，长河落日圆”。最后两句写到达边塞的情景：“萧关逢候骑，都护在燕然”。到了边塞，却没有遇到将官，侦察兵告诉使臣：首将正在燕然前线。

诗人把笔墨重点用在了他最擅胜场的方面——写景。作者出使，恰在春天。途中见数行归雁向北飞翔，诗人即景设喻，用归雁自比，既叙事，又写景，一笔两到，贴切自然。

尤其是“大漠孤烟直，长河落日圆”一联，写出了诗人进入边塞后所看到的塞外奇特壮丽的风光，画面开阔，意境雄浑，今人王国维称之为“千古壮观”的名句。边疆沙漠，浩瀚无边，所以用了“大漠“的“大”字。边塞荒凉，没有什么奇观异景，烽火台燃起的那一股浓烟就显得格外醒目，因此称作“孤烟”。一个“孤”字写出了景物的单调，紧接一个“直”字，却又表现了它的劲拔、坚毅之美。沙漠上没有山峦林木，那横贯其间的黄河，就非用一个“长”字不能表达诗人的感觉。落日，本来容易给人以感伤的印象，这里用一“圆”字，却给人以亲切温暖而又苍茫的感觉。

《红楼梦》第四十八回里说：“‘大漠孤烟直，长河落日圆’。想来烟如何直？日自然是圆的。这‘直’字似无理，‘圆’字似太俗。合上书一想，倒像是见了这景的。要说再找两个字换这两个，竟再找不出两个字来。”这就是“诗的好处，有些意思虽然口里说不出来，想去却是逼真的；又似乎无理的，想去竟是有理有情的。”这段话可算道出了这两句诗高超的艺术境界。

次①北固山②下

王　湾（唐朝）

【原文】

客路青山外，行舟绿水前。
潮平两岸阔，风正一帆悬。
海日生残夜，江春入旧年。
乡书何处达，归雁洛阳边。

【注释】

①次：住宿，这里指船停泊。

②北固山：在今江苏省镇江市北，三面临江，形势险固，因以为名。

【译文】

我要走的路还远在青山之外，乘着帆船在绿水中前进，江湖涌涨，水岸相平，两岸顿显开阔；风顺平和，白帆高悬，小船急速行驶。海日冲破残夜冉冉而升，旧年未逝，春天已悄悄来临。家书如何寄故乡？让北归的大雁捎回洛阳城。

【赏析】

这首题为《次北固山下》的五律，最早见于唐人芮挺章编选的《国秀集》。唐人殷璠选入《河岳英灵集》时题为《江南意》，但有不少异文："南国多新意，东行伺早天。潮平两岸失，风正数帆悬。海日生残夜，江春入旧年。从来观气象，惟向此中偏。"本文系据长期传诵的《次北固山下》。

王湾是洛阳人，一生中，"尝往来吴楚间"。"北固山"，在今江苏镇江市以北，三面临江。上引《江南意》中首二句为"南国多新意，东行伺早天。"其"东行"，是诗人经过镇江到江南一带去。诗人一路行来，当舟次北固山下的时候，看到了潮平岸阔，残夜归雁，触发了心中的情思，吟成了这一千古名篇。

诗以对偶句发端，既工丽，又跳脱。"客路"，指作者要去的路。"青山"点题中"北固山"。作者乘舟，正朝着展现在眼前的"绿水"前进，驶向"青山"，驶向"青山"之外遥远的"客路"。这一联先写"客路"而后写"行舟"，其人在江南、神驰故里的飘泊羁旅之情，已流露于字里行间，与末联的"乡书"、"归雁"，遥相照应。

次联的"潮平两岸阔"，"阔"，表现了"潮平"的结果。春潮涌涨，江水浩渺，放眼望去，江面似乎与岸平了，船上人的视野也因此开阔起来。这一句，写得恢弘阔大，下一句"风正一帆悬"，便愈见精采。"悬"是端端直直地高挂着的样子。诗人不用"风顺"而用"风正"，是因为光"风顺"还不足以保证"一帆悬"。风虽顺，却很猛，那帆就鼓成弧形了。只有既是顺风，又是和风，帆才能够"悬"。那个"正"字，兼包"顺"与"和"的内容。这一句写小景已相当传神。但还不仅如此，如王夫之所指出，这句诗的妙处，还在于它“以小景传大景之神”（《姜斋诗话》卷上）。诗句妙在通过“风正一帆悬”这一小景，把平野开阔、大江直流、波平浪静等等的大景也表现出来了。

读到第三联，就知道作者是于岁暮腊残，连夜行舟的。潮平而无浪，风顺而不猛，近看可见江水碧绿，远望可见两岸空阔。这显然是一个晴明的、处处透露着春天气息的夜晚，孤舟扬帆，缓行江上，不觉已到残夜。这第三联，就是表现江上行舟，即将天亮时的情景。

（《河岳英灵集》）明代胡应麟在《诗薮·内编》里说，“海日”一联“形容景物，妙绝千古”。当残夜还未消退之时，一轮红日已从海上升起；当旧年尚未逝去，江上就已经显出春意。“日生残夜”、“春入旧年”，都表示时序的交替，而且是那样匆匆不可待，这怎不叫身在“客路”的诗人顿生思乡之情呢？这两句炼字炼句也极见功夫。作者从炼意着眼，把“日”与“春”作为新生的美好事物的象征，提到主语的位置而加以强调，并且用“生”字和“入”字使之拟人化，赋予它们以人的意志和情思。妙在作者无意说理，却在描写景物、节令之中，蕴含着一种自然的理趣。给人以乐观、积极、向上的艺术鼓舞力量。

海日东升，春意萌动，诗人放舟于绿水之上，继续向青山之外的客路驶去。这时候，一群北归的大雁正掠过晴空。雁儿正要经过洛阳的啊！诗人想起了“雁足传书”的故事，还是托雁捎个信吧：雁儿啊，烦劳你们飞过洛阳的时候，替我问候一下家里人。这两句紧承三联而来，遥应首联，全篇笼罩着一层淡淡的乡思愁绪。这首五律虽然以第三联驰誉当时，传诵后世，但并不是只有两个佳句而已；从整体看，也是十分生动美好。

登幽州①台歌

陈子昂（唐朝）

【原文】

前不见古人，后不见来者。

念天地之悠悠②，独怆然③而涕下。

【注释】

①幽州：古十二州之一，现今北京市。

②悠悠：渺远的样子。

③怆然：悲伤凄凉。

【译文】

先代的圣君，我见也没见到，后代的明主，要等到什么时候？想到宇宙无限渺远，我深感人生短暂，独自凭吊，我涕泪纵横凄恻悲愁！

【赏析】

诗人极具政治见识和政治才能，他直言敢谏，但没有被武则天所采纳，屡受打击，心情郁郁悲愤。

当诗人登上幽州的蓟北楼远望，悲从中来，并以“山河依旧，人物不同”来抒发自己“生不逢辰”的哀叹。语言奔放，富有感染力。在艺术表现上，前两句是俯仰古今，写出时间的绵长；第三句登楼眺望，写空间的辽阔无限；第四句写诗人孤单悲苦的心绪。这样前后相互映照，格外动人。句式长短参错，音节前紧后舒，这样抑扬变化，互相配合，大大增强了艺术感染力。

离　思

元　稹（唐朝）

【原文】

曾经①沧海②难为水，除却③巫山不是云。
取次④花丛懒回顾，半缘⑤修道⑥半缘君。

【注释】

①曾经：曾经历过。曾，副词。经，经历。
②沧海：大海。因海水呈苍青色，故称沧海。
③除却：除了。
④取次：循序而进。
⑤半缘：一半因为。
⑥修道：作者既信佛也信道，但此处指的是品德学问的修养。

【译文】

经历过无比深广的沧海的人，别处的水再难以吸引他；除了云蒸霞蔚的巫山之云，别处的云都黯然失色。我在花丛中任意来回却懒于回顾，一半因为我潜心修道，一半因为曾经有你。

【赏析】

“曾经沧海难为水，除却巫山不是云。”这句话的意思是：经历过无比深广之沧海的人，别处的水再难以吸引他；除了云蒸霞蔚的巫山之云，别处的云都黯然失色。

作者以沧海之水和巫山之云隐喻爱情之深广笃厚，见过大海、巫山，别处的水和云就难以看上眼了，除了自己所念、钟爱的女子，再也没有能使我动情的女子了。诗人的这个“心上人”，据说是双文，即诗人所写传奇《莺莺传》中的莺莺，诗人因双文出身寒门而抛弃她后，有八九年“不向花回顾”（《梦游春七十韵》）。又有人说此诗是为悼念亡妻韦丛而作，韦丛出身高门，美丽贤慧，二十七岁早逝后，诗人曾表示誓不再娶（《遣悲怀·之三》）。

两句诗化用典故，取譬非常高。前句典出《孟子·尽心上》“观于海者难为水”；后句典出宋玉《高唐赋序》“妾在巫山之阳，高丘之阻、旦为朝云、暮为行雨”。后人引用这两句诗，多喻指对爱情的忠诚，说明非伊莫属、爱不另与。这两句诗被后人简缩为成语“曾经沧海”，还可比喻曾经经历过很大的场面，眼界开阔，见多识广，对比较平常的事物不放在眼里。

初春小雨

韩　愈（唐朝）

【原文】

天街①小雨润如酥②，草色遥看近却无。

最是一年春好处，绝胜烟柳满皇都。

【注释】

①天街：旧称帝都的城市。

②酥：牛羊奶中提炼出来的脂肪，即酥油。

【译文】

初春的小雨落到京城的街道上，犹如酥油一样柔腻光滑，绿茸茸的细草，远看似青，而近看似无。这种景致正是一年中最美的，胜过春末满城佛动着的如烟如雾的杨柳。

【赏析】

这首小诗是写给水部员外郎张籍的。张籍在兄弟辈中排行十八，故称“张十八”。诗的风格清新自然，全用口语化写成。看似平淡，实则是并不平淡。韩愈自己说：“艰穷怪变得，往往造平淡”（《送无本师归范阳》）。原来他的“平淡”是来之不易的。

全篇中绝妙佳句便是那“草色遥看近却无”了。试想：早春二月，在北方，当树梢上、屋檐下都还挂着冰凌儿的时候，几乎看不见春的踪影。但若是下过一番小雨，第二天，春便悄悄的来了。雨脚儿轻轻地走过大地，留下了春的印迹，那是最初的春草芽儿冒了出来，远远望去，朦朦胧胧，仿佛有一片极淡极淡的青青之色，这是早春的草色。看着它，人们心里顿时充满欣欣然的生意。可是当你带着无限喜悦之情走近去看个仔细，地上是稀稀朗朗的极为纤细的芽，却反而看不清什么颜色了。这句“草色遥看近却无”，真可谓兼摄远近，空处传神。

诗人就在第三句转折时提醒说：“最是一年春好处。”首诗咏早春，抓住早春之魂，给读者以无穷的美感趣味，甚至是绘画所不能及的。诗人没有彩笔，但他用诗的语言描绘出极难描摹的色彩——一种淡素的、似有却无的色彩。如果没有锐利深细的观察力和高超的诗笔，便不可能把早春的自然美提炼为艺术美。

独坐敬亭山[1]

李　白（唐朝）

【原文】

众鸟高飞尽，孤云独去闲。
相看两不厌，只有敬亭山。

【注释】

①敬亭山：在今安徽省宣城县北。

【译文】

群鸟高飞，绝尽踪影，一片孤云独自悠闲地飘浮而去。我伫立在山顶，注视着敬亭山，敬亭山也看着我，彼此久看不厌。

【赏析】

敬亭山在宣州（治所在今安徽宣城），宣州是六朝以来江南名郡，大诗人如谢灵运、谢朓等曾在这里做过太守。李白一生七游宣城，这首五绝作于天宝十二载（753）秋游宣州时，距他被迫于天宝三载离开长安已过去整整十年时间。长期飘泊生活，使李白饱尝了人间辛酸滋味，看透了世态炎凉，从而加深了对现实的不满，增添了孤寂之感。此诗写独坐敬亭山时的情趣，也表达了诗人带着怀才不遇而产生的孤独与寂寞的感情，到大自然怀抱中寻求安慰心境。

前二句“众鸟高飞尽，孤云独去闲”，看似写眼前之景，其实，写尽了孤独之感：天上几只鸟儿高飞远去，直至无影无踪；寥廓的长空还有一片白云，却也不愿停留，慢慢地越飘越远，似乎世间万物都在厌弃诗人。“尽”“闲”两个字，把读者引入一个“静”的境界：仿佛是在一群山鸟的喧闹声消除之后格外感到清静；在翻滚的厚云消失之后感到特别的清幽平静。

诗的下半运用拟人手法写诗人对敬亭山的喜爱。鸟飞云去之后，静悄悄地只剩下诗人和敬亭山了。结句中“只有”两字也是经过锤炼的，更突出诗人对敬亭山的喜爱。“静”是全诗的血脉。这首平淡恬静的诗之所以如此动人，就在于诗人的思想感情与自然景物的高度融合而创造出来的“寂静”的境界，无怪乎沈德潜在《唐诗别裁》中要夸这首诗是“传‘独坐’之神”了。

春　望

杜　甫（唐朝）

【原文】

国破①山河在，城春草木深。
感时花溅泪②，恨别鸟惊心。
烽火连三月，家书抵万金。
白头搔更短，浑③欲不胜簪④。

【注释】

①国破：指国都长安被叛军占领。

②感时句：因感叹时事，见到花也会流泪。

③浑：简直。

④不胜簪：因头发短少，连簪子也插不上。

【译文】

长安沦陷国家破碎，只有山河依旧，
春天来了城空人稀，草木茂密深沉。
感伤国事面对繁花，难禁涕泪四溅，
亲人离散鸟鸣惊心，反觉增加离恨。
立春以来战火频连，已经蔓延三月，
家在鄜州音讯难得，一信抵值万金。
愁绪缠绕搔头思考，白发越搔越短，
头发脱落既短又少，简直不能插簪。

【赏析】

唐玄宗天宝十五年（756）七月，安史叛军攻陷长安，肃宗在灵武即位，改元至德。杜甫在投奔灵武途中，被叛军俘至长安，次年（至德二年）写此。

诗人目睹沦陷后的长安之箫条零落，身历逆境思家情切，不免感慨万端。诗的一、二两联，写春城败象，饱含感叹；三、四两联写心念亲人境况，充溢离情。

全诗沉着蕴藉，真挚自然，反映了诗人热爱祖国，眷怀家人的感情。今人徐应佩、周溶泉等评此诗曰：“意脉贯通而平直，情景兼备而不游离，感情强烈而不浅露，内容丰富而不芜杂，格律严谨而不板滞。”此论颇为妥帖。“家书抵万金”亦为流传千古之名言。

旅夜书怀

杜　甫（唐朝）

【原文】

细草微风岸①，危樯②独夜舟③。星垂平野阔④，月涌大江⑤流。

名岂文章著⑥，官应老病休⑦。飘飘⑧何所似，天地一沙鸥。

【注释】

①岸：指江岸边。

②危樯（qiáng）：高高的船桅杆。

③独夜舟：是说自己孤零零的一个人夜泊江边。

④星垂平野阔：星空低垂，原野显得格外广阔。

⑤月涌：月亮倒映，随水流涌。大江：指长江。

⑥名岂：这句连下句，是用“反言以见意”的手法写的。杜甫确实是以文章而著名的，却偏说不是，可见另有抱负，所以这句是自豪语。休官明明是因论事见弃，却说不是，是什么老而且病，所以这句是自解语了。

⑦官应老病休：官倒是因为年老多病而被罢退。应：认为、是。

⑧飘飘：飞翔的样子，这里含有“飘零”、“飘泊”的意思，因为这里是借沙鸥以写人的飘泊。

【译文】

微风吹拂着江岸的细草，那立着高高桅杆的小船在夜里孤独地停泊着。星星垂在天边，平野显得宽阔；月光随波涌动，大江滚滚东流。我的名气，难道是因为文章而著名？年老病多也应该休官了。自己到处漂泊像什么呢？就像天地间的一只孤零零的沙鸥。

【赏析】

唐代宗永泰元年（765）正月，杜甫辞去节度参谋职务，返居成都草堂。(765)四月，严武死去，杜甫在成都失去了依靠，于是携家由成都乘舟东下，经嘉州（今四川乐山）、榆州（今重庆市）至忠州（今四川忠县）。此诗约为途中所作。诗人用阔大无垠的夜景衬托深沉滞重的孤独感，使人感受到诗人生命的激情正如他笔下奔涌的江流一样澎湃难平。

首联用对起格，写自己夜晚独自行舟的孤苦无依之状。在细草绵延、微风吹拂的岸边，诗人独系高帆夜行之舟。在静夜停舟的寂寥江天里，羁旅之怀油然而生，不可遏止，不言愁而愁自见。

颔联二句分承首联：岸上平野茫茫，群星遥挂如垂；舟前江涛滚滚，月影流动如涌。这两句气魄雄大，境界宏阔，与李白“山随平野尽，江入大荒流”句法略同而工力悉敌。李诗只形容山与江，此二句则野阔星垂，江流月涌，共写四事，画面景物交织的多层次之感似更突出一些。这里不但对于人，对景物的感觉的描写也十分真切，而且通过这种描写突出了自然景观的鲜明特征。

颈联二句，因夜景之广漠寂寥想起身世之深悲。第五句自谦，实乃自负。说“名岂因文章而著”，与作者另一首赠严武诗中“岂有文章惊海内”之句同慨。第六句自解，实乃牢骚。说自己失去官职是因为既老且病，似乎婉转自恨，其实是恨世。真正的情况是与时与事多忤，此意不直接说出，显得悲愤更深。末联即景自况，以沙鸥自比，自伤飘泊，自问自答，老怀悲凉之状愈加突出。广阔的“天地”，映衬一微小的“沙鸥”，愈显出自己飘零不遇身世的可悲与可叹。这个比喻，与开篇的自白首尾相顾。“一沙鸥”呼应“独夜舟”，抒情主人公孤独流浪的形象完全凸现出来了。

闻官军收河南河北

杜　甫（唐朝）

【原文】

剑外忽传收蓟北，初闻涕泪满衣裳。
却看①妻子愁何在②，漫卷③诗书喜欲狂。
白日放歌须纵酒，青春作伴好还乡④。
即从巴峡穿巫峡，便下襄阳向洛阳⑤。

【注释】

①却看：回看。

②愁何在：不再愁。

③漫卷：随手卷起。古代诗文皆写在卷子上。

④青春句：意谓春光明媚，鸟语花香，还乡时并不寂寞。

⑤即从两句：想像中还乡路线，即出峡东下，由水路抵襄阳，然后由陆路向洛阳。此诗句末有自注云：“余有田园在东京。”（指洛阳）。巴峡：四川东北部巴江中之峡。巫峡：在今四川巫山县东，长江三峡之一。襄阳：今属湖北。

【译文】

在剑南忽然传说，收复蓟北的消息，
初听到悲喜交集，涕泪沾满了衣裳。
回头看看妻子儿女，忧愁不知去向？

胡乱收卷诗书，我高兴得快要发狂！
白天我要开怀痛饮，放声纵情歌唱；
明媚春光和我作伴，我好启程还乡。
仿佛觉得，我已从巴峡穿过了巫峡；
很快便到了襄阳，旋即又奔向洛阳。

【赏析】

这是一首叙事抒情诗，作者于代宗广德元年（763）春作于梓州。延续七年多的安史之乱，终于结束了。作者喜闻蓟北光复，想到可以挈眷还乡，喜极而涕，这种心情很容易引起读者共鸣。全诗毫无半点修饰，情真意切。读了这首诗，我们可以想象作者当时对着妻儿侃侃讲述捷报，手舞足蹈，惊喜欲狂的神态。因此，历代诗论家都极为推崇这首诗。浦起龙在《读杜心解》中称赞它是杜甫“生平第一首快诗。”

宿建德江①

孟浩然（唐朝）

【原文】

移舟②泊烟渚③，日暮客愁新。
野旷天低树，江清月近人。

【注释】

①建德江：在浙江省，新安江流径建德的一段。
②移舟：靠岸。
③烟渚：弥漫雾气的沙洲。

【译文】

我把船停泊在暮烟笼罩的小洲，
茫茫暮色给游子新添几分乡愁。
旷野无垠远处天空比树木还低，
江水清澈更觉月与人意合情投……

【赏析】

这是一首描写秋江暮色的诗。先写羁旅夜泊，再叙日暮添愁；然后写到宇宙广袤宁静，明月伴人更亲。一隐一现，虚实相间，两相映衬，互为补充，构成一个特殊的意境。诗中虽不见“愁”字，然野旷江清，“秋色”历历在目。全诗淡而有味，含而不露；自然流出，风韵天成，颇有特色。诗的起句“移舟泊烟渚”，“移舟”，就是移舟近岸的意思；“泊”，这里有停船宿夜的含义。行船停靠在江中的一个烟雾朦胧的小洲边，这一面点出主题，另一面也就为下文的写景抒情作了准备。

第二句“日暮客愁新”，“日暮”显然和上句的“泊”、“烟”有联系，因为日暮，船需要停宿；也因为日落黄昏，江面上才显出水烟蒙蒙。同时“日暮”又是“客愁新”的原因。“客”是诗人自指。若按旧日作诗的所谓起、承、转、合的格式，这第二句就将承、转两重意思揉合在一句之中了，这也是少见的一格。为什么“日暮”会撩起“客愁新”呢？

接下去诗人以一个对句铺写景物，似乎要将一颗愁心化入那空旷寂寥的天地之中。诗的第二句就点出“客愁新”，这三四句好似诗人怀着愁心，在这广袤而宁静的宇宙之中，经过一番上下求索，终于发现了还有一轮孤月此刻和他是那么亲近！寂寞的愁心似乎寻得了慰藉，诗也就戛然而止了。

“江清月近人”，描写的画面让我们见到的是清澈平静的江水，以及水中的明月伴着船上的诗人；可那画面上见不到而应该体味到的，则是诗人的愁心已经随着江水流入思潮翻腾的海洋。这一隐一现，一虚一实，相互映衬，相互补充，正构成一个人“宿建德江，心随明月去”的意境。是的，这“宿”而“未宿”，不正意味深长地表现出“日暮客愁新”吗？“人禀七情，应物斯感；感物吟志，莫非自然”（刘勰《文心雕龙·明诗》）。孟浩然的这首小诗正是在这种情景相生、思与境谐的“自然流出”之中，显示出一种风韵天成、淡中有味、含而不露的艺术美。

枫桥①夜泊

张　继（唐朝）

【原文】

月落乌啼②霜满天，江枫③渔火对愁眠。
姑苏④城外寒山寺⑤，夜半钟声⑥到客船。

【注释】

①枫桥：桥名，在江苏吴县阊门西。

②乌啼：乌鸦啼叫。乌，指乌鸦，亦指夜晚树上的栖鸟。

③江枫：江边的枫树。

④姑苏：苏州市的别称，因城西南有姑苏山而名。

⑤寒山寺：在离枫桥西边一里的寺庙。据传唐初有名的寒山、拾得两个和尚住此，因而得名。

⑥夜半钟声：唐代寺庙有半夜敲钟的习惯。

【赏析】

诗歌从很细小的景色入手，绘制了一幅朦胧静谧、清冷幽美的江南水乡秋夜图。诗歌一、二句，虽然写的是秋夜，但很容易使人感知江边各种秋物的色彩、形态，还有声音和情绪；而且前后词语之意因果相连，推论而出。三、四两句却是个大写笔，把一里以外寒山寺的钟声远距离传送了过来。这捎带着禅的超然的钟声，让一夜未眠的诗人有何感受呢？游子面对霜夜、江枫、渔火，萦绕起缕缕轻愁。这“夜半钟声”不但衬托出了夜的静谧，而且揭示了夜的深沉，而诗人卧听钟声时的种种难以言传的感受，也就尽在不言中了。

诗歌前后两联，所描写的内容一繁一简，体现出来的感觉一实一虚，对比非常清楚。而诗歌所创造的艺术意境，也寓于这繁简虚实对比的玄妙之中。

红豆

王　维（唐朝）

【原文】

红豆①生南国，春来发几枝。

愿君多采撷②，此物最相思。

【注释】

①红豆：又名相思子，一种生在岭南地区的植物，结出的籽像豌豆而稍扁，呈鲜红色。

②采撷：采摘。

【译文】

晶莹闪亮的红豆，产于岭南；

春天来了，该长得叶茂枝繁。

愿你多多采摘它，嵌饰佩带；

这玩艺儿，最能把情思包涵！

【赏析】

这是借咏物而寄相思的诗。一题为《江上赠李龟年》，可见定是眷怀诗人的友人李龟年。起句因物起兴，语虽单纯，却富于想象；接着以设问寄语，意味深长地寄托情思；第三句暗示珍重友谊，表面似乎嘱人相思，背面却深寓自身相思之重；最后一语双关，既切中题意，又关合情思，妙笔生花，婉曲动人。全诗情调健美高雅，怀思饱满奔放，语言朴素无华，韵律和谐柔美。可谓绝句的上乘佳品！

游子吟

孟　郊（唐朝）

【原文】

慈母手中线，游子身上衣。
临行密密缝，意恐迟迟归。
谁言寸草①心，报得三春晖②。

【注释】

①寸草：比喻非常微小。

②三春晖：三春，指春天的孟春、仲春、季春；晖，阳光；形容母爱如春天和煦的阳光。

【译文】

慈祥的母亲手里把着针线。
为将远游的孩子赶制新衣。
临行她忙着缝得严严实实，

是担心孩子此去难得回归。
谁能说像小草的那点孝心，
可报答春晖般的慈母恩惠？

【赏析】

这是一首赞颂母爱的歌。诗中亲切真淳地吟颂了伟大的人性美——母爱。诗的开头两句，所写的人是母与子，所写的物是线与衣，然而却点出了母子相依为命的骨肉之情。中间两句集中写慈母的动作和意态，表现了母亲对儿子的深笃之情。虽无言语，也无泪水，却充溢着爱的纯情，扣人心弦，催人泪下。最后两句是前四句的升华，以通俗形象的比喻，寄托赤子炽烈的情怀，对于春日般的母爱，小草似的儿女，怎能报答于万一呢？

全诗无华丽的词藻，亦无巧琢雕饰，于清新流畅，淳朴素淡的语言中，饱含着浓郁醇美的诗味，情真意切，千百年来拨动无数读者的心弦，引起万千游子的共鸣。

忆 江 南[1]

白居易（唐朝）

【原文】

江南好，
风景旧曾谙[2]。
日出江花红胜火，
春来江水绿如蓝[3]，
能不忆江南？

【注释】

①忆江南：据《乐府杂录》，该词牌又名《谢秋娘》，系唐李德裕为亡姬谢秋娘作。又名《望江南》、《梦江南》等。分单调、双调两体。单调二十七字，双调五十四字，皆平韵。

②谙：熟悉。

③蓝：蓝草，其叶可制青绿染料。

【赏析】

此词写江南春色美景，首句“江南好”，以一个既浅切又圆活的“好”字，摄尽江南春色的种种佳处，而作者的赞颂之意与向往之情也蕴育其中。同时，唯因“好”之已甚，方能“忆”之不休，因此，此句又与“能不忆江南”，并与之相关阖。次句“风景旧曾谙”，点明江南风景之“好”，并非得之传闻，而是作者出牧杭州时的亲身体验与亲身感受。这就既落实了“好”字，又照应了“忆”字，不失为勾勒一篇意脉的精彩笔墨。

三、四两句对江南之“好”进行形象化的演绎，突出渲染江花、江水红绿相映的明艳色彩，给人以光彩夺目的强烈印象。其中，既有同色间的相互烘托，又有异色间的相互映衬，充分显示了作者善于着色的技巧。篇末，以“能不忆江南”收束全词，既托出身在洛阳的作者对江南春色的无限赞叹与怀念，又造成一种悠远而又深长的韵味，把读者带入余情摇漾的境界中。

逢雪宿芙蓉山①

刘长卿（唐朝）

【原文】

日暮②苍山③远，天寒白屋④贫。

柴门⑤闻犬吠，风雪夜归人。

【注释】

①宿芙蓉山：在芙蓉山主人家过夜。

②日暮：傍晚

③苍山：青山

④白屋：贫家的住所。房顶用白茅覆盖，或木材不加油漆叫白屋。

⑤柴门：农舍人家用柴木做成的门。

【译文】

夜幕降临，连绵的山峦在苍茫的夜色中变得更加深远。天气寒冷，使这所简陋的茅屋显得更加清贫。半夜里一阵犬吠声把我惊醒，原来是有人冒着风雪归家门！

【赏析】

这首诗用极其凝炼的诗笔，描画出一幅以旅客暮夜投宿、山家风雪人归为素材的寒山夜宿图。诗是按照时间顺序而写，首句写旅客薄暮在山路上行进时所感，次句写到达投宿人家时所见，后两句写入夜后在投宿人家所闻。每句诗都构成一个独立的画面，而又彼此连属。诗中有画，画外见情。

诗的开端，以“日暮苍山远”五个字勾画出一个暮色苍茫、山路漫长的画面。诗句中并没有明写人物，直抒情思，但却能使读者感到其人呼之欲出，其情浮现纸上。

这前两句诗，虽然只用了十个字，却已经把山行和投宿的情景写得神完气足了。后两句诗“柴门闻犬吠，风雪夜归“人，写的是借宿山家以后的事。在用字上，“柴门”上承“白屋”，“风雪”遥承“天寒”，而“夜”则与“日暮”衔接。这样，从整首诗来说，虽然下半首另外开辟了一个诗境，却又与上半首紧紧相扣，不使读者感到上下脱节。也许下半首诗应当进一步描写借宿人家境况的萧条，写山居的荒凉和环境的静寂，或写夜间风雪的来临，再不然，也可以写自己的孤寂旅况和投宿后静夜所思。但诗人撇开这些不去写，出人意外地展现了一个在万籁俱寂中忽见喧闹的犬吠人归的场面。这就在尺幅中显示变化，给人以平地上突现奇峰之感。

南陵①别儿童入京

李　白（唐朝）

【原文】

白酒新熟山中归，黄鸡啄黍秋正肥。
呼童烹鸡酌白酒，儿女歌笑牵人衣。
高歌取醉欲自慰，起舞落日争光辉②。
游说③万乘苦不早，著鞭跨马涉远道。
会稽愚妇轻买臣④，余亦辞家西入秦⑤。
仰天大笑出门去，我辈岂是蓬蒿人⑥。

【注释】

①南陵：一说在东鲁，曲阜县南有陵城村，人称南陵；一说在今安徽省南陵县。

②起舞落日争光辉：指人逢喜事光彩焕发，与日光相辉映。

③游说：战国时，有才之人以口辩舌战打动诸侯，获取官位，称为游说。

万乘：君主。周朝制度，天子地方千里，车万乘。后来称皇帝为万乘。苦不早：意思是恨不能早些年头见到皇帝。

④会稽愚妇轻买臣：用朱买臣典故。买臣：即朱买臣，西汉会稽郡吴（今江苏省苏州市境内）人。据《汉书·朱买臣传》："朱买臣，会稽郡吴人，家贫，好读书，不治产业。常刈薪樵，卖以给食，担束薪行且诵读。其妻亦负担相随，数止买臣毋歌讴道中，买臣愈益疾歌，妻羞之求去。买臣笑曰：'我年五十当富贵，今已四十余矣。汝苦日久，待我富贵报汝功。'妻恚怒曰：'如公等，终饿死沟中耳，何能富贵？'买臣不能留，即听去。后买臣为会稽太守，入吴界见其故妻、妻夫治道。买臣驻车，呼令后车载其夫妻到太守舍，置园中，给食之。居一月，妻自尽死。"

⑤西入秦：即从南陵动身西行到长安去。秦：指唐时首都长安，春秋战国时为秦地。

⑥蓬蒿人：草野之人，也就是没有当官的人。蓬、蒿：都是草本植物，这里借指草野民间。

【赏析】

李白奉唐玄宗征召进京，此诗是离别儿女时所作，诗中毫不掩饰喜悦之情。诗人只说"别儿童"，而用"会稽愚妇"之典故，是有所指责。詹锳《谈李白〈南陵别儿童入京〉》（载《文史知识》1983年第一期）认为此诗是"把刘氏比作'会稽愚妇'"。

李白素有远大的抱负，他立志要"申管晏之谈，谋帝王之术，奋其智能，愿为辅弼，使寰区大定，海县清一"（《代寿山答孟少府移文书》）。但李白的理想很长时间都没有得到实现。742年（天宝元年），李白已四十二岁，得到唐玄宗召他入京的诏书，异常兴奋。他满以为实现政治理想的时机到了，立刻回到南陵家中，与儿女告别，并写下了这首激情洋溢的七言古诗。

诗一开始就描绘出一派丰收的景象："白酒新熟山中归，黄鸡啄黍秋正肥。"接着，诗人摄取了几个特写的"镜头"，进一步渲染欢愉之情。"游说万乘苦不早，著鞭跨马涉远道。"这里诗人用了跌宕的表现手法，用“苦不早”反衬诗人的欢乐心情，同时，在喜悦之时，又有“苦不早”之感，正是诗人曲折复杂的心情的真实反映。

“会稽愚妇轻买臣，余亦辞家西入秦”。诗从“苦不早”又很自然地联想到晚年得志的朱买臣。据《汉书·朱买臣传》记载（原文见作品注释）：朱买臣，会稽人，早年家贫，以卖柴为生，常常担柴走路时还念书。他的妻子嫌他贫贱，离开了他。后来朱买臣得到汉武帝的赏识，做了会稽太守。诗中的“会稽愚妇”，就是指朱买臣的妻子。李白把那些目光短浅，轻视他的世俗小人比作“会稽愚妇”，而他自比朱买臣，以为像朱买臣一样，西去长安就可青云直上了，得意之态溢于言表。

诗人经过一层层推演，至此，感情的波澜涌向高潮。“仰天大笑出门去，我辈岂是蓬蒿人。”“仰天大笑”，十分得意的神态；“岂是蓬蒿人”，十分自负的心理，把诗人踌躇满志的形像表现得淋漓尽致。

诗人描写从归家到离家，有头有尾，全篇用的是直陈其事的赋体，而又兼用比兴，既有正面的描写，又有烘托穿插其间。诗人匠心独运，不是一条大道直通到底，而是由表及里，有曲折，有起伏，一层层把感情推向顶点。犹如波澜起伏，一波未平，一波又起，使感情变得更为强烈，最后喷发而出。全诗跌宕多姿，把感情表现得真挚而又鲜明。

长干行

李　白（唐朝）

【原文】

其一：

妾发初覆额①，折花门前剧②。

郎骑竹马③来，绕床弄④青梅。

同居长干里，两小无嫌猜⑤。

十四为君妇，羞颜未尝开[6]。
低头向暗壁，千唤不一回。
十五始展眉[7]，愿同尘与灰[8]。
常存抱柱信[9]，岂上望夫台[10]。
十六君远行，瞿塘[11]滟滪堆。
五月不可触，猿声天上哀[12]。
门前迟行迹[13]，一一生绿苔。
苔深不能扫，落叶秋风早。
八月蝴蝶黄[14]，双飞西园草。
感此[15]伤妾心，坐[16]愁红颜老。
早晚[17]下三巴，预将书报家。
相迎不道远[18]，直至长风沙[19]。

【注释】

①妾：古代妇女自称。初覆额，指头发尚短。

②剧：游戏。

③骑竹马：儿童游戏时以竹竿当马骑。

④床：指的是井边的护栏，《静夜思》中的也是这个意思。弄：逗弄。

⑤无嫌猜：指天真烂漫。

⑥羞颜句：指结婚后，就一直含着羞意了。未尝：《全唐诗》校作“尚不”。

⑦始展眉：意谓才懂得些人事，感情也在眉宇间显现出来。

⑧愿同句：意谓愿意永远结合在一起。尘与灰，犹至死不渝，死了化作灰尘也要在一起。

⑨抱柱信：相传古代有个叫尾生的人，与一女子约会于桥下，届时女子不来，潮水却至，尾生为表示自己的信实，结果抱着桥柱，被水淹死。事见《庄子·盗跖》。《战国策·燕策》也以此为信行的范例。

⑩岂上句：因深信两人的情爱都是牢固的，所以自己决不会成为望夫台上的人物。望夫台，类似的望夫石、望夫山的传说有好几处。故事的大意是，丈夫久出不归，妻子便在台上眺望，日久变成一块石头。王琦注引苏辙《栾城集》，说

是在忠州（今四川省忠县）南。

⑪瞿塘：峡名，长江三峡之一，在重庆市奉节县东。滟滪堆：瞿塘峡口的一块大礁石。每年阴历五月，江水上涨，滟滪堆被水淹没，船只不易辨识，易触礁致祸，故下云不可触。古乐府也有“滟滪大如襆，瞿塘不可触”语。

⑫猿声句：三峡多猿，啼声哀切。

⑬门前句：意谓女主人常望着丈夫出门时的踪迹而等待着，只见踪迹上都已生出青苔了。迟（zhí），等待，一作“旧”。

⑭蝴蝶黄：明杨慎说是秋天时黄蝶最多，恐系附会之说。黄：《全唐诗》作“来”。

⑮此：指蝴蝶双飞。

⑯坐：因而。

⑰早晚：何时。三巴，指巴郡、巴东、巴西，都在今四川省东部。

⑱不道远：不会嫌远。

⑲长风沙：地名，在今安徽省安庆市东的江边上。据陆游《入蜀记》说，自金陵（南京）至长风沙有七百里。地极湍险。

【译文】

记得我刘海初盖前额的时候，常常折一枝花朵在门前嬉戏。

郎君总是跨着竹竿当马骑来，手持青梅绕着交椅争夺紧追。

长期来我俩一起住在长干里，咱俩天真无邪相互从不猜疑。

十四岁那年作了你结发妻子，成婚时羞得我不敢把脸抬起。

自己低头面向昏暗的墙角落，任你千呼万唤我也不把头回。

十五岁才高兴地笑开了双眉，誓与你白头偕老到化为尘灰。

你常存尾生抱柱般坚守信约，我就怎么也不会登上望夫台。

十六岁那年你离我出外远去，要经过瞿塘峡可怕的滟滪堆。

五月水涨滟滪难辨担心触礁，猿猴在两岸山头嘶鸣更悲凄。

门前那些你缓步离去的足印，日子久了一个个都长满青苔。

苔藓长得太厚怎么也扫不了，秋风早到落叶纷纷把它覆盖。

八月秋高粉黄蝴蝶多么轻狂，双双飞过西园在草丛中戏爱。

此情此景怎不叫我伤心痛绝，终日忧愁太甚红颜自然早衰。

迟早有一天你若离开了三巴，应该写封信报告我寄到家来。

为了迎接你我不说路途遥远，哪怕赶到长风沙要走七百里！

【赏析】

李白的这首《长干行》（其一）在艺术上获得很大的成功。它对商妇的各个生活阶段，通过生动具体的生活侧面的描绘，在我们面前展开了一副副鲜明生动的画面。它的不少细节描写是很突出而富于艺术效果的，如“妾发初覆额”以下几句，写出了男女儿童天真无邪的游戏动作，活泼可爱。“青梅竹马”成为至今仍在使用的成语。又如“低头向暗壁，千唤不一回”，写女子初结婚时的羞怯，非常细腻真切。诗人注意到表现女子不同阶段心理状态的变化，而没有作简单化的处理。

《长干行》的风格不仅缠绵婉转，具有柔和深沉的艺术美感，还很好地运用了夸张的手法。比如写新婚的羞怯，便说“千唤不一回”；写爱情的坚贞，便说“愿同尘与灰”；写离别得长久，便说“苔深不能扫”；写盼望得殷切，便说“直至长风沙”。这些语句有力地表现了思妇热烈而深沉的感情，让人印象深刻。全诗都用女子自述的口吻，这些夸张语句都符合她的感情和性格。

《长干行》塑造了具有美好情操的青年妇女形象，体现了妇女们对于纯真爱情的追求和渴望，艺术上又极完美，是比较突出的一篇，它无疑地也应该受到我们的珍视。另外，因其千百年来脍炙人口，个别字句及至后世更是演化成民间常用的成语，如“青梅竹马”、“两小无猜”等，已成描摹年幼的男女间天真无邪情谊的代表词。

江　雪[1]

柳宗元（唐朝）

【原文】

千山[2]鸟飞绝[3]，万径[4]人踪灭[5]。

孤[6]舟[7]蓑笠[8]翁，独[9]钓[10]寒江雪。

【注释】

①江雪：这是柳宗元被贬到永州之后写的，借寒江独钓的渔翁，抒发自己孤独郁闷的心情，表达了作者高尚的道德。

②千山：指千山万岭。

③千山鸟飞绝：绝：无，没有。这句诗意思是千山万岭不见飞鸟的踪影。

④万径：虚指，指千万条路。

⑤人踪灭：没有人的踪影。

⑥孤：孤零零。

⑦舟：小船。

⑧蓑笠（suō lì）：（蓑衣和斗笠　“蓑”的意思是古代用来防雨的衣服；“笠”的意思是古代用来防雨的帽子。）

⑨独：独自。

⑩钓：钓鱼。

【译文】

四周的山上没有了飞鸟的踪影，小路上连一丝人的踪迹也没有，只有在江上的一只小船里有个披着蓑衣、戴着斗笠的老翁，在寒冷的江上独自垂钓。

【赏析】

这是一首押仄韵的五言绝句，是柳宗元的代表作之一。大约作于他谪居永州（今湖南零陵）期间。柳宗元被贬到永州之后，精神上受到很大刺激和压抑，于是，他借描写山水景物，和隐居在山水之间的渔翁，来寄托自己清高而孤傲的情感，抒发自己在政治上失意的郁闷苦恼。

首先，诗人用了“千山”、“万径”这两个词，目的是要给下面两句的“孤舟”和“独钓”的画面作陪衬。因此，下面两句原来是属于静态的描写，由于摆在这种绝对幽静、绝对沉寂的背景之下，倒反而显得玲珑剔透，有了生气，在画面上浮动起来、活跃起来了。

在这首诗里，笼罩一切、包罗一切的东西是雪，山上是雪，路上也是雪，可是作者并没有把这些景物同“雪”明显地联系在一起。相反，在这个画面里，只有江，只有江心。江，当然不会存雪，不会被雪盖住，而且即使雪下到江里，也立刻会变成水。然而作者却偏偏用了“寒江雪”三个字，把“江”和“雪”这两个关系最远的事物联系到一起，给人留下空蒙、遥远、缩小了的感觉，这就形成了远距离的镜头。把水天不分、上下苍茫一片的气氛也完全烘托出来了。

至于上面再用一个“寒”字，虽是为了点明气候；但诗人的主观意图却想在不动声色中写出渔翁的精神世界。老渔翁竟然不怕天冷，不怕雪大，他好像忘掉了一切，专心地钓鱼，形体虽然是孤独的，性格却显得清高孤傲，甚至有点凛然不可侵犯似的。这个被幻化了的、美化了的渔翁形象，实际正是柳宗元本人的思想感情的寄托和写照。由此可见，这“寒江雪”三字正是“画龙点睛”之笔，它把全诗前后两部分有机地联系起来，不但形成了一幅凝炼概括的图景，也塑造了渔翁完整突出的形象。

夜雨寄北

李商隐（唐朝）

【原文】

君问归期未有期，巴山①夜雨涨秋池。

何当共剪西窗烛②，却话③巴山夜雨时。

【注释】

①巴山：在今四川省南江县以北。

②共翦西窗烛：翦同剪，在西窗下共剪烛蕊。

③却话：重头谈起。

【译文】

你问我回家的日子，我尚未定归期；

今晚巴山下着大雨，雨水涨满秋池。

何时你我重新聚首，共剪西窗烛花；

再告诉你今夜秋雨，我痛苦的情思。

【赏析】

这是一首抒情诗。诗的开头两句用问答形式和对眼前环境地抒写，阐发了孤寂的情怀和对妻子深深的怀念。后两句即设想来日重逢谈心的欢悦，反衬今夜的孤寂。全诗语浅情深，含蓄隽永，脍炙人口，余味无穷。

有人考证，以为此诗是作者于大中五年（851）七月至九月间入东川节度使柳中郢梓州幕府时作。其时义山之妻王氏已死（王氏殁于大中五年夏秋间），为此，以为此诗是寄给长安友人。但义山入梓幕，与其妻仙逝，均在大中五年夏秋之际，即使王氏仙逝居先，义山诗作在后，在当时交通阻塞和信息不灵的时代，也是完全可能的。就诗的内容看，按“寄内”解，便情思委曲，悱恻缠绵；作“寄北”看，便嫌细腻恬淡，未免纤弱。

锦 瑟

李商隐（唐朝）

【原文】

锦瑟无端五十弦，一弦一柱思华年①。
庄生晓梦迷蝴蝶②，望帝春心托杜鹃③。
沧海月明珠有泪④，蓝田日暖玉生烟⑤。
此情可待成追忆？只是当时已惘然⑥。

【注释】

①锦瑟无端五十弦，一弦一柱思华年：《周礼·乐器图》：“雅瑟二十三弦，颂瑟二十五弦，饰以宝玉者曰宝瑟，绘文如锦者曰锦瑟。”《汉书·郊祀志上》：“秦帝使素女鼓五十弦瑟，悲，帝禁不止，故破其瑟为二十五弦。”古瑟大小不等，弦数亦不同。义山《回中牡丹为雨所败》诗有“锦瑟惊弦破梦频”；《七月二十八日夜与王郑二秀才听雨后梦作》诗有“雨打湘灵五十弦”。无端：没来由，无缘无故。此隐隐有悲伤之感，乃全诗之情感基调。历代解义山诗者，多以此诗为晚年之作。李商隐妻子故去，所以二十五根弦断后变为五十弦。“思”字变读去声（sì），律诗中不许有一连三个平声的出现。

②庄生晓梦迷蝴蝶：《庄子·齐物论》：“庄周梦为蝴蝶，栩栩然蝴蝶也；自喻适志与！不知周也。俄然觉，则蘧蘧然周也。不知周之梦为蝴蝶与？蝴蝶之梦为周与。”商隐此引庄周梦蝶故事，以言人生如梦，往事如烟之意。佳人锦瑟，一曲繁弦，惊醒了诗人的梦景，不复成寐。这里面隐约包涵着美好的情境，却又是虚缈的梦境。也有着人生如梦的惆怅和迷惘。

③望帝春心托杜鹃：《华阳国志·蜀志》：“杜宇称帝，号曰望帝。……其

相开明，决玉垒山以除水害，帝遂委以政事，法尧舜禅授之义，遂禅位于开明。帝升西山隐焉。时适二月，子鹃鸟鸣，故蜀人悲子鹃鸟鸣也。”子鹃即杜鹃，又名子规。蔡梦弼《杜工部草堂诗笺》一九《杜鹃》诗注引《成都记》：“望帝死，其魂化为鸟，名曰杜鹃，亦曰子规。”传说蜀国的杜宇帝因水灾让位于自己的臣子，而自己则隐归山林，死后化为杜鹃日夜悲鸣直至啼出血来。

④沧海月明珠有泪：《博物志》：“南海外有鲛人，水居如鱼，不废绩织，其眼泣则能出珠。”《新唐书·狄仁杰传》：“仁杰举明经，调汴州参军，为吏诬诉黜陟，使闫立本如讯，异其才，谢曰：‘仲尼称观过知仁，君可谓沧海遗珠矣。’”

⑤蓝田日暖玉生烟：《元和郡县志》：“关内道京兆府蓝田县：蓝田山，一名玉山，在县东二十八里。”《文选》陆机《文赋》：“石韫玉而山辉，水怀珠而川媚。”《困学纪闻》卷十八：司空表圣云：“戴容州谓诗家之景，如蓝田日暖，良玉生烟，可望而不可置于眉睫之前也。李义山玉生烟之句盖本于此。”

⑥此情可待成追忆，只是当时已惘然：拢束全篇，明白提出“此情”二字，与开端的“华年”相为呼应。诗句是说：如此情怀，岂待今朝回忆始感无穷怅恨，即在当时早已是令人不胜惘然惆怅了。那么今朝追忆，其为怅恨，又当如何！诗人用这两句诗表达出了几层曲折，而几层曲折又只是为了说明那种怅惘的苦痛心情。

五十的锦瑟乃是天神所用，世间用的锦瑟乃是二十五弦的。五十弦的锦瑟，音律太丰富，音域太广阔，音韵太悲美而让凡人享受不了，五十弦的锦瑟是作者自喻其才高志远却难为世用。

【译文】

锦瑟呀，你为何竟有五十条弦？每弦每节，都令人怀思黄金华年。我心如庄子，为蝴蝶晓梦而迷惘；又如望帝化杜鹃，寄托春心哀怨。沧海明月高照，鲛人泣泪皆成珠。蓝田红日和暖，可看到良玉生烟。悲欢离合之情，岂待今日来追忆，只是当年却漫不经心，早已惘然。

【赏析】

这首诗历来注释不一，莫衷一是。或以为是悼亡之作，或以为是爱国之篇或以为是自比文才之论，或以为是抒写思念侍儿锦瑟，但以为是悼亡死者为最多。有人认为，开首以瑟弦五十折半为二十五，隐指亡妇华年二十五岁。这话未免有嫌牵强，但是，首联哀悼早逝却是真实。

颔联以庄子亡妻鼓盆而歌和期待望帝化成子规而啼血，间接地描写了人生的悲欢离合。起联两句，从来的注家也多有误会，以为据此可以判明此篇作时，诗人已“行年五十”，或“年近五十”，故尔云云。其实不然。“无端”，犹言“没来由地”、“平白无故地”，是诗人的痴语也。锦瑟本来就有那么多弦，这并无“不是”或“过错”，诗人却要埋怨它：锦瑟呀，你干什么要有这么多条弦？瑟，到底原有多少条弦，到李商隐时代又实有多少条弦，其实都不必“考证”，诗人不过借以遣词见意而已。据记载，古瑟五十弦，所以玉溪（李商隐号玉溪）写瑟，常用“五十”之数，如“雨打湘灵五十弦”，“因令五十丝，中道分宫徵”，都可证明，此在诗人原无特殊用意。

“一弦一柱思华年”，关键在于“华年”二字。“一弦一柱”犹言一音一节。瑟具弦五十，音节最为繁富可知，其繁音促节，常令听者难以忘怀。起联用意既明，且看他下文如何承接。颔联的上句，用了《庄子》的一则寓言典故，说的是庄周梦见自己身化为蝶，栩栩然而飞……浑忘自家是“庄周”其人了；后来梦醒，自家仍然是庄周，不知蝴蝶已经何往。玉溪此句是写：佳人锦瑟，一曲繁弦，惊醒了诗人的梦景，不复成寐。含有迷失、离去、不至等义。本联下句中的望帝，是传说中周朝末年蜀地的君主，名叫杜宇。后来禅位退隐，不幸国亡身死，死后魂化为鸟，暮春啼苦，至于口中流血，其蹄声哀怨凄悲，动人心腑，名为杜鹃。杜宇啼春，这与锦瑟又有什么关联呢？原来，锦瑟繁弦，哀音怨曲，引起诗人无限的悲感、难言的冤愤，如闻杜鹃之凄音，送春归去。一个“托”字，不但写了杜宇之托春心于杜鹃，也写了佳人之托春心于锦瑟，手挥目送之间，花落水流之趣，诗人妙笔奇情，于此已然达到一个高潮。

珠生于蚌，蚌在于海，每当月明宵静，蚌则向月张开，以养其珠，珠得月华，始见光莹……这是美好的民间传统之说。月本天上明珠，珠似水中明月；泪以珠喻，自古为然，鲛人泣泪，颗颗成珠，亦是海中的奇情异景。对于诗人玉溪来说，沧海月明这个境界，尤有特殊的深厚感情。有一次，他因病中未能与河东公的“乐营置酒”之会，写出了“只将沧海月，高压赤城霞”的句子。如此看来，他对此境，一方面于其高旷皓净十分爱赏，一方面于其凄寒孤寂又十分感伤：一种复杂的难言的怅惘之怀，溢于言表。

颈联两句所表现的，是阴阳冷暖、美玉明珠，境界虽殊，而怅恨则一。玉溪一生经历，有难言之痛，至苦之情，郁结中怀，发为诗句，幽伤要眇，往复低徊，感染于人者至深。他的一首送别诗中说：“庾信生多感，杨朱死有情。弦危中妇瑟，甲冷想夫筝！……”则筝瑟为曲，常系乎生死哀怨之深情苦意，可想而知。循此以求，如谓锦瑟之诗中有生离死别之恨，恐怕也不能说是全出臆断。

江畔独步①寻花②·其六

杜　甫（唐朝）

【原文】

黄四娘③家花满蹊④，千朵万朵压枝低。
留连⑤戏蝶时时舞，自在娇莺恰恰⑥啼。

【注释】

①江畔：江边。独步：一个人散步或走路。

②寻花：找到花仔细欣赏。

③黄四娘，人名。

④蹊（xī）：小路。花满蹊，指花多得已经占满了小路。

⑤留连：即留恋，舍不得离去。本诗句用来形容蝴蝶在花丛中飞来飞去，恋恋不舍的样子。“留连”是个“联绵词”。构成联绵词的两个字仅仅是这个词读音的记录，而与词义无关，所以一个联绵词可能有几种不同的书写形式，如“留连”也写作“流连”，词的意义仍然一样。

⑥恰恰：这里形容鸟叫声和谐动听。

【译文】

黄四娘家的小路上开满了鲜花，千朵万朵压垂了枝条。嬉戏流连的彩蝶不停地飞舞，黄莺叫得十分和谐动听。

【赏析】

760 年（上元元年），杜甫定居成都西郊草堂，在几经离乱之后，终于有了安身的处所，人为此感到欣慰。春暖花开的时节，他独自沿江畔散步，情随景生，一连成诗七首，此为组诗之六。

首句点明寻花的地点，是在“黄四娘家”的小路上。此句以人名入诗，颇具生活情趣，有浓郁的民歌味。次句“千朵万朵”，是上句“满”字的具体化。“压枝低”，描绘繁花沉甸甸地把枝条都压弯了，景色宛如历历在目。“压”、“低”二字用得十分准确、生动。第三句写花枝上彩蝶蹁跹，因恋花而“留连”不去，暗示出花的芬芳鲜艳。因为花的可爱，蝶的舞姿亦可爱，不免使漫步的人也“留连”起来。但诗人也许并未停步，而是继续前行，因为风光无限，美景尚多。“时时”，则不是偶尔一见，有这二字，就把春意闹的情趣渲染出来。

正在诗人赏心悦目之际，恰巧传来一串黄莺动听的歌声，将正在沉醉花丛的诗人唤醒。这就是末句的意境。“娇”字写出莺声轻软的特点。“自在”不仅是娇莺姿态的客观写照，也传出它给人心理上的愉快轻松的感觉。此外，这两句按习惯文法应作：戏蝶留连时时舞，娇莺自在恰恰啼。把“留连”、“自在”提到句首，既是出于音韵上的需要，同时又在语意上强调它们，其中含义更易为读者体味出来，句法也显得新颖多变。

春江花月夜

张若虚（唐朝）

【原文】

春江潮水连海平，海上明月共潮生。
滟滟[1]随波千万里，何处春江无月明！
江流宛转绕芳甸[2]，月照花林皆似霰[3]。
空里流霜[4]不觉飞，汀[5]上白沙看不见。
江天一色无纤尘[6]，皎皎空中孤月轮[7]。
江畔何人初见月？江月何年初照人？
人生代代无穷已[8]，江月年年只相似[9]。
不知江月待何人，但见[10]长江送流水。
白云一片去悠悠[11]，青枫浦上[12]不胜愁。
谁家今夜扁舟子[13]？何处相思明月楼[14]？
可怜楼上月徘徊[15]，应照离人[16]妆镜台[17]。
玉户[18]帘中卷不去，捣衣砧[19]上拂还来。
此时相望不相闻[20]，愿逐[21]月华[22]流照君。
鸿雁长飞光不度，鱼龙潜跃水成文[23]。
昨夜闲潭[24]梦落花，可怜春半不还家。
江水流春去欲尽，江潭落月复西斜[25]。
斜月沉沉藏海雾，碣石[26]潇湘[27]无限路[28]。
不知乘月[29]几人归，落月摇情[30]满江树。

【注释】

①滟（yàn）滟：波光荡漾的样子。

②芳甸（diàn）：芳草丰茂的原野。甸，郊外之地。

③霰（xiàn）：天空中降落的白色不透明的小冰粒。形容月光下春花晶莹洁白。

④流霜：飞霜，古人以为霜和雪一样，是从空中落下来的，所以叫流霜。在这里比喻月光皎洁，月色朦胧、流荡，所以不觉得有霜霰飞扬。

⑤汀：沙滩。

⑥纤尘：微细的灰尘。

⑦月轮：指月亮，因为月圆时像车轮，所以称为月轮。

⑧穷已：穷尽。

⑨江月年年只相似：另一种版本为“江月年年望相似”。

⑩但见：只见、仅见。

⑪悠悠：渺茫、深远。

⑫青枫浦上：青枫浦地名今湖南浏阳县境内有青枫浦。这里泛指游子所在的地方。暗用《楚辞招魂》：“湛湛江水兮上有枫，目极千里兮伤春心。”浦上：水边。《九歌河伯》：“送美人兮南浦。”因而此句隐含离别之意。

⑬扁舟子：飘荡江湖的游子。扁舟，小舟。

⑭明月楼：月夜下的闺楼。这里指闺中思妇。曹植《七哀》：“明月照高楼，流光正徘徊。上有愁思妇，悲叹有余哀。”

⑮月徘徊：指月光偏照闺楼，徘徊不去，令人不胜其相思之苦。

⑯离人：此处指思妇。

⑰妆镜台：梳妆台。

⑱玉户：形容楼阁华丽，以玉石镶嵌。

⑲捣衣砧（zhēn）：捣衣石、捶布石。

⑳相闻：互通音信。

㉑逐：追随。

㉒月华：月光。

㉓文：同“纹”。

㉔闲潭：幽静的水潭。

㉕复西斜：此中“斜”应为押韵读作“xiá”（洛阳方言是当时的标准国语，斜在洛阳方言中就读作xiá）。

㉖碣（jié）石：山名 ，在渤海边上。

㉗潇湘：湘江与潇水。碣石潇湘：一南一北，暗指路途遥远，相聚无望。

㉘无限路：极言离人相距之远。

㉙乘月：趁着月光。

㉚摇情：激荡情思，犹言牵情。

【译文】

春天的江潮水势浩荡，与大海连成一片，一轮明月从海上升起，好像与潮水一起涌出来。

月光照耀着春江，随着波浪闪耀千万里，所有地方的春江都有明亮的月光。

江水曲曲折折地绕着花草丛生的原野流淌，月光照射着开遍鲜花的树林好像细密的雪珠在闪烁。

月色如霜，所以霜飞无从觉察。洲上的白沙和月色融合在一起，看不分明。

江水、天空成一色，没有一点微小灰尘，明亮的天空中只有一轮孤月高悬空中。

江边上什么人最初看见月亮，江上的月亮哪一年最初照耀着人？

人生一代代地无穷无尽，只有江上的月亮一年年地总是相像。

不知江上的月亮等待着什么人，只见长江不断地一直运输着流水。

游子像一片白云缓缓地离去，只剩下思妇站在离别的青枫浦不胜忧愁。

哪家的游子今晚坐着小船在漂流？什么地方有人在明月照耀的楼上相思？

可怜楼上不停移动的月光，应该照耀着离人的梳妆台。

月光照进思妇的门帘，卷不走，照在她的捣衣砧上，拂不掉。

这时互相望着月亮可是互相听不到声音，我希望随着月光流去照耀着您。

鸿雁不停地飞翔，而不能飞出无边的月光；月照江面，鱼龙在水中跳跃，激起阵阵波纹。

昨天夜里梦见花落闲潭，可惜的是春天过了一半自己还不能回家。

江水带着春光将要流尽，水潭上的月亮又要西落。

斜月慢慢下沉，藏在海雾里，碣石与潇湘的离人距离无限遥远。

不知有几人能趁着月光回家，唯有那西落的月亮摇荡着离情，洒满了江边的树林。

【赏析】

被闻一多先生誉为“诗中的诗，顶峰上的顶峰”（《宫体诗的自赎》）的《春江花月夜》，一千多年来使无数读者为之倾倒。一生仅留下两首诗的张若虚，也因这一首诗，“孤篇横绝，竟为大家”。

仅仅诗篇题目就令人心驰神往。春、江、花、月、夜，这五种事物集中体现了人生最动人的良辰美景，构成了诱人探寻的奇妙的艺术境界。

诗人入手擒题，一开篇便就题生发，勾勒出一幅春江月夜的壮丽画面：江潮连海，月共潮生。这里的“海”是虚指。江潮浩瀚无垠，仿佛和大海连在一起，气势宏伟。这时一轮明月随潮涌生，景象壮观。一个“生”字，赋予了明月与潮水以活泼、灵动的生命。

清明澄彻的天地宇宙，仿佛使人进入了一个纯净的世界，这自然地引起了诗人的遐思冥想：“江畔何人初见月？江月何年初照人？”诗人神思飞跃，眼前的景色紧紧联系着人生，探索着人生的哲理与宇宙的奥秘。这种探索，古人也已有之。张若虚在此处却别开生面，他的思想没有陷入前人窠臼，而是翻出了新意：“人生代代无穷已，江月年年只相似。”虽然个人的生命是短暂即逝的，而人类的存在则是绵延久长的，因之“代代无穷已”的人生就和“年年只相似”的明月得以共存。这是诗人从大自然的美景中感受到的一种欣慰。“不知江月待何人，但见长江送流水”，这是紧承上一句的“只相似”而来的。人生代代相继，江月年年如此。一轮孤月徘徊中天，像是等待着什么人似的，却又永远不能如愿。月光下，只有大江急流，奔腾远去。随着江水的流动，诗篇遂生波澜，将诗情推向更深远的境界。江月有恨，流水无情，诗人自然地把笔触由上半篇的大自然景色转到了人生图景，引出下半篇男女相思的离愁别恨。

“白云”四句总写在春江花月夜中思妇与游子的两地思念之情。以下“可怜”八句承“何处”句，写思妇对离人的怀念。然而诗人并没有直接说出思妇的悲和泪，而是用“月”来烘托她的怀念之情，悲泪自出。诗篇把“月”拟人化，“徘徊”二字极其传神：一是浮云游动，故光影明灭不定；二是月光怀着对思妇的怜悯之情，在楼上徘徊不忍去。它要和思妇作伴，为她解愁，因而把柔和的清辉洒在妆镜台上、玉户帘上、捣衣砧上。岂料思妇触景生情，反而思念之情更加强烈。她想赶走这恼人的月色，可是月色“卷不去”，“拂还来”，真诚地依恋着她。

最后八句写游子，诗人用落花、流水、残月来烘托他的思归之情。花落幽潭，春光将老，人还远隔天涯，情何以堪！“沉沉”二字加重地渲染了他的孤寂；“无限路”也就无限地加深了他的乡思。

“落月摇情满江树”，这结句的“摇情”——不绝如缕的思念之情，将月光之情、游子之情、诗人之情交织成一片，洒落在江树上，也洒落了在读者的心上，情韵袅袅，摇曳生姿，令人心醉神迷。《春江花月夜》在思想与艺术上都超越了以前那些单纯的山水模式的景物诗，“羡宇宙之无穷，哀吾生之须臾”的哲理诗，抒儿女别情离绪的爱情诗。诗人将这些屡见不鲜的传统题材，注入了新的含义，融诗情、画意、哲理为一体，从而汇成一种情、景、理水乳交溶的幽美而邈远的意境。

诗的韵律节奏也饶有特色。全诗随着韵脚的转换变化，平仄的交错运用，一唱三叹，前呼后应，既回环反复，又层出不穷，音乐节奏感强烈而优美。这种语音与韵味的变化，又是切合着诗情的起伏，可谓声情与文情丝丝入扣，宛转谐美。

送杜少府之任蜀州

王　勃（唐朝）

【原文】

城阙[1]辅[2]三秦[3]，风烟望五津[4]。
与君[5]离别意，同是宦游[6]人。
海内[7]存知己，天涯若比邻[8]。
无为[9]在岐路，儿女共沾巾[10]。

【注释】

①城阙：指唐代都城长安。

②辅：护卫。

③三秦：现在陕西省一带；辅三秦即以三秦为辅。

④风烟望五津："风烟"两字名词用作状语，表示行为的处所。五津：四川境内长江的五个渡口。全句意为江边因远望而显得迷茫，是说在风烟迷茫之中，遥望蜀州。

⑤君：对人的尊称，相当于"您"。

⑥同：一作"俱"。宦（huàn）游：出外做官。

⑦海内：四海之内，即全国各地。古代人认为我国疆土四周环海，所以称天下为四海之内。

⑧天涯：天边，这里比喻极远的地方。比邻：并邻，近邻。

⑨无为：无须、不必。

⑩沾巾：泪水沾湿衣服和腰带。意思是挥泪告别。

【译文】

古代三秦之地，拱护长安城垣宫阙。
风烟滚滚，望不到蜀州岷江的五津。
与你握手作别时，彼此间心心相印；
你我都是远离故乡，出外做官之人。
四海之内只要有了你，知己啊知己，
不管远隔在天涯海角，都像在一起。
请别在分手的岐路上，伤心地痛哭；
像多情的少年男女，彼此泪落沾衣。

【赏析】

此是送别的名作。诗意慰勉友人不要在离别时悲哀。起句严整对仗，三、四句以散调承之，以实转虚，文情跌宕。第三联"海内存知己，天涯若比邻”，奇峰突起，高度地概括了“友情深厚，江山难阻”的情景，伟词自铸，传之千古，有口皆碑。尾联点出“送”的主题。

全诗开合顿挫，气脉流通，意境旷达。一洗古送别诗中的悲凉凄怆之气，音调爽朗，清新高远，独树碑石。

雁门太守行[1]

李　贺（唐朝）

【原文】

黑云压城城欲摧[2]，甲光[3]向[4]日[5]金[6]鳞开[7]。
角[8]声满天秋色里，塞上[9]燕脂[10]凝夜紫[11]。
半卷红旗临[12]易水[13]，霜重鼓寒[14]声不起[15]。
报[16]君黄金台[17]上意[18]，提携玉龙[19]为君[20]死。

【注释】

①雁门太守行：（古乐府曲调名）雁门，郡名，位于山西代县。

②摧：毁坏。这句形容敌军兵临城下的紧张气氛和临危形势。

③甲光：铠甲迎着太阳闪出的光。甲，指铠甲，战衣。

④向：向着，对着。

⑤向日：迎着太阳。亦有版本写作“向月”

⑥金：像金子一样的颜色和光泽。

⑦金鳞开：开：打开，铺开。（铠甲）像金色的鱼鳞一样闪闪发光。

⑧角：古代军中一种吹奏乐器，多用兽角制成，也是古代军中的号角。

⑨塞上：亦有版本写作“塞土”。

⑩燕脂：调脂饰女面，产于燕地，故曰燕脂，一种红色化妆品。这里指暮色

中塞上泥土有如胭脂凝成。据说长城附近多半是紫色泥土。一作“胭脂”。

⑪塞土燕脂凝夜紫：长城附近多紫色泥土。燕脂，即胭脂，深红色。这里写夕晖掩映下，塞土有如燕脂凝成，紫色更显得浓艳。

⑫临：逼近，到，临近。

⑬易水：河名，大清河上源支流，源出今河北省易县，向东南流入大清河。战国时荆轲前往刺秦王，燕太子丹及众人送至易水边，荆轲慷慨而歌：“风萧萧兮易水寒，壮士一去兮不复还！”

⑭霜重鼓寒：天寒霜降，战鼓声沉闷而不响亮。

⑮声不起：形容鼓声低沉；不高扬。

⑯报：报答。

⑰黄金台：故址在今河北省易县东南，相传战国燕昭王所筑，置千金于台上，以招聘人才、招揽隐士。

⑱意：信任，重用。

⑲玉龙：宝剑的代称。

⑳君：君王。

【译文】

战争的乌云翻滚而来，像是要把城楼压垮；
鳞片状的铠甲在日光照射下金光闪闪。
号角的声音在这秋色里响彻天穹；
夜色中塞上泥土犹如胭脂凝成，浓艳得近似紫色。
寒风卷动着红旗，部队抵达易水；
凝重的霜湿透了鼓皮，鼓声低沉，扬不起来。
为了报答国君的赏赐和厚爱，
手执宝剑甘愿为国血战到死！

【赏析】

《雁门太守行》是乐府旧题，唐人的这类拟古，是相对唐代“近体诗”而言的。它有较宽押韵，押韵，不受太多格律束缚，可以说是古人的一种半自由诗。后称“乐府诗”，多介绍战争场景。

诗人用语极力避免平淡而追求峭奇。为了追求奇，他在事物的色彩和情态上着力，用浓辞丽藻、大红大绿去表现紧张悲壮的战斗场面，构思新奇，形象丰富。

诗共八句，前四句写日落前的情景。首句既是写景，也是写事，成功地渲染了敌军兵临城下的紧张气氛和危急形势。“黑云压城城欲摧”一个“压”字，把敌军人马众多，来势凶猛，以及交战双方力量悬殊、守军将士处境艰难等等，淋漓尽致地揭示出来。次句写城内的守军，与城外的敌军相对比，忽然，风云变幻，一缕日光从云缝里透射下来，映照在守城将士的甲衣上，只见金光闪闪，耀人眼目。此刻他们正披坚执锐，严阵以待。这里借日光来凸显守军的阵营和士气，情景相生，奇妙无比。

诗中的黑云和日光，是诗人用来造境、造意的手段。三、四句分别从听觉和视觉两方面铺写阴寒惨切的战地气氛。时值深秋，万木摇落，在一片死寂之中，那角声呜呜咽咽地突然鸣响起来。显然，一场惊心动魄的战斗正在进行。“角声满天”，勾画出战争的规模。敌军依仗人多势众，鼓噪而前，步步紧逼。守军并不因势孤力弱而怯阵，在号角声的鼓舞下，他们士气高昂，奋力反击。战斗从白昼持续到黄昏。

后四句写唐军将士夜袭敌营，以死报效朝廷。“半卷红旗临易水”，“半卷”二字含义极为丰富。黑夜行军，偃旗息鼓，为的是“出其不意，攻其不备”；“临易水”既表明交战的地点，又暗示将士们具有“风萧萧兮易水寒，壮士一去兮不复还”那样一种壮怀激烈的豪情。接着描写苦战的场面：驰援部队一迫近敌军的营垒，便击鼓助威，投入战斗。无奈夜寒霜重，连战鼓也擂不响。面对重重困难，将士们并不气馁。“报君黄金台上意，提携玉龙为君死。”黄金台是战国时燕昭王在易水东南修筑的，传说他曾把大量黄金放在台上，表示不惜以重金招揽天下士。诗人引用这个故事，写出将士们报效朝廷的决心。

终南别业

王　维（唐朝）

【原文】

中岁[①]颇好道[②]，晚家[③]南山[④]陲[⑤]。兴来每独往，胜事[⑥]空自知。

行到水穷处，坐看云起时。偶然值[⑦]林叟[⑧]，谈笑无还期[⑨]。

【注释】

①中岁：中年。

②道：这里指佛理。

③家：安家。

④南山：即终南山。

⑤陲（chuí）：边缘，旁边，边境；南山陲，指辋川别墅所在地意思是终南山旁边。

⑥胜事：美好的事。

⑦值：遇见。

⑧叟（sǒu）：老翁。

⑨无还期：没有回还的准确时间。

【译文】

中年以后存有较浓的好道之心，

直到晚年才安家于终南山边陲。

兴趣浓时常常独来独往去游玩，

有快乐的事自我欣赏自我陶醉。

间或走到水的尽头去寻求源流，

间或坐看上升的云雾千变万化。

偶然在林间遇见个把乡村父老，

偶与他谈笑聊天每每忘了还家。

【赏析】

开头两句："中岁颇好道，晚家南山陲。"叙述人到中年以后就厌烦了尘俗，而信奉佛教。"晚"是晚年；"南山陲"指辋川别墅所在地。此处原为宋之问别墅，王维到了这个地方后，完全被那里秀丽、寂静的田园山水陶醉了。

第二联"兴来每独往，胜事空自知"中透露出诗人的闲情逸致。上一句"独往"，写出诗人的勃勃兴致；下一句"自知"，又写出诗人欣赏美景时的乐趣。与诗人有着同样兴趣爱好的人不多，兴致来时，他惟有独自游览，赏景怡情，自得其乐，随处若有所得，他不求人知，只求自己心会其趣而已。

第三联，即说"胜事自知"。"行到水穷处"，是说随意而行，走到哪里算哪里，然而不知不觉，竟来到流水的尽头，看是无路可走了，于是索性就地坐了下来。

"坐看云起时"，是心情悠闲到极点的表示。云本来就给人一种悠闲的感觉，也给人以无心的印象，因此陶潜才有"云无心以出岫"的话（见《归去来辞》）。通过这一行、一到、一坐、一看的描写，诗人此时心境的闲适也就明白地揭示了出来。此二句深为后代诗家所赞赏。近人俞陛云说："行至水穷，若已到尽头，而又看云起，见妙境之无穷。可悟处世事变之无穷，求学之义理亦无穷。此二句有一片化机之妙。"（《诗境浅说》）这是很有见地的。再从艺术上看，这二句诗是诗中有画，天然便是一幅山水画。《宣和画谱》指出："'行到水穷处，坐看云起时'及'白云回望合，青霭入看无'之类，以其句法，皆所画也。"

最后一联："偶然值林叟，谈笑无还期。"突出了"偶然"二字。"偶然"二字贯穿上下，成为此次出游的一个特色。而且正因处处偶然，所以处处都是"无心的遇合"，更显出诗人心中的悠闲，他如行云自由翱翔，如流水自由流淌，形迹毫无拘束。本诗写出了诗人那种天性淡逸，超然物外的风采，对于读者了解王维的思想是有认识意义的。

这首诗没有描绘具体的山川景物，而重在表现诗人隐居山间时悠闲自得的心境。诗的前六句自然闲静，诗人的形象如同一位不食人间烟火的世外高人，他不问世事，视山间为乐土。不刻意探幽寻胜，而能随时随处领略到大自然的美好。结尾两句，引入人的活动，带来生活气息，诗人的形象也更为可亲。

浪淘沙①·九曲黄河万里沙

刘禹锡（唐朝）

【原文】

九曲②黄河万里沙③，浪淘风簸④自天涯⑤。

如今直上银河去，同到牵牛织女⑥家。

【注释】

①浪淘沙：唐教坊曲名。创自刘禹锡、白居易，其形式为七言绝句。后又用为词牌名。

②九曲：自古相传黄河有九道弯。形容弯弯曲曲的地方很多。

③万里沙：黄河在流经各地时挟带大量泥沙。

④浪淘风簸：黄河卷着泥沙，风浪滚动的样子。浪淘：波浪淘洗。簸：掀翻，上下簸动。

⑤自天涯：来自天边。李白有一首中说：“黄河之水天上来”。古人认为黄河的源头和天上的银河相通。

⑥牵牛织女：银河系的两个星座名。自古相传，织女为天上仙女，下凡到人间，和牛郎结为夫妇。后西王母召回织女，牛郎追上天，西王母罚他们隔河相望，只准每年七月七日的夜晚相会一次。牵牛：即传说中的牛郎。

【译文】

九曲黄河从遥远的地方蜿蜒奔腾而来，一路裹挟着万里的黄沙。

既然你从天边而来，如今好像要直飞上高空的银河，请你带上我扶摇直上，汇集到银河中去，一同到牛郎和织女的家里做客吧。

【赏析】

永贞元年，刘禹锡被贬连州刺史，行至江陵，再贬朗州司马。一度奉诏还京后，他又因《游玄都观》触怒当朝权贵而被贬连州刺史，后历任和州刺史。虽然屡遭挫折，但是诗人并没有沉沦，而是以积极乐观的态度面对世事的变迁。这首诗正是表达了他的这种情感。

这首绝句模仿淘金者的口吻，表明他们对淘金生涯的厌恶和对美好生活的向往。同是在河边生活，牛郎织女生活的天河恬静而优美，黄河边的淘金者却整天在风浪泥沙中讨生活。直上银河，同访牛郎织女，寄托了他们心底对宁静的田园牧歌生活的憧憬。这种浪漫的理想，以豪迈的口语倾吐出来，有一种朴素无华的美。

长相思·汴水流

白居易（唐朝）

【原文】

汴水①流，泗水②流，流到瓜州③古渡头。吴山④点点愁。

思悠悠⑤，恨悠悠，恨到归时方始休。月明人倚楼。

【注释】

①汴水：源于河南，东南流入安徽宿县、泗县，与泗水合流，入淮河。

②泗水：源于山东曲阜，经徐州后，与汴水合流入淮河。

③瓜州：在今江苏省扬州市南面。

④吴山：泛指江南群山。

⑤悠悠：深长的意思。

【译文】

汴水长流，泗水长流，流到长江古老的渡口，遥望去，江南的群山在默默点头，频频含羞，凝聚着无限哀愁。

思念呀，怨恨呀，哪儿是尽头，伊人呀，除非你归来才会罢休。一轮皓月当空照，让我俩紧紧偎傍，倚楼望月。

【赏析】

在朦胧的月色下，映入女子眼帘的山水的形态，都充满了哀愁。前三句用三个“流”字，写出水的蜿蜒曲折，也酿造成低徊缠绵的情韵。下面用两个“悠悠”，更增添了愁思的绵长。特别是那一派流泻的月光，更烘托出哀怨忧伤的气氛，增强了艺术感染力，显示出这首小词言简意富、词浅味深的特点。

词的上阕写樊素回南必经之路。因为她是杭州人氏，故作者望吴山而生愁。汴水、泗水是一去不复回的，随之南下的樊素大概也和河水一样，永远离开了他。所以作者想象中的吴中山脉，点点都似愁恨凝聚而成。短短几句，把归人行程和愁怨的焦点都简括而又深沉地传达了出来。尽管佳人已去，妆楼空空，可作者一片痴情，终难忘怀，他便于下阕抒发了自己的相思之痛。两个“悠悠”，刻画出词人思念之深。这种情感的强烈，只有情人的回归才能休止。然而那不过是空想，他只能倚楼而望，以回忆昔日的欢乐，遣散心中的郁闷而已。

这篇作品形式虽然短小，但它却用回环复沓的句式，流水般汩汩有声的节奏，贯穿于每个间歇终点的相同韵脚，造成了绵远悠长的韵味，使相思之痛、离别之苦，表现得更加淋漓尽致。

三台令

冯延己（五代）

【原文】

春色，春色，依旧青门①紫陌②。日斜柳暗花蔫③，醉卧谁家少年？年少，年少，行乐直须及早。

明月，明月，照得离人愁绝。更深影入空床，不道帏屏④夜长。长夜，长夜，梦到庭花阴下。

南浦⑤，南浦，翠鬓⑥离人何处。当时携手⑦高楼，依旧楼前水流。流水，流水，中有伤心双泪。

【注释】

①青门：汉长安城东南门。本名灞城门，因其门色青，故俗称为“青门”或“青城门”。青门外有灞桥，汉人送客至此桥，折柳赠别。见《三辅黄图・桥》。后因以“青门”泛指游冶、送别之处。

②紫陌：指京师郊野的道路。

③花蔫：指花草枯萎；颜色不鲜艳。

④帏屏：亦借指寝息之所。帷，帷帐。屏，屏风。

⑤南浦：南面的水边。后常用称送别之地。

⑥翠鬓：黑而光润的鬓发，此处代指人。

⑦携手：牵挽，指手拉着手。

【赏析】

此调亦名《调笑令》。起二字叠，如第五句“年少”、“长夜”、“流水”二字，即以上句尾二字颠倒而叠用之。承上启下，情境变换，结句直抒本意，是此词调主体。

第一首写伤春迟暮之情，起句“春色”二字叠用，依唐词定格，写景兼抒情，有着歌曲咏叹的意味。

第二首写春天月夜离人的愁绝难眠。开头“明月”二字叠用，与上首“春色”二字叠用有异曲同工之妙，同样使人的心中荡起温柔的涟漪，下句“照得离人愁绝”写诗人面对娟娟月色，内心充满了无限的惆怅，月光牵动了相思之情，是惹起“离人愁绝”的星星之火，这星火一经点燃，大有燎原之势。“更深影入空床”，寂寞的月，寂寞的床，嫦娥与思妇两相望，仙子守着千年的寂寞，凡人守着青春的凄凉，只剩一声怨叹：“不道帏屏夜长。”

第三首写怀人之情，起句：“南浦，南浦，翠鬓离人何处。”楼前水流，依旧向东流着。然而物是人非，情何以堪。诗人想要寄情流水，流水如忧愁一样，绵绵不断。“中有伤心双泪”是流水，亦是悲伤的泪水。陈秋帆《阳春集笺》：“情至文生，缠绵流露，延巳词实多类似。”情境感人之处正是情深之时。

【诗词小贴士】

唐代（公元 618 ～ 907 年）是我国古典诗歌发展的全盛时期，是我国优秀的文学遗产之一，也是全世界文学宝库中的一颗灿烂的明珠。许多诗篇被我们所广为流传。唐诗的形式是多种多样的。唐代的古体诗，主要有五言和七言两种。近体诗也有两种，一种叫做绝句，一种叫做律诗。绝句和律诗又各有五言和七言之不同。所以唐诗的基本形式有六种：五言古体诗、七言古体诗、五言绝句、七言绝句、五言律诗、七言律诗。

第三章　宋辽金诗词

宋词是一种新体诗歌，句子有长与短，便于歌唱。因是合乐的歌词，故又称曲子词、乐府、乐章、长短句、诗余、琴趣等。始于唐，定型于五代，盛于宋。宋词是中国古代文学皇冠上光辉夺目的明珠。由于辽、金政权与宋朝密切交往，带来南北文化的融合和辽金文化的汉化，因此，辽金诗词与宋诗结下了不解之缘，辽金诗词创造受宋词影响，又具有北方文学清劲真刚，朴实自然的风貌。

满江红·写怀

岳　飞（宋朝）

【原文】

怒发冲冠①，凭栏处、潇潇②雨歇。抬望眼，仰天长啸③，壮怀激烈。三十功名尘与土④，八千里路云和月⑤。莫等闲⑥、白了少年头，空悲切。

靖康耻⑦，犹未雪。臣子恨，何时灭！驾长车，踏破贺兰山⑧缺。壮志饥餐胡虏肉，笑谈渴饮匈奴血。待从头、收拾旧山河，朝天阙⑨。

【注释】

①怒发冲冠：气得头发竖起，以至于将帽子顶起。形容愤怒至极，冠是指帽子而不是头发竖起。

②潇潇：形容雨势急骤。

③长啸：感情激动时撮口发出清而长的声音，为古人的一种抒情举动。

④三十功名尘与土：年已三十，建立了一些功名，不过很微不足道。

⑤八千里路云和月：形容南征北战、路途遥远、披星戴月。

⑥等闲：轻易，随便。

⑦靖康耻：宋钦宗靖康二年（1127 年），金兵攻陷汴京，虏走徽、钦二帝。

⑧贺兰山：贺兰山脉位于宁夏回族自治区与内蒙古自治区交界处。

⑨朝天阙：朝见皇帝。天阙：本指宫殿前的楼观，此指皇帝生活的地方。

【译文】

我愤怒得头发竖了起来，帽子被顶飞了。独自登高凭栏远眺，骤急的风雨刚刚停歇。抬头远望天空，禁不住仰天长啸，一片报国之心充满心怀。三十多年来虽已建立一些功名，但如同尘土微不足道，南北转战八千里，经过多少风云人生。好男儿，要抓紧时间为国建功立业，不要空空将青春消磨，等年老时徒自悲切。

靖康之变的耻辱，至今仍然没有被雪洗。作为国家臣子的愤恨，何时才能泯灭！我要驾着战车向贺兰山进攻，连贺兰山也要踏为平地。我满怀壮志，打仗饿了就吃敌人的肉，谈笑渴了就喝敌人的鲜血。待我重新收复旧日山河，再带着捷报向国家报告胜利的消息！

【赏析】

岳飞此词，曾激励着中华民族无数仁人志士的爱国心。抗战期间，这首词曲以其低沉但却雄壮的歌音，感染了中华儿女。前四字，即司马迁写蔺相如“怒发上冲冠”的妙，表明这是不共戴天的深仇大恨。此仇此恨，因何愈思愈不可忍？正缘独上高楼，自倚阑干，纵目乾坤，俯仰六合，不禁热血满怀、沸腾激昂。

开头诗句凌云壮志，气盖山河，写来气势磅礴。再接下去，道出“三十功名尘与土，八千里路云和月”十四个字，微微唱叹，如见将军抚膺自理半生悲绪，九曲刚肠，英雄正是多情人物，可为见证。功名是我所期，岂与尘土同轻；驰驱何足言苦，堪随云月共赏。

过片前后，一片壮怀之情，喷薄倾吐：靖康之耻，指徽钦两帝被掳，犹不得还；故下言臣子抱恨无穷，此是古代君臣观念之必然反映，莫以现代之国家观念解释千年往事。此恨何时得解？功名已委于尘土，三十已去，至此，将军自将上片歇拍处“莫等闲、白了少年头，空悲切”之痛语，说与天下人体会。沉痛之笔，字字掷地有声！

“待从头、收拾旧山河，朝天阙！”满腔忠愤，丹心碧血，倾出肺腑。即以文学家眼光论之，收拾全篇，神完气足，毫无遗憾，诵之令人神往，令人起舞！以此收尾，既表达要胜利的信心，也说了对朝庭和皇帝的忠诚。岳飞在这里不直接说凯旋、胜利等，而用了“收拾旧山河”，显得有诗意又形象。

江城子·乙卯[1]正月二十日夜记梦

苏　轼（宋朝）

【原文】

十年[2]生死两茫茫，不思量[3]，自难忘。千里[4]孤坟[5]，无处话凄凉。纵使相逢应不识，尘满面，鬓如霜[6]。

夜来幽梦[7]忽还乡，小轩窗[8]，正梳妆。相顾[9]无言，惟有泪千行。料得年年肠断处，明月夜，短松冈[10]。

【注释】

①乙卯：公元 1075 年，即北宋熙宁八年。

②十年：指结发妻子王弗去世已十年。

③思量：想念。

④千里：王弗葬地四川眉山与苏轼任所山东密州，相隔遥远，故称“千里”。

⑤孤坟：孟启《本事·徵异第五》载张姓妻孔氏赠夫诗：“欲知肠断处，明月照孤坟。”其妻王氏之墓。

⑥“尘满面”两句，形容年老憔悴。

⑦幽梦：梦境隐约，故云幽梦。

⑧小轩窗：指小室的窗前，轩：门窗。

⑨顾：看。

⑩明月夜，短松冈：苏轼葬妻之地，短松：矮松。

【译文】

两人一生一死，隔绝十年，相互思念却很茫然，无法相见。不想让自己去思念，自己却难以忘怀。妻子的孤坟远在千里，没有地方跟她诉说心中的凄凉悲伤。即使相逢也应该不会认识，因为我四处奔波，灰尘满面，鬓发如霜。

晚上忽然在隐约的梦境中回到了家乡，只见妻子正在小窗前对镜梳妆。两人互相望着，千言万语不知从何说起，只有相对无言泪落千行。料想那明月照耀着长着小松树的坟山，就是与妻子思念年年痛欲断肠的地方。

【赏析】

苏东坡十九岁时，与年方十六的王弗结婚。王弗年轻美貌，且侍亲甚孝，二人恩爱情深。可惜命运无常，王弗二十七岁就去世了。王弗的死对东坡是绝大的打击，其心中的沉痛，精神上的痛苦，是不言而喻的。公元1075年（熙宁八年），东坡来到密州，这一年正月二十日，他梦见爱妻王氏，便写下了这首“有声当彻天，有泪当彻泉”（陈师道语）且传诵千古的悼亡词。

题记中“乙卯”年指的是公元1075年（宋神宗熙宁八年），其时苏东坡任密州（今山东诸城）知州，年已四十。这首“记梦”词，实际上除了下片五句记叙梦境，其他都是抒情文字。开头三句，排空而下，真情直语，感人至深。“十年生死两茫茫”生死相隔，死者对人世是一无所知了，而活着的人对逝者呢？当然也是同样的感觉。恩爱夫妻，撒手永诀，时间倏忽，转瞬十年。“不思量，自难忘”，人虽云亡，而过去美好的情景自难忘怀呵！

王弗逝世转瞬十年了，想当初年方十六的王弗嫁给了十九岁的苏东坡，少年夫妻情深意重自不必说，更难得她蕙质兰心，明白事理。这十年间，东坡因反对王安石的新法，颇受压制，心境悲愤；到密州后，又逢凶年，忙于处理政务，生活困苦到食杞菊以维持的地步，而且继室王润之（或许正是出于对爱妻王弗的深切思念，东坡续娶了王弗的堂妹王润之，据说此女颇有其堂姐风韵）及儿子均在身旁，哪能年年月月，朝朝暮暮都把逝世的妻子老挂在心间呢？不是经常想念，但绝不能忘得掉。这种深深埋在心底的感情，是难以消除的。因为作者时至中年，那种共担忧患的夫妻感情，久而弥笃，是一时一刻都不能消除的。

下片的头五句，才入题开始记梦，“夜来幽梦忽还乡。”是记叙，写自己在梦中忽然回到了时在念中的故乡，在那个两人曾共度甜蜜岁月的地方相聚、重逢。“小轩窗，正梳妆。”那小室，亲切而又熟悉，她情态容貌，依稀当年，正在梳妆打扮。这犹如结婚未久的少妇，形象很美，带出苏轼当年的闺房之乐。作者以这样一个常见而难忘的场景表达了爱侣在自己心目中的永恒的印象。夫妻多年后终于相见，没有出现久别重逢、卿卿我我的亲昵，而是“相顾无言，唯有泪千行”！这正是东坡笔力奇崛之处，妙绝千古。“此时无声胜有声”，无声之胜，全在于此。

苏东坡对于王弗是痛彻心肺的悲情。“夜来幽梦忽还乡，小轩窗，正梳妆。相顾无言，唯有泪千行。”阴阳相隔，重逢只能期于梦中，也只有梦是没有时空限制的，可以超越一切的界限和有限。朴素真挚的深情，沉痛的生离死别，清丽哀婉的诗句，让人每读一次就更为其中的深情所感动。

在这首小词中，读不到一句令人感觉“矫情”之语，词语的运用简练凝重。每一个音节的连接都有冷涩凝绝之感，犹如声声咽泣，压抑沉重的气氛就在这“幽咽泉流”中弥散开来，让人艰与呼吸，又难以逃避。

苏东坡用了十年都舍弃不下的，是那种相濡以沫的亲情。他受不了的不是没有了轰轰烈烈的爱情，而是失去了伴侣后孤单相吊的寂寞。无数的人毫不吝惜地把“绝唱”这个词赠与了这首词，然而，时光流转了千年，这一篇值得反复玩味的美文，也让我们更深切地领会了苏子心中的创痛，只因它诉说着人世间最值得感念的深情。

过零丁洋

文天祥（宋朝）

【原文】

辛苦遭逢[①]起一经[②]，干戈寥落[③]四周星[④]。
山河破碎风飘絮[⑤]，身世浮沉雨打萍[⑥]。
惶恐滩[⑦]头说惶恐，零丁[⑧]洋[⑨]里叹零丁。
人生自古谁无死？留取丹心[⑩]照汗青[⑪]。

【注释】

①遭逢：遭遇到朝廷选拔。

②起一经：因精通某一经籍而通过科举考试得官。文天祥在宋理宗宝佑四年（1256）以进士第一名状元。

③干戈寥（liáo）落：寥落意为冷清，稀稀落落。在此指宋元间的战事已经接近尾声。干戈，两种兵器，这里代指战争。寥落，荒凉冷落。南宋亡于1279年，此时已无力反抗。

④四周星：四年。从德祐元年（1275）正月起兵抗元至被俘恰是四年。

⑤风飘絮：运用比喻的修辞手法，形容国势如柳絮。

⑥雨打萍：比喻自己身世坎坷，如同雨中浮萍，漂泊无根，时起时沉。

⑦惶恐滩：在今江西万安赣江，水流湍急，极为险恶，为赣江十八滩之一。宋瑞宗景炎二年（1277），文天祥在江西空阬兵败，经惶恐滩退往福建。

⑧零丁：孤苦无依的样子。

⑨零丁洋：即“伶仃洋”，现在广东省中山市南的珠江口。文天祥于宋末帝赵昺祥兴元年（1278）十二月被元军所俘，囚于洋的战船中，次年正月，元军都元帅张弘范攻打崖山，逼迫文天祥招降坚守崖山的宋军统帅张世杰。于是，文天祥写了这首诗。

⑩丹心：红心，比喻忠心。

⑪汗青：古代在竹简上写字，先以火炙烤竹片，以防虫蛀。因竹片水分蒸发如汗，故称书简为汗青，也做杀青。这里特指史册。

【译文】

我一生的辛苦遭遇，都开始于一部儒家经书；从率领义军抗击元兵以来，经过了四年的艰苦岁月，祖国的大好河山在敌人的侵略下支离破碎，就像狂风吹卷着柳絮零落飘散；

自己的身世遭遇也动荡不安，就像暴雨打击下的浮萍颠簸浮沉。想到前兵败江西，（自己）从惶恐滩头撤离的情景，那险恶的激流、严峻的势，至今还让人惶恐心惊；

想到去年五岭坡全军覆没，身陷敌手，如今在浩瀚的零丁洋中，只能悲叹自己的孤苦伶仃。自古人生在世，谁没有一死呢？为国捐躯，死得其所，（让我）留下这颗赤诚之心光照青史吧！

【赏析】

这首诗是文天祥被俘后为誓死明志而作。一二句，诗人回顾了平生，但限于篇幅，在写法上仅举出入仕和兵败一首一尾两件事以概其馀。中间四句紧承“干戈寥落”，明确表达了作者对当前局势的认识：国家处于风雨飘摇中，亡国的悲剧已不可避免，个人命运就更捉摸不定。但面对这种巨变，诗人想到的却不是个人的出路和前途，而是深深地遗憾。两年前自己未能在军事上取得胜利，从而扭转局面。同时，也为自己的孤立无援感到格外痛心。我们从字里行间不难感受到作者国破家亡的巨痛与自责、自叹相交织的苍凉心绪。

末二句则是身陷敌手的文天祥对自身命运的一种毫不犹豫的选择。这使得前面的感慨、遗恨平添了一种悲壮激昂的力量和底气，表现出独特的崇高美。这既是诗人人格魅力的体现，也表现了中华民族的独特的精神美，其感人之处远远超出了语言文字的范围。

长相思・吴山青

林　逋（宋朝）

【原文】

吴山青，越山青。两岸青山相送迎，谁知离别情？
君泪盈，妾泪盈。罗带同心结[1]未成，江头潮已平[2]。

【注释】

①同心结：将罗带系成连环回文样式的结子，象征定情。

②潮已平：指江水已涨到与岸相齐。

【译文】

钱塘江北青翠的吴山，钱塘江南清秀的越山，成天俯看着征帆归舟，似在殷勤送迎，好生有情。可此际，一对有情人儿正依依江岸，难分难舍，那山却依旧招呼着行人归客，全不管他俩的离情别绪，真个是无情透了。钱塘江水似乎也是无情，这对有情人，同心结子还未打成、定情之期还未说妥，它却涨起大潮，催着行舟早发。可是，当他俩泪水盈眶之时，它也把潮头悄悄涨到与岸齐平；似乎只等着泪珠夺眶而出，它也要让潮水涌向四野一般。

【赏析】

这首词以一女子的口气写就，抒写了她因婚姻不幸，与情人诀别的悲怀。开头用民歌传统的起兴手法，“吴山青，越山青”，叠下两个“青”字，色彩鲜明地描画出一片江南特有的青山胜景。吴越自古山明水秀，风光宜人，却也阅尽了人间的悲欢。“谁知别离情？”歇拍处用拟人手法，向亘古如斯的青山发出嗔怨，借自然的无情反衬出人生的恨意，使感情色彩由轻盈转向深沉，巧妙地托出了送别的主旨。

这首词艺术上的显著特点是反复咏叹，情深韵美，具有浓郁的民歌风味。词采用了民歌中常用的复沓形式，在节奏上产生一种回环往复、一唱三咏的艺术效果。词还句句押韵，连声切响，前后相应，显出女主人公柔情似水，略无间阻，一往情深的特点。林逋沿袭《长相思》调写男女情爱，以声助情，用清新流美的语言，唱出了吴越青山绿水间的地方风情，创造出一个隽永空茫、余味无穷的艺境。

念奴娇·赤壁怀古

苏 轼（宋朝）

【原文】

大江[1]东去，浪淘[2]尽，千古风流人物。
故垒[3]西边，人道是，三国周郎[4]赤壁。
乱石穿空，惊涛拍岸，卷起千堆雪[5]。
江山如画，一时多少豪杰。
遥想[6]公瑾当年，小乔[7]初嫁了，雄姿英发[8]。
羽扇纶巾[9]，谈笑间，樯橹[10]灰飞烟灭。
故国[11]神游，多情应笑我，早生华发[12]。
人生[13]如梦，一尊[14]还酹[15]江月[16]。

【注释】

①大江：指今天的长江。

②淘：冲洗，冲刷。

③故垒：黄州古老的城堡，推测可能是古战场的陈迹。过去遗留下来的营垒。

④周郎：周瑜（175～210）字公瑾，庐江舒县（今安徽省庐江县西南）人。东汉末年东吴名将，因其相貌英俊而有“周郎”之称。

⑤雪：比喻浪花。

⑥遥想：形容想得很远；回忆。

⑦小乔：乔公的小女儿，生的闭月羞花，琴棋书画样样精通，是周瑜之妻；姐姐大乔为孙策之妻，有沉鱼落雁、倾国倾城之貌。

⑧英发：英俊勃发。

⑨羽扇纶巾：手摇动羽扇，头戴纶巾。这是古代儒将的装束，词中形容周瑜从容娴雅。纶巾：古代配有青丝带的头巾。

⑩樯橹：强大之敌，指曹军（樯橹：这里代指曹操的水军战船。樯，挂帆的

桅杆。橹，一种摇船的桨）。

⑪故国：这里指旧地，当年的赤壁战场。指古战场。指假战场黄州。

⑫华发：花白的头发。华：《现代汉语词典》这个字读（huā），花白义。

⑬人生：现有版本作人间。

⑭尊：通“樽”，酒杯。

⑮酹：（古人祭奠）以酒浇在地上祭奠。这里指洒酒酬月，寄托自己的感情。

⑯一尊还酹江月：“还”字的读法。古时读音是 (huán)。其实就是在现代，稍早一点——比如 1960 年代，也是只有一个读音，没有普通话中“hái”这个读音。也就是说，在用于“归还”的“还”时，读作“huán”，在用作“还是”、“还有”这一义项时，读作“hái”。事实上在古词中没有“还是”、“还有”的用法。hái 这个读音最早是在明清小说中开始出现的。如《红楼梦》第五十回：“他竟比盖这园子还费工夫了”。

【译文】

长江朝东流去，千百年来，所有才华横溢的英雄豪杰，都被长江滚滚的波浪冲洗掉了。

那旧营垒的西边，人们说那是三国时周郎大破曹兵的赤壁。

陡峭不平的石壁插入天空，惊人的巨浪拍打着江岸，卷起千堆雪似的层层浪花。

祖国的大好河山啊，那时有多少英雄豪杰！

遥想当年周公瑾，小乔刚刚嫁了过来，他的姿态多么的雄峻：手里拿着羽毛扇，头上戴着青丝帛的头巾。

谈笑之间，曹操的无数战船在浓烟烈火中烧成灰烬。

神游于三国战场，该笑我太多愁善感了，以致过早地生出白发。

人生就像做了一场大梦，还是把一杯酒献给江上的明月，和我同饮共醉吧！

【赏析】

“大江东去，浪涛尽，千古风流人物。”作者开篇即景抒情，时间穿越了古今，为我们勾勒出了奔腾东去的长江的雄姿，并从空间联想到时间，意指久远。

“江山如画，一时多少豪杰！”这两句是在前面所闻所见的基础上由于感情的激越而发出的赞叹之语。诗人由对赤壁的赞美，联想到当年在此鏖战的众多英雄豪杰，现在是美丽如画的山河依旧，可是当时为之角逐的英雄却不见了。这一句不仅回应了第一句，而且为后面具体写周瑜做了过渡。

下阕集中笔墨写周瑜。“遥想公谨当年，小乔初嫁了，雄姿英发。”写周瑜的飒爽英姿，在写赤壁之战前，忽插入“小乔初嫁了”这一生活细节，以美人烘托英雄，更见出周瑜的丰姿潇洒、年轻有为，足以令人艳羡；同时也使人联想到：赢得这次抗曹战争的胜利，乃是使东吴据有江东、发展胜利形势的保证。

“羽扇纶巾，谈笑间，樯橹灰尽烟灭。”这句话所用笔墨不多，画出了周瑜在赤壁大战中运筹帷幄，指挥若定，风度潇洒的神态。“纶巾”是从服装上突出周瑜超人的风度，而“谈笑间，樯橹灰飞烟灭。”是写他才能过人的潇洒。

一剪梅·红藕香残玉簟秋

李清照（宋朝）

【原文】

红藕香残玉簟[①]秋。轻解罗裳[②]，独上兰舟[③]。云中谁寄锦书[④]来，雁字[⑤]回时，月满西楼[⑥]。

花自飘零水自流。一种相思，两处闲愁[⑦]。此情无计可消除，才下眉头，却上心头[⑧]。

【注释】

①红藕：红色的荷花。玉簟（diàn）：光滑似玉的精美竹席。

②裳（cháng）：古人穿的下衣，也泛指衣服。

③兰舟：此处为床的雅称。

④锦书：前秦苏惠曾织锦作《璇玑图》，寄其夫窦滔，计八百四十字，纵横反复，皆可诵读，文词凄婉。后人因称妻寄夫为锦字，或称锦书；亦泛为书信的美称。

⑤雁字：群雁飞时常排成“一”字或“人”字，诗文中因以雁字称群飞的大雁。

⑥月满西楼：意思是鸿雁飞回之时，西楼洒满了月光。

⑦一种相思，两处闲愁：意思是彼此都在思念对方，可又不能互相倾诉，只好各在一方独自愁闷着。

⑧才下眉头，却上心头：意思是，眉上愁云刚消，心里又愁了起来。

【译文】

荷已残，香已消，冷滑如玉的竹席，透出深深的凉秋。轻轻的脱下罗绸外裳，一个人独自躺上眠床。仰头凝望远天，那白云舒卷处，谁会将锦书寄来？正是雁群排成“人”字，一行行南归时候。月光皎洁浸人，洒满这西边独倚的亭楼。

花，自顾地飘零，水，自顾地漂流。一种离别的相思，牵动起两处的闲愁。啊，无法排除的是——这相思、这离愁，刚从微蹙的眉间消失，又隐隐缠绕上了心头。

【赏析】

词的起句“红藕香残玉簟秋”，领起全篇。上阕共六句，接下来的五句按顺序写词人从昼到夜一天内所作之事、所触之景、所生之情。前两句“轻解罗裳，独上兰舟”，所写是白昼在水面泛舟之事，以“独上”二字暗示处境，暗点离情。下面“云中谁寄锦书来”一句，则明写别后的思念。词人独上兰舟，本想排遣离愁；而怅望云天，偏起怀远之思。这一句，钩连上下。它既与上句紧相衔接，又写出舟中所望、所思；而下两句“雁字回时，月满西楼”，则又由此生发。

词的过片“花自飘零水自流”一句，承上启下，词意不断。它既是即景，又兼比兴。其所展示的花落水流之景，是遥遥与上阕“红藕香残”、“独上兰舟”两句相拍合的；而其所象喻的人生、年华、爱情、离别，则给人以“无可奈何花落去”（晏殊《浣溪沙》）之感，以及“水流无限似侬愁”（刘禹锡《竹枝词》）之恨。词的下阕就从这一句自然过渡到后面的五句，转为纯抒情怀、直吐胸臆的独白。

“一种相思，两处闲愁”二句，在写自己的相思之苦、闲愁之深的同时，由己身推想到对方，深知这种相思与闲愁不是单方面的，而是双方面的，以见两之心心相印。

这首诗的结拍三句，是历来为人所称道的名句。王士禛在《花草蒙拾》中指出，这三句从范仲淹《御街行》“都来此事，眉间心上，无计相回避”脱胎而来，而明人俞彦《长相思》“轮到相思没处辞，眉间露一丝”两句，又是善于盗用李清照的词句。这说明，诗词创作虽忌模拟，但可以点化前人语句，使之呈现新貌，融入自己的作品之中。这里，“眉头”与“心头”相对应，“才下”与“却上”成思想起伏状，语句结构既十分工整，表现手法也十分巧妙，因而就在艺术上有更大的吸引力。

当然，句离不开篇，这两个四字句只是整首词的一个有机组成部分，并非一枝独秀。它有赖于全篇的烘托，特别因与前面另两个同样工巧的四字句“一种相思，两处闲愁”前后衬映，而相得益彰。同时，篇也离不开句，全篇正因这些醒人眼目的句子而出彩。李廷机的《草堂诗余评林》称此词“语意超逸，令人醒目”，读者之所以特别易于为它的艺术魅力所吸引，其原因在此。

浣溪沙·一向年光有限身

晏　殊（宋朝）

【原文】

一向[1]年光有限身，等闲[2]离别易销魂，酒筵歌席莫辞频[3]。

满目山河空念远，落花风雨更伤春，不如怜取眼前人[4]。

【注释】

①一向：一晌，片刻，一会儿。

②等闲：平常，随便，无端。销魂：极度悲伤，极度快乐。

③莫辞频：不要因为频繁而推辞。

④怜取眼前人：元稹《会真记》载崔莺莺："还将旧来意，怜取眼前人。"怜：珍惜，怜爱。取：语助词。

【译文】

片刻的时光，有限的生命，宛若江水东流，一去不返，深感悲伤。于是，频繁的聚会，借酒消愁，对酒当歌，及时行乐，聊慰此有限之身。

若是登临之际，放眼辽阔河山，突然怀思远别的亲友；就算是独处家中，看到风雨催落了繁花，更令人感伤春光易逝。不如在酒宴上，好好爱怜眼前的人。

【赏析】

此词慨叹人生有限，抒写了人间的离情别绪，所表现的是及时行乐的思想。全词章法结构上下关合：下片"满目"句照应上片次句，因离别而念远；"落花"句照应上片首句，因慨叹人生短暂而伤春。结句借用《会真记》中的诗句，即转即收。

"一向年光有限身"，劈空而来，语甚警炼。"一向"，即一晌，一会儿。片刻的时光啊，有限的生命！在短暂的人生中，别离是不只一次会遇到的，而每一回离别，都占去有限年光的一部分，词人唯有强自宽解："酒筵歌席莫辞频"。痛苦是没有任何益处的，不如对酒当歌，自遣情怀吧。"频"，谓宴会的频繁。过片二语，气象宏阔，意境莽苍，以健笔写闲情，兼有刚柔之美，是《珠玉词》中不可多得的佳句。两句是设想之辞。若是登临之际，放眼辽阔的河山，徒然地怀思远别的亲友；就算是独处家中，看到风雨摧落了繁花，更令人感伤春光易逝。

"不如怜取眼前人！"意谓去参加酒筵歌席，好好爱怜眼前的歌女。作为富贵宰相的晏殊，他不会让痛苦的怀思去折磨自己，也不会沉湎于歌酒之中而不能自拔，他懂得要"怜取眼前人"，这是作者对待生活的一贯态度。悲年光之有限，感世事之无常，诗人慨叹空间和时间的距离难以逾越，慨叹对已逝美好事物的追寻总是徒劳，在山河风雨中寄寓着对人生哲理的探索。词人幡然感悟，认识到要立足现实，牢牢地抓住眼前的一切。

这首词又是《珠玉词》中的别调。大晏的词作，用语明净，下字修洁，表现出闲雅蕴藉的风格；而在本词中，作者却一变故常，取景甚大，浓墨重彩，格调遒上。抒写伤春念远的情怀，深刻沉着，高健明快，而又能保持一种温婉的气象，使词意不显得凄厉哀伤，这是本词的一大特色。

晓出①净慈寺②送林子方③

杨万里（宋朝）

【原文】

毕竟④西湖六月中⑤，风光不与四时⑥同⑦。

接天⑧莲叶无穷⑨碧，映日⑩荷花别样⑪红。

【注释】

①晓出：太阳刚刚升起。

②净慈寺：全名“净慈报恩光孝禅寺”，与灵隐寺为杭州西湖南北山两大著名佛寺。

③林子方：作者的朋友，官居直阁秘书。

④毕竟：到底。

⑤六月中：六月中旬。

⑥四时：春夏秋冬四个季节。在这里指六月以外的其他时节。

⑦同：相同。

⑧接天：像与天空相接。

⑨无穷：无边无际。无穷碧：因莲叶面积很广，似与天相接，故呈现无穷的碧绿。

⑩映日：太阳映照。

⑪别样：宋代俗语，特别，不一样。

【译文】

到底是西湖六月天的景色，
风光与其它季节确实不同。
荷叶接天望不尽一片碧绿，
阳光下荷花分外艳丽鲜红。

【赏析】

“毕竟西湖六月中，风光不与四时同”，首句看似突兀，实际造句大气，虽然读者还不曾从诗中领略到西湖美景，但已能从诗人赞叹的语气中感受到了西湖的美。

诗人驻足六月的西湖送别友人林子方，全诗通过对西湖美景的高度赞美，曲折地表达对友人深情的眷恋。诗人开篇即说毕竟六月的西湖，风光不与四时相同，这两句质朴无华的诗句，说明六月西湖与其他季节不同的风光，是非常让人留恋的。然后，诗人用充满强烈色彩对比的句子，使人感到置身于无穷的碧绿之中；而娇美的荷花，在骄阳的映照下，更显得格外艳丽。这种谋篇上的转化，虽然跌宕起伏，却没有突兀之感。看似平淡的笔墨，却给读者展现了令人回味的艺术境地。

清平乐·村居[1]

辛弃疾（宋朝）

【原文】

茅檐[2]低小，溪上青青草。醉里吴音[3]相媚好[4]，白发谁家翁媪[5]？
大儿锄豆[6]溪东，中儿正织[7]鸡笼。最喜小儿无赖[8]，溪头卧[9]剥[10]莲蓬[11]。

【注释】

①清平乐村居：清平乐，词牌名。村居，这首词的题目，意为乡村生活。

②茅檐：茅屋，茅屋的屋檐。

③吴音：作者当时住在江西东部的上饶，这一带古时是吴国的领土，所以称这一带的方言为吴音，吴地的方言。

④相媚好：这里指互相逗趣、取乐。

⑤翁媪：老翁、老太。

⑥锄豆：在豆地里锄草。

⑦织：编织，文中指编织鸡笼。

⑧无赖：这里指顽皮、淘气。

⑨卧：趴。

⑩卧剥：趴着剥（莲蓬）。

⑪莲蓬：莲花开过后的花托，倒圆锥形，里面有莲子。

【译文】

一所低小的茅草房屋，紧靠着一条清澈照人的小溪。溪边长满了碧绿的小草。一对满头白发的老夫妻，带着微醉的神态，亲热地用吴地的方言在一起聊天逗乐。大儿子在溪东豆地锄草，二儿子在家门口编织鸡笼。最喜欢的是调皮的小儿子，趴在溪边剥莲蓬。

【赏析】

在这首词中，作者通过对农村景象的描绘，反映出他的主观感情，并非只在纯客观地作素描。作者这首词，能让读者从农村的一个非劳动环境中看到一些非劳动成员的生活剪影，反映出了春日农村有生机、有情趣的一面。

上片第一、二两句是作者望中所见，镜头稍远。“茅檐低小”，正是写南宋当时农村生活条件并不很好。如果不走近这低小的茅檐下，是远远看不到这户人家的活动，也听不到人们讲话的声音的。第二句点明茅屋距小溪不远，而溪上草已返青，实暗用谢灵运《登池上楼》“池塘生春草”语意，说明春到农村，生机无限，又是农忙季节了。作者略含醉意，迤逦行来，及至走近村舍茅檐，却听到一阵用吴音对话的声音，使自己感到亲切悦耳（即所谓“相媚好”），这才发现这一家的成年人都已下田劳动，只有一对老夫妇留在家里，娓娓地叙家常。所以用了一个反问句：“这是谁家的老人呢？”然后转入对这一家的其他少年人的描绘。这样讲，主客观层次较为分明，比把“醉”的主语指翁媪似更合情理。

下片写大儿锄豆，中儿编织鸡笼，都是写非正式劳动成员在搞一些副业性质的劳动。这说明农村中绝大多数并非坐以待食、不劳而获的闲人，就算是未成丁的孩子也要干点力所能及的活儿，则成年人的辛苦勤奋可想而知。“卧”字确实使用最妙，它把小儿躺在溪边剥莲蓬吃的天真、活泼、顽皮的劲儿，和盘托出，跃然纸上，从而使人物形象鲜明，栩栩如生，意境耐人寻味。表现出只有老人和尚无劳动力的年龄最小的孩子，才悠然自得其乐。全词描绘了一家五口在乡村的生活情态，表现了生活之美和人情之美，体现了作者对田园安宁、平静生活的羡慕与向往。

鹊桥仙·纤云弄巧

秦　观（宋朝）

【原文】

纤云①弄巧，飞星②传恨，银汉③迢迢暗度。金风玉露④一相逢，便胜却人间无数。

柔情似水，佳期如梦，忍顾⑤鹊桥归路。两情若是久长时，又岂在朝朝暮暮⑥。

【注释】

①纤云：轻盈的云彩。弄巧：指云彩在空中幻化成各种巧妙的花样。

②飞星：流星。一说指牵牛、织女二星。

③银汉：银河。迢迢：遥远的样子。

④金风玉露：指秋风白露。李商隐《辛未七夕》：“由来碧落银河畔，可要金风玉露时”。

⑤忍顾：怎忍回视。

⑥朝朝暮暮：指朝夕相聚。语出宋玉《高唐赋》。

【译文】

纤薄的云彩在天空中变幻多端，天上的流星传递着相思的愁怨，遥远无垠的银河今夜我悄悄渡过。在秋风白露的七夕相会，就胜过尘世间那些长相厮守却貌合神离的夫妻。

共诉相思，柔情似水，短暂的相会如梦如幻，分别之时不忍去看那鹊桥路。只要两情至死不渝，又何必贪求卿卿我我的朝欢暮乐呢？

【赏析】

这首词借牛郎织女的故事，以超人间的方式表现人间的悲欢离合，古已有之，如《古十九首·迢迢牵牛星》，曹丕的《燕歌行》，李商隐的《辛未七夕》等等。宋代的欧阳修、张先、柳永、苏轼等人也曾吟咏这一题材，虽然遣辞造句各异，却都因袭了“欢娱苦短”的传统主题，格调哀婉、凄楚。相形之下，秦观此词堪称独出机杼，立意高远。

这是一首咏七夕的节序词，起句展示出了七夕独有的抒情氛围，“巧”与“恨”，则将七夕人间“乞巧”的主题及“牛郎、织女”故事的悲剧性特征点明，练达而凄美。诗人借助牛郎织女悲欢离合的故事，歌颂了坚贞诚挚的爱情。结句“两情若是久长时，又岂在朝朝暮暮”是最有境界的，这两句既指牛郎、织女的爱情模式的特点，又表述了作者的爱情观，是高度凝练的名言佳句。这首词因而也就具有了跨时代、跨国度的审美价值和艺术品位。

此词熔写景、抒情与议论于一炉，叙写牵牛、织女二星相爱的神话故事，赋予这对仙侣浓郁的人情味。词一开始即写“纤云弄巧”，轻柔多姿的云彩，变化出许多优美巧妙的图案，显示出织女精巧绝伦的手艺。接下来词人宕开笔墨，以富有感情色彩的议论赞叹道：“金风玉露一相逢，便胜却人间无数！”一对久别的情侣，在金风玉露之夜，碧落银河之畔相会了，这美好的一刻，抵得上人间千遍万遍的相会。

“柔情似水”，那两情相会的情意，就如悠悠无声的流水，是那样的温柔缠绵。“柔情似水”，“似水”照应“银汉迢迢”，即景设喻，十分自然。一夕佳期竟然象梦幻一般倏然而逝，才相见又分离，怎不令人心碎！“佳期如梦”，除言相会时间之短，还写出爱侣相会时的复杂心情。“忍顾鹊桥归路”，转写分离，刚刚借以相会的鹊桥，转瞬间又成了和爱人分别的归路。

这首词的议论，自由流畅，通俗易懂，却又显得婉约蕴藉，余味无穷。作者将画龙点睛的议论用散文句法与优美的形象、深沉的情感结合起来，起伏跌宕地讴歌了人间美好的爱情，取得了极好的艺术效果。

游山西村

陆　游（宋朝）

【原文】

莫笑农家腊酒浑[1]，丰年留客足鸡豚[2]。
山重水复[3]疑无路，柳暗花明[4]又一村。
箫鼓[5]追随[6]春社[7]近，衣冠简朴古风存[8]。
从今若许[9]闲乘月[10]，拄杖无时[11]夜叩门[12]。

【注释】

①腊酒浑：腊月里酿造的酒，称为腊酒；浑，浑浊。酒以清为贵。

②足鸡豚（tún）：意思是准备了丰盛的菜肴。豚，小猪，诗中代指猪肉。足：足够，丰盛。

③山重水复：一座座山、一道道水重重叠叠。

④柳暗花明：柳色深绿，花色明亮。

⑤箫鼓：吹着箫打着鼓。

⑥追随：紧跟着。

⑦春社：古代把立春后第五个戊日作为春社日，拜祭社公（土地神）和五谷神，祈求丰收。

⑧古风存：保留着淳朴的古代风俗。

⑨若许：如果这样。

⑩闲乘月：乘着月明来闲游。

⑪无时：没有一定的时间，即随时。

⑫叩（kòu）门：敲门。

【译文】

不要笑话农家的酒浑，丰收之年有丰足的佳肴款待客人。当山和水不断出现在我眼前时，我正疑惑无路可行，忽见柳色浓绿，花色明丽，一个村庄出现在眼前。吹箫击鼓，结队喜庆，春社祭日已临近，布衣素冠，简朴的古风依旧保存。从今后，如果允许大家在晚上闲逛，那么我将拄着拐杖，不定时地会在夜晚敲响农家朋友的柴门。

【赏析】

首联渲染出丰收之年农村一片宁静、欢悦的气象。腊酒，指腊月酿制的酒。豚，是猪。足鸡豚，意谓鸡猪足。这两句是说农家酒味虽薄，但其中的待客情意却十分深厚。一个“足”字，表达了农家款客尽其所有的盛情。“莫笑”二字，道出了诗人对农村淳朴民风的赞赏。

次联写山间水畔的景色，写景中寓含了哲理，千百年来广泛被人引用。“山重水复疑无路，柳暗花明又一村。”正在迷惘之际，突然看见前面花明柳暗，几间农家茅舍，隐现于花木扶疏之间，诗人顿觉豁然开朗。其喜形于色的兴奋之状，我们可以想见。当然这种境界前人也有描摹，这两句却描写的格外委婉别致，遇到困难如果锲而不舍，继续前行，忽然间眼前出现一线亮光，再往前行，便豁然开朗，发现了一个前所未见的新天地。这就是此联给人们的启发，也是宋诗特有的理趣。不仅反映了诗人对前途所抱的希望，也道出了世间事物消长变化的哲理。于是这两句诗就超出了自然景色描写的范围，而具有很强的艺术生命力。

颈联：“箫鼓追随春社近，衣冠简朴古风存。”既写出春社欢快，又表达民风的淳朴可爱。

前三联写了外界情景，并和诗人的情感相融。然而诗人似乎意犹未足，故而笔锋一转：“从今若许闲乘月，拄杖无时夜叩门。”无时，随时。诗人已“游”了一整天，此时明月高悬，整个大地笼罩在一片淡淡的清光中，给春社过后的村庄也染上了一层静谧的色彩，别有一番情趣。于是这两句从胸中自然流出：但愿而今而后，能拄杖乘月，轻叩柴扉，与老农亲切絮语，此情此景，不亦乐乎！一个热爱家乡，与农民亲密无间的诗人跃然纸上。

惠崇[1]春江晚景

苏　轼（宋朝）

【原文】

竹外桃花三两枝，春江水暖鸭先知。
蒌蒿[2]满地芦芽[3]短，正是河豚[4]欲上[5]时[6]。

【注释】

①惠崇：北宋名僧能善画，《春江晓景》是他的画作，共两幅，一幅是鸭戏图，一幅是飞雁图。苏轼的题画诗也有两首，这首是题鸭戏图的诗。

②蒌蒿：一种生长在洼地的多年生草本植物，花淡黄色，茎高四、五尺，刚生时柔嫩香脆，可以吃。（字典解释：多年生草本植物，花淡黄色，可入药）

③芦芽：芦苇的幼芽，可食用。

④河豚：鱼的一种，学名“鲀（tún）”，肉味鲜美，但是卵巢和肝脏有剧毒。产于我国沿海和一些内河。每年春天逆江而上，在淡水中产卵。

⑤上：指鱼逆江而上。

⑥时：时间，这里指季节。

【译文】

竹林外两三枝桃花初放，鸭子在水中游戏，它们最先察觉了初春江水的回暖。河滩上已经长满了蒌蒿，芦苇也开始抽芽了，而这恰是河豚正上市场的季节。

【赏析】

惠崇是个和尚，宋代画家。这首诗是苏轼题在惠崇所画的《春江晓景》上的。惠崇的原画稿已失，这首诗有的版本题作《春江晓景》，现已无从考证。

竹林外两三枝桃花初放，鸭子在水中游戏，它们最先察觉了初春江水的回暖。河滩上已经满是蒌蒿，芦笋也开始抽芽，而此时河豚正是上市的好时节，可以在市场上销售了。

好的题画诗，既要扣合绘画主题，又不能拘于画面内容，既要能再现出画面意境，同时又能跳出画外，别开生面，离开绘画又不失其独立的艺术生命。苏轼这首诗可以说做到了这一点。诗的前三句咏画面景物，最后一句是由画面景物引起的联想。整首诗又如同诗人即景言情，当下所得，意象描写而自然。说前三句再现画境，其实两者也不全然等同。

第二句中“水暖”（温度）、“鸭先知”（知觉）云云，是不能直接画出的。这是因为绘画属于视觉艺术，而诗是语言艺术，有着表现上的绝对自由。最后一句进一步发挥联想，在前三句客观写景的基础上作出画中景物所属时令的判断，从而增添了南方风物之美的丰富感觉，这更是画所达不到的。

诗人由江中写到江岸，更细致地观察描写初春景象：由于得到了春江水的滋润，满地的蒌蒿长出了新枝，芦芽儿吐尖了；这一切都显示了春天的活力，惹人怜爱。诗人进而联想到，这正是河豚肥美上市的时节，引人更广阔地遐想。全诗洋溢着一股浓厚而清新的生活气息。

活水亭观书有感二首·其一

朱　熹（宋朝）

【原文】

半亩方塘①一鉴开，天光云影共徘徊②。
问渠那得清如许③？为有源头活水④来。

【注释】

①方塘：又称半亩塘，在福建尤溪城南郑义斋馆舍（后为南溪书院）内。朱熹父亲松与郑交好，故尝有《蝶恋花·醉宿郑氏别墅》词云：“清晓方塘开一境。

落絮如飞，肯向春风定。”

②天光句：这句是说天的光和云的影子反映在塘水之中，不停地变动，犹如人在徘徊。

③渠：指方塘。那（nǎ）得：怎么会。那：通“哪”，怎么的意思。清如许：这样清澈。

④源头活水：源头活水比喻知识是不断更新和发展的，从而不断积累，只有在人生的学习中不断学习运用探索，才能使自己永葆先进和活力，就像水源头一样。

【译文】

半亩大的方形池塘像一面镜子一样展现在眼前，天空的光彩和浮云的影子都在镜子中一起移动。要问为何那方塘的水会这样清澈呢？是因为有那永不枯竭的源头为它源源不断地输送活水啊！

【赏析】

这是一首借景喻理的名诗。全诗以方塘作比喻，形象地表达了一种微妙难言的读书感受。池塘并不是一泓死水，而是常有活水注入，因此像明镜一样，清澈见底，映照着天光云影。这种情景，就同一个人在读书中搞通问题、获得新知而大有收益、提高认识时的情形颇为相似。

这首诗所表现的是读书有悟、有得时的那种灵气流动、思路明畅、精神清新活泼而自得自在的境界，这种意境正是作者作为一位大学问家的切身的读书感受。诗中所表达的这种感受虽然仅就读书而言，却寓意深刻，内涵丰富，可以做广泛的理解。特别是“问渠那得清如许，为有源头活水来”两句，借水的清澈，是因为有源头活水不断注入，暗喻人要心灵澄明，就得认真读书，时时补充新的知识。因此人们常常用来比喻不断学习新知识，才能达到新境界。

这是一首极具艺术哲理性的小诗。当人们在品味书法作品时，时常有一种神采飞扬的艺术感觉，诗中就是以象征的手法，将这种内心感觉化作可以感触的具体形象加以描绘，让读者自己去领略其中的奥妙。所谓“源头活水”，就是当指书写者内心的不竭艺术灵感。

诗的寓意很深，以源头活水形象地比喻丰富的书法艺术灵感才是书法艺术作品真正的不竭源泉，阐明了作者独特的读书感受，很符合书法艺术创作的特色，也反映了一般艺术创作的本质。

虞美人[①]·听雨

蒋 捷（宋朝）

【原文】

少年听雨歌楼上，红烛昏罗帐。壮年听雨客舟中，江阔云低、断雁[②]叫西风。

而今听雨僧庐下，鬓已星星[③]也。悲欢离合总无情，一任阶前、点滴到天明。

【注释】

①虞美人：词牌名。

②断雁：失群孤雁。

③星星：白发点点如星，形容白发很多。左思《白发赋》：“星星白发，生于鬓垂。”

【译文】

年少的时候，歌楼上听雨，红烛盏盏，昏暗的灯光下罗帐轻盈。人到中年，在异国他乡的小船上，看蒙蒙细雨，茫茫江面，水天一线，西风中，一只失群的孤雁阵阵哀鸣。

而今，人已暮年，两鬓已是白发苍苍，独自一人在僧庐下，听细雨点点。人生的悲欢离合的经历是无情的，还是让台阶前一滴滴的小雨下到天亮吧。

【赏析】

这首诗是蒋捷自己一生的真实写照。词人曾为进士，过了几年官宦生涯。但宋朝很快灭亡。因而，他的一生是在颠沛流离中度过的。三个时期，三种心境，读来也使心中凄然。

这虽是一首小令，却概括出少年、壮年和晚年的特殊感受，可谓言简意赅。它以“听雨”为媒介，将几十年大跨度的时间和空间相融合。

“少年听雨歌楼上，红烛昏罗帐。”展现出来的只是一时一地的片断场景，少年的心，总是放荡不羁的，年少的时候，不识愁滋味，就算听雨也要找一个浪漫的地方，选择自己喜欢的人陪在身边，那时候是无忧无虑的，没有经历过人生的风雨，心中充满着豪情与壮志。

“壮年听雨客舟中，江阔云低断雁叫西风”。这两句描写了一个客舟中听雨的画面，一幅水天辽阔、风急云低的江上秋雨图。而一失群孤飞的大雁，恰是作为作者自己的影子出现的。壮年之后，在兵荒马乱之际，词人常常在人生的苍茫大地上踽踽独行，东奔西走，四方漂流。他只展示了这样一幅江雨图，一腔旅恨、万种离愁却都已包孕其中了。

“而今听雨僧庐下，鬓已星星也。”描写的是一幅显示诗人当前处境的自我画像。一个白发老人独自在僧庐下倾听着夜雨。处境之萧索，心境之凄凉，在十余字中，一览无余。

蒋捷的这首词，内容包涵广博，感情蕴藏深远。以他一生的遭遇为主线，由少年歌楼听雨，壮年客舟听雨，写到寄居僧庐、鬓发星星。结尾两句更越过这一顶点，展现了一个新的感情境界。层次清楚，脉络分明，是这首词又一大特色。上片感怀已逝的岁月，下片慨叹目前的境况。按时间顺序，歌楼中少年写到客舟中壮年，再写到“鬓也星星”的老年，以“听雨”为线索，一以贯之。

题[1]临安[2]邸[3]

林 升（宋朝）

【原文】

山外青山楼外楼，西湖歌舞几时休[4]？

暖风[5]熏[6]得游人[7]醉，直[8]把杭州作汴州[9]。

【注释】

①题：写。

②临安：南宋的京城，即今浙江省杭州市。

③邸（dǐ）：府邸，官邸，旅店，客栈。这里指旅店。

④休：暂停、停止、罢休。

⑤暖风：这里不仅指自然界和煦的春风，还指由歌舞所带来的令人痴迷的“暖风”——暗指南宋朝廷的靡靡之风。

⑥熏：（烟、气等）接触物体，使变颜色或沾上气味。

⑦游人：既指一般游客，更是特指那些忘了国难，苟且偷安，寻欢作乐的南宋贵族。

⑧直：简直。

⑨汴（biàn）州：即汴梁（今河南省开封市），北宋京城。

【译文】

美丽的西湖大部分环山，重重叠叠的青山把西湖拥在怀里，一座座楼阁雕梁画栋，不计其数地呈现在我眼前。西湖游船上轻歌曼舞日夜不歇，游客在西湖游山玩水，饮酒作乐，和煦的春风吹得这些游人昏昏欲睡，怎么还会记得丢失的北方领土，沦落的旧都！他们简直把暂时脱身的杭州，当成了如梦般繁华的汴州！

【赏析】

头两句“山外青山楼外楼，西湖歌舞几时休。”抓住临安城的特征：重重叠叠的青山，鳞次栉比的楼台和无休止的轻歌曼舞，写出当年虚幻的繁荣太平景象。表达了当时诗人对统治者苟且偷生，整日陶醉于歌舞升平、醉生梦死生活的不满与谴责。诗人触景伤情，不禁发出长叹：“西湖歌舞几时休？”西子湖畔这些消磨人们抗金斗志的淫靡歌舞，什么时候才能罢休？

用“几时休”三个字，责问统治者：骄奢淫逸的生活什么时候才能停止？言外之意是：抗金复国的事业几时能着手？又何时能开始？

后两句“暖风熏得游人醉，直把杭州作汴州”，是诗人进一步抒发自己的感慨。“暖风”一语双关，既指自然界的春风，又指社会上淫靡之风。这首诗构思巧妙，措词精当：冷言冷语的讽刺，偏从热闹的场面写起；愤慨已极，却不作谩骂之语。确实是讽喻诗中的杰作。

这首诗针对南宋黑暗的现实而作，它倾吐了郁结在广大人民心头的义愤，也表达了诗人担忧国家民族前途命运的思想感情。

冬夜读书示[1]子聿[2]

陆　游（宋朝）

【原文】

古人学问[3]无遗[4]力[5]，少壮[6]工夫[7]老始[8]成。
纸上得来终[9]觉[10]浅[11]，绝知[12]此事要躬行[13]。

【注释】

①示：训示、指示。

②子聿（yù）：陆游的小儿子。

③学问：指读书学习，有做学问的意思。

④遗：保留。

⑤无遗力：用出全部力量，没有一点保留，不遗余力、竭尽全力。

⑥少壮：青少年时代。

⑦工夫：（做事）所耗费的时间。

⑧始：才。纸：书本。

⑨终：到底，毕竟。

⑩觉：感觉，觉得。

⑪浅：少。

⑫绝知：深入、透彻的理解。

⑬躬行：亲身实践。

【译文】

古人学习知识是不遗余力的，终身为之奋斗，往往是年轻时开始努力，到了老年才取得成功。从书本上得到的知识终归是浅薄的，未能理解知识的真谛，要真正理解书中的深刻道理，必须亲身去实践，方能学有所成。

【赏析】

在宋宁宗家庆五午，即1199午的午底，陆游写了《冬夜读书示子聿》这首诗。

这是一首教子诗。子聿（yù），是诗人的小儿子，诗人是要告诉儿子学习的道理。首句是对古人刻苦做学问精神的赞扬。“遗”，即保留。“无遗力”，毫无保留，全力以赴。次句是说做学问的艰难。只有从少年开始，养成良好学习习惯，打好扎实基础，并经过几十年的努力，最后才能有所成就。否则只能是“少壮不努力，老大徒伤悲”。这是以古人刻苦学习的精神及做学问的艰难来告诫自已的儿子：做学问是一定要有孜孜不倦、持之以恒的精神的。后两句，诗人更进一步指出实践经验的重要性。“纸上得来”，指的是书本知识。“绝知此事”，指的是真正把握事物的底蕴。

"躬行"，就是指亲自去实践，眼见为实。

诗人在书本与实践的关系上，强调了实践的重要性，这是很符合唯物主义认识论的观点的。这种独到的见解，不仅在封建社会对人们做学问、求知识大有裨益，即使在科技日新月异的现代，仍然具有较强的启迪和借鉴意义。

钗头凤·红酥手

陆　游（宋朝）

【原文】

红酥手，黄藤①酒。满城春色宫墙②柳；东风恶，欢情薄，一怀愁绪，几年离索③，错，错，错！

春如旧，人空瘦。泪痕红浥鲛绡④透；桃花落，闲池阁⑤，山盟⑥虽在，锦书⑦难托，莫，莫，莫！

【注释】

①黄縢：酒名。或作"黄藤"。

②宫墙：南宋以绍兴为陪都，因此有宫墙。

③离索：离群索居的简括。

④浥（yì）：湿润。鲛绡（jiāo xiāo）：神话传说鲛人所织的绡，极薄，后用以泛指薄纱，这里指手帕。绡，生丝，生丝织物。

⑤池阁：池上的楼阁。

⑥山盟：旧时常用山盟海誓，指对山立盟，指海起誓。

⑦锦书：写在锦上的书信。

【译文】

你红润酥腻的手里，捧着盛上黄縢酒的杯子。满城荡漾着春天的景色，你却早已像宫墙中的绿柳那般遥不可及。春风多么可恶，欢情被吹得那样稀薄。满杯酒像是一杯忧愁的情绪，离别几年来的生活十分萧索。遥想当初，只能感叹：错，错，错！

美丽的春景依然如旧，只是人却白白相思地消瘦。泪水洗尽脸上的胭脂红，又把薄绸的手帕全都湿透。满春的桃花凋落在寂静空旷的池塘楼阁上。永远相爱的誓言还在，可是锦文书信再也难以交付。遥想当初，只能感叹：莫，莫，莫！

【赏析】

这首词写的是陆游自己的爱情悲剧。

陆游的原配夫人是同郡唐氏士族的一个大家闺秀，结婚以后，他们“伉俪相得”，“琴瑟甚和”，是一对情投意和的恩爱夫妻。不料，作为婚姻包办人之一的陆母却对儿媳产生了厌恶感，逼迫陆游休弃唐氏。

在陆游百般劝谏、哀求而无效的情况下，二人不得不分离，唐氏改嫁“同郡宗子”赵士程，彼此之间也就音讯全无了。几年以后的一个春日，陆游在家乡山阴（今绍兴市）城南禹迹寺附近的沈园，与偕夫同游的唐氏邂逅相遇。唐氏安排酒肴，聊表对陆游的抚慰之情。陆游见人感事，心中感触很深，遂乘醉吟赋这首词，信笔题于了园壁之上。全首词记述了词人与唐氏的这次相遇，表达了他们之间对彼此的眷恋之深和相思之切，也抒发了词人怨恨愁苦而又难以言状的凄楚心情。

词的上片通过追忆往昔美满的爱情生活，感叹被迫离异的痛苦，分两层意思。

开头三句为上片的第一层，回忆往昔与唐氏偕游沈园时的美好情景：“红酥手，黄縢酒。满城春色宫墙柳。”“红酥手”，不仅写出了唐氏为词人殷勤把盏时的美丽姿态，同时又概括唐氏全人之美（包括她的内心美）的作用。然而，更重要的是，它具体而形象地表现出这对恩爱夫妻之间的柔情密意以及他们婚后生活的美满与幸福。第三句又为这幅春园夫妻把酒图勾勒出一个广阔而深远的背景，点明了他们是在共赏春色。而唐氏手臂的红润，酒的黄封以及柳色的碧绿，又给这幅图画增添了明丽而又和谐的色彩感。

“东风恶”几句为第二层，写词人被迫与唐氏离异后的痛苦心情。上一层写春景春情，无限美好，到这里突然一转，激愤的感情潮水一下子冲破词人心灵的闸门，无可遏止地宣泄下来。“东风恶”三字，一语双关，含蕴很丰富的感情，是全词的关键所在，也是造成词人爱情悲剧的症结所在。

下片所云“桃花落，闲池阁”，写出了狂风狂吹乱扫所带来的严重后果，因此说它“恶”。然而，它主要是一种象喻，象喻造成词人爱情悲剧的“恶”势力。下面一连三句，又进一步把词人怨恨“东风”的心理抒写了出来，并补足一个“恶”字：“欢情薄。一怀愁绪，几年离索。”美满姻缘被迫拆散，恩爱夫妻被迫分离，使他们两人在感情上遭受巨大的折磨和痛苦，几年来的离别生活带给他们的只是满怀愁怨，这不正如烂漫的春花被无情的东风所摧残而凋谢飘零吗？接下来，“错，错，错”，一连三个“错”字，连迸而出，感情极为沉痛。但这到底是谁错了呢？是对自己当初“不敢逆尊者意”而终“与妇诀”的否定吗？是对“尊者”的压迫行为的否定吗？是对不合理的婚姻制度的否定吗？词人没有明说，也不便于明说。

词的最后几句，是下片的第二层，写词人与唐氏相遇以后的痛苦心情。全词多用对比的手法，如上片，因为把往昔夫妻共同生活时的美好情景写得逼切如现，才使得他们被迫离异后的凄楚心境让人深切可感，也就越显出“东风”的无情和可憎，从而形成感情的强烈对比。总而言之，这首词达到了内容和形式的完美统一，是一首别开生面、催人泪下的作品。

山园小梅·其一

林　逋（宋朝）

【原文】

众芳摇落独暄妍①，占尽风情向小园。
疏影横斜②水清浅，暗香浮动③月黄昏。
霜禽④欲下先偷眼，粉蝶如知合⑤断魂。
幸有微吟⑥可相狎⑦，不须檀板⑧共金尊。

【注释】

①众芳：百花。摇落：被风吹落。暄妍：明媚美丽。

②疏影横斜：梅花疏疏落落，斜横枝干投在水中的影子。

③暗香浮动：梅花散发的清幽香味在飘动。

④霜禽：一指“白鹤”；二指“冬天的禽鸟”，与下句中夏天的“粉蝶”相对。

⑤合：应该。

⑥微吟：低声地吟唱。

⑦狎：亲近而态度不庄重。

⑧檀板：演唱时用的檀木柏板，此处指歌唱。

【译文】

百花凋零，独有梅花迎着寒风昂然盛开，那明媚艳丽的景色把小园的风光占尽。稀疏的影儿，横斜在清浅的水中，清幽的芬芳浮动在黄昏的月光之下。寒雀想飞落下来时，先偷看梅花一眼；蝴蝶如果知道梅花的妍美，定会消魂失魄。幸喜我能低声吟诵，和梅花亲近，用不着俗人敲着檀板唱歌，执着金杯饮酒来欣赏它了。

【赏析】

首联以梅不畏严寒、笑立在风中起句，“众”与“独”字对出，言天地间只有此花，衬托出梅花的峻洁清高。然而梅品虽高，却从不骄傲，只在自己的一方小园，而且是山间小园，实际是空中楼阁中孤芳自赏，这又是一种何等丰富的宁静与充实的美丽。

颔联是最为世人称道的，它为人们送上了一幅优美的山园小梅图。首联极目聘怀，颔联凝眉结思。林逋这两句也并非是臆想出来的，他除了有生活实感外，还借鉴了前人的诗句。五代南唐江为有残句：“竹影横斜水清浅，桂香浮动月黄昏。”这两句既写竹，又写桂。不但未写出竹影的特点，且未道出桂花的清香。因无题，又没有完整的诗篇，未能构成了一个统一和谐的主题、意境，感触不到主人公的激情，故缺乏感人力量。而林逋只改了两字，将“竹”改成“疏”，将“桂”改成“暗”，这“点睛”之笔，使梅花形神活现。上二联皆实写，下二联虚写。

颈联“以物观物”，“霜禽”指白鹤，“偷眼”写其迫不及待之情，因为梅的颜色、梅的香气这种充满了诱惑的美；“粉蝶”与“霜禽”构成对比，虽都是会飞的生物，但一大一小，一禽一虫，一合时宜一不合时，画面富于变化，“断魂”略显夸张，用语极重，将梅之色、香、味推崇到“极致的美”。尾联“微吟”实讲“口中梅”也，“表达出诗人愿与梅化而为一的生活旨趣和精神追求。

作者以梅自喻，展现了中国传统文人的一贯追求，因为这联才出名，所以“疏影”、“暗香”二词，就成了后人填写梅词的调名，如姜夔有两首咏梅词即题为《暗香》、《疏影》，此后即成为咏梅的专有名词，可见林逋的咏梅诗对后世文人影响之大。

摸鱼儿①·雁丘词

元好问（宋朝）

【原文】

乙丑②岁赴试并州③，道逢捕雁者云：“今旦获一雁，杀之矣。其脱网者悲鸣不能去，竟自投于地而死。”予因买得之，葬之汾水之上，垒石为识④，号曰“雁丘⑤”。同行者多为赋诗，予亦有《雁丘词》。旧所作无宫商⑥，今改定之。

问世间，情为何物，直教⑦生死相许？
天南地北双飞客⑧，老翅几回寒暑。
欢乐趣，离别苦，就中更有痴儿女⑨。
君应有语：
渺万里层云，千山暮雪，只影向谁去⑩？
横汾路，寂寞当年箫鼓，荒烟依旧平楚⑪。
招魂楚些何嗟及，山鬼暗啼风雨⑫。
天也妒，未信与，莺儿燕子俱黄土⑬。
千秋万古，为留待骚人⑭，狂歌痛饮，来访雁丘处。

【注释】

①《摸鱼儿》，唐教坊曲，后用为词牌。一名《摸鱼子》，又名《买陂塘》、《迈陂塘》、《双蕖怨》等。宋词以晁补之《琴趣外篇》所收为最早。双片一百一十六字，前片六仄韵，后片七仄韵。双结倒数第三句第一字皆领格，宜用去声。

②乙丑：即金章宗泰和五年（公元 1205 年），以天干地支纪年为乙丑年，当时元好问年仅十六岁。

③赴试并州：《金史·选举志》载：金代选举之制，由乡至府，由府至省及殿试，凡四试。明昌元年罢免乡试。府试试期在秋八月。府试处所承安四年赠太原，共为十处。

④识（zhì）：标志。

⑤雁丘：嘉庆《大清一统志》：雁丘在曲阳县西汾水旁。金元好问赴府试……累土为丘，作《雁丘词》。

⑥无宫商：不协音律。

⑦直教：竟使。许：随从。

⑧双飞客：大雁双宿双飞，秋去春来，故云。

⑨“就中”句：这雁群中更有痴迷于爱情的。

⑩“君应”四句：万里长途，层云迷漫，千山暮景，处境凄凉，形影孤单为谁奔波呢？

⑪“横汾”三句：这葬雁的汾水，当年汉武帝横渡时何等热闹，如今寂寞凄凉。汉武帝《秋风辞》：“泛楼船兮济汾河，横中流兮扬素波，箫鼓鸣兮发棹歌。”平楚：楚指丛木。远望树梢齐平，故称平楚。

⑫“招魂”二句：我欲为死雁招魂又有何用，雁魂也在风雨中啼哭。招魂楚些（suò）：《楚辞·招魂》句尾皆有“些”字。何嗟及：悲叹无济于事。山鬼：《楚辞·九歌·山鬼》篇指山神，此指雁魂。暗啼：一作“自啼”。

⑬“天也”三句：不信殉情的雁子与普通莺燕一样都寂灭无闻变为黄土，它将声明远播，使天地忌妒。

⑭骚人：诗人。

【译文】

当年，元好问去并州赴试，途中遇到一个捕雁者。这个捕雁者告诉元好问今天遇到的一件奇事：他今天设网捕雁，捕得一只，但一只脱网而逃。岂料脱网之雁并不飞走，而是在他上空盘旋一阵，然后投地而死。元好问看看捕雁者手中的两只雁，一时心绪难平。便花钱买下这两只雁，接着把它们葬在汾河岸边，垒上石头做为记号，取名“雁丘”，并写了《雁丘词》。不协音律，今改定此。

叩问世间：爱情到底是什么，竟然值得以死相报？

天涯共飞，恩爱依偎，你们双双度过了多少个寒来暑到。有过欢乐，离别更苦，如此痴情的儿女，世上哪里去寻找？

雁儿啊，你仿佛在说：绵绵雪峰，万里云海，日照将残，失去至爱，形影孤单，哪里还能经得起岁月的煎熬？

汾河岸边，当年弦歌曼舞，而今却是一片冷落寂寥，

爱侣已亡，无由招魂。听吧！连山鬼也在风雨中悲嚎。

此情苍天也会动容；岂能像寻常莺燕，销骨黄土蓬蒿？

岁月流逝，纵然一千年、一万年，我相信自有骚人墨客，

来到雁丘墓前，为你们的爱情，长歌当哭，酹酒滔滔。

【赏析】

“问世间，情为何物，直教生死相许。”这大概是我们所曾听到的最深沉的爱情宣言。大雁的生死至情深深地震撼了作者，他将自己的震惊、同情、感动，化为有力的诘问，问自己、问世人、问苍天，究竟“情是何物”？起句陡然发问似雷霆万钧，破空而来；如熔岩沸腾，奔涌而出。正如后来汤显祖在《牡丹亭·题词》中所说：“情之所至，生可以死，死可以复生，生不可以死，死不可以生者，皆非情之至也。”情至极处，具是何物，竟至于要生死相许？作者的诘问引起读者深深的思索，引发出对世间生死不渝真情的热情讴歌。在“生死相许”之前加上“直教”二字，更加突出了“情”的力量之奇伟。词的开篇用问句，突如其来，先声夺人，犹如盘马弯弓，为下文描写雁的殉情蓄足了笔势，也使大雁殉情的内在意义得以升华。

“天南地北双飞客，老翅几回寒暑。”这二句写出了雁的感人生活情景。大雁秋天南下越冬而春天北归，双宿双飞。作者称他们为“双飞客”，赋予它们的比翼双飞以世间夫妻相爱的理想色彩。“天南地北”从空间落笔，“几回寒暑”从时间着墨，用高度的艺术概括，写出了大雁之间的相依为命、为下文的殉情作了必要的铺垫。

“欢乐趣，别离苦，就中更有痴儿女。”就中：于此，在这里面。这几句是说大雁长期以来共同生活，既有团聚的快乐，也有离别的酸楚，它们在平平淡淡的生活中形成了难以割舍的一往深情。长期以来，这对“双飞客”早已心心相印，痴情热爱，矢志不渝。“痴儿女”三字包含着词人的哀婉与同情，也使人联想到人世间更有许多真心相爱的痴情男女。

“君应有语：渺万里层云，千山暮雪，只影向谁去。”君：指殉情的大雁。这四句是对大雁殉情前心理活动细致入微的揣摩描写。当网罗惊破雁儿的双栖梦之后，作者认为孤雁心中必然会进行生与死、殉情与偷生的矛盾斗争。但这种犹豫与抉择的过程没有影响到大雁殉情的挚诚。相依相伴，形影不离的情侣已逝，自己形孤影单，前路渺茫，失去一生的至爱，即使苟活下去又有什么意义呢？于是痛下决心，“自投于地而死”。“万里”、“千山”写征途之遥远，“层云”、“暮雪”状前景之艰难。此四句用烘托的手法，揭示了大雁心理活动的轨迹，交待了殉情的深层原因。

“横汾路，寂寞当年箫鼓。荒烟依旧平楚。”这几句借助对历史盛迹的追忆与对眼前自然景物的描绘，渲染了大雁殉情的不朽意义。“横汾路”指当年汉武帝巡幸处。“寂寞当年箫鼓”是倒装句，即当年箫鼓寂寞。楚：即丛莽，平楚就是平林。这几句说的是，在这汾水一带，当年本是帝王游幸欢乐的地方，可是现在已经一片荒凉，平林漠漠，荒烟如织。据《史记·封禅书》记载，汉武帝曾率文武百官至汾水边巡祭后土，武帝做《秋风辞》，其中有“泛楼船兮济汾河，横中流兮扬素波，箫鼓鸣兮发棹歌”之句，可见当时是箫鼓喧天，棹歌四起，山鸣谷应，是何等热闹之至。而今天却是四处冷烟衰草，一派萧条冷落景象。古与今，盛与衰，喧嚣与冷落，形成了鲜明的对比。在这几句中，词人用当年武帝巡幸，炫赫一时，转瞬间烟消云散，反衬了真情的万古长存。

“招魂楚些何嗟及，山鬼自啼风雨。”句未象声词。《楚辞·招魂》句尾均用“些”字，所以称“楚些”。这句意思是武帝已死，招魂无济于事。《楚辞·九歌》中有《山鬼》篇，描写山中女神失恋的悲哀。这里说的是山鬼枉自悲啼，而死者已矣。以上两句借《楚辞》之典反衬了殉情大雁真情的永垂不朽。“天也妒，未信与，莺儿燕子俱黄土”大雁生死相许的深情连上天也会嫉妒，所以这对殉情的大雁决不会和一般的莺儿燕子一样化为黄土。而是“留得生前身后名”，与世长存。这几句从反面衬托，更加突出了大雁殉情的崇高，为下文寻访雁丘作好了铺垫。

“千秋万古。为留待骚人，狂歌痛饮，来访雁丘处”这是从正面对大雁的称赞。词人展开想象，千秋万古后，也会有像他和他的朋友们一样的

“钟于情”的骚人墨客，来寻访这小小的雁丘，来祭奠这一对爱侣的亡灵。“狂歌痛饮”生动地写出了人们对双雁的感动之深。全词结尾，寄寓了词人对殉情者的深切哀思，延伸了全词的历史跨度，使主题得以升华。

南乡子·和杨元素①时移守密州

苏　轼（宋朝）

【原文】

东武望余杭②，云海天涯两渺茫。何日功成名遂了，还乡，醉笑陪公三万场③。

不用诉离觞，痛饮从来别有肠。今夜送归灯火冷，河塘④，堕泪羊公却姓杨⑤。

【注释】

①杨元素：即杨绘，公元1074年（熙宁七年）七月接替陈襄为杭州知州，九月，苏轼由杭州通判调为密州知府，杨元素苏轼为饯别于西湖上，唱和此词。

②东武：密州治所，今山东诸城。余杭：杭州。

③“醉笑”句：唐李白《襄阳歌》：“百年三万六千日，一日须倾三百杯。”此化用其意。

④河塘：指沙河塘，在杭州城南五里，宋时为繁荣之区。

⑤“堕泪”句：《晋书·羊祜传》：羊祜为荆州督。其后襄阳百姓于祜在岘山游息之处建庙立碑，岁时享祭，望其碑者，莫不流涕。杜预因名之为“堕泪碑”。这里以杨绘比羊祜，“羊”“杨”音近。

【译文】

东武和余杭两地相望，但见远隔天涯云海茫茫。不知什么时候才能功成名就，衣锦还乡，到那时我与你同笑长醉三万场。

不用像世俗的样子用酒来诉说离情别绪，痛快的饮宴从来都另有缘由。今夜拿着残灯送你归去，走过河塘，恍惚间见落泪如羊祜的却是你杨元素啊。

【赏析】

东武是密州，余杭是杭州。此词前两句表达了诗人与友人的别后思念之情。接下来两句却让人看尽世人的悲哀。为什么有思念？为什么有无可奈何？为什么有离殇有堕泪？原来只为心中还存了一点功名的热望，总想现在的劳累奔波，或许有个指望，可能有些许盼头。“何日功成名遂了”，到时“还乡”，这和衣锦还乡是一个道理的。背井离乡，亲朋相识经年不得见，这一切求一个功成名遂再还乡，然后好好坐下，酒到杯干，细数这些年来的如意不如意，“陪公三万场”，将缺失的岁月再补回，再重拾，再追忆。

“不用诉离殇，”作者对给他饯行的杨绘说，“痛饮从来别有肠。”这是豪迈还是离愁百转千回，完全不必费神分辨。离殇从来是不用诉，诉不出的。痛哭也好微笑也罢，不同的人的表露方式从来都是不一样的。“今夜送归灯火冷，河塘。”这两句描绘了一幅送归图，灯火已残，斯人独行月下。这是七月的事情了，那时的河塘边当有蛙鸣声做伴。苏轼擅书画，赫赫有名的宋四家居首，他才华横溢，可是官海沉浮，身不由己。一把辛酸泪，到底难以掩饰，痛饮到了最后，也没能硬生生逼住眼底的热气。“堕泪羊公却姓杨”，则是以杨绘比羊祜了，表达出对友人的赞赏，反映了作者与友人的情谊。

玉楼春·尊前拟把归期说

欧阳修（宋朝）

【原文】

尊前①拟把归期说，欲语春容②先惨咽。人生自是有情痴，此恨不关风与月。

离歌③且莫翻新阕④，一曲能教肠寸结。直须看尽洛城花⑤，始共春风容易别。

【注释】

①尊前：即樽前，饯行的酒席前。

②春容：如春风妩媚的颜容。此指别离的佳人。

③离歌：指饯别宴前唱的流行的送别曲。

④翻新阕：按旧曲填新词。白居易《杨柳枝》：“古歌旧曲君莫听，听取新翻杨柳枝。”阙，乐曲终止。

⑤洛城花：洛阳盛产牡丹，欧阳修有《洛阳牡丹记》。

【译文】

樽前拟把归期说定，一杯心切情切，欲说时佳人无语滴泪，如春风妩媚的娇容，先自凄哀低咽。啊，人生自是有情，情到深处痴绝，这凄凄别恨不关涉楼头的清风，中天的明月。

饯别的酒宴前，莫再演唱新的一阕，清歌一曲，已让人愁肠寸寸郁结。啊，此时只需要把满城牡丹看尽，你与我同游相携，这样才会少些滞重的伤感，淡然无憾地与归去的春风辞别。

【赏析】

作者西京留守推官任满，离别洛阳时，和亲友话别，内心有着无尽的凄凉。在离筵上拟说归期，却又未语先咽，然而作为一个理性的词人，并没有沉溺于一己的离愁别绪而不能自拔，而是由已及人，将离别一事推向整个人世的共同主题。作者清醒地认识到：离情别恨是人与生俱来的情感，与风花雪月无关。

这首词开端的“尊（同“樽”）前拟把归期说，欲语春容先惨咽”两句，是对眼前情事的直接叙写，同时其遣辞造句的选择与结构之间，词中又显示出了一种独有的意境。

至于下面二句“人生自是有情痴，此恨不关风与月”，是对眼前情事的一种理念上的反省和思考，而因此也就把对于眼前一件情事的感受，推广到了对于整个人世的认知。“人生自是有情痴，此恨不关风与月”。此二句在理念上虽是思索和反省，但事实上却是透过了理念才更见出深情之难解。而此种情痴则又正与首二句所写的“樽前”“欲语”的使人悲惨呜咽之离情暗相呼应。所以下片开端乃曰“离歌且莫翻新阕，一曲能教肠寸结”，再由理念中的情痴重新返回到上片的樽前话别的情事。前句“且莫”二字的劝阻之辞写得如此叮咛恳切，正足以反衬后句“肠寸结”的哀痛伤心。

末二句却突然扬起，写出了“直须看尽洛城花，始共春风容易别”的遣玩的豪兴。欧阳修这一首《玉楼春》词，明明蕴含有很深重的离别的哀伤与春归的惆怅，然而他却偏偏结尾写出了如此豪宕的句子。这二句中，他不仅要把“洛城花”完全“看尽”，表现出一种遣玩的意兴，而且他所用的“直须”和“始共”等口吻也极为豪宕有力。然而“洛城花”却毕竟有“尽”，“春风”也毕竟要“别”，因此豪宕之中又实隐含了沉重的悲慨。所以王国维《人间词话》中论及欧词此数句时，乃谓其“于豪放之中有沉着之致，所以尤高”。

鹧鸪天①·彩袖殷勤捧玉钟

晏几道（宋朝）

【原文】

彩袖②殷勤捧玉钟③，当年拚却④醉颜红。舞低杨柳楼心月⑤，歌尽桃花扇影风。

从别后，忆相逢，几回魂梦与君同⑥。今宵剩把银釭照，犹恐相逢是梦中⑦。

【注释】

①鹧鸪天：词牌名，一名《思佳客》，一名《于中好》。双调55字，押平声韵。此词黄升《花庵词选》题作《佳会》。内容写相熟的歌子久别重逢。

②彩袖：代指穿彩衣的歌女。

③玉钟：珍贵的酒杯。

④拚（pàn）却：甘愿，不顾惜。却：语气助词。

⑤舞低杨柳楼心月：歌女舞姿曼妙，直舞到挂在杨柳树梢照到楼心的一轮明月低沉下去；歌女清歌婉转，直唱到扇底儿风消歇（累了停下来），极言歌舞时间之久。桃花扇，歌舞时用作道具的扇子，绘有桃花。歌扇风尽，形容不停地挥舞歌扇。这两句是《小山词》中的名句，晁补之说它“不蹈袭人语而风调闲雅，自是一家。”

⑥同：聚在一起。

⑦“今宵”二句：从杜甫《羌村》“夜阑更秉烛，相对如梦寐”化出。剩：读“锦”，只管。剩把：尽把，尽把。银釭：釭：灯。银灯。

【译文】

忆当年，你手捧玉盅把酒敬，衣着华丽人多情；我举杯痛饮拼一醉，醉意醺醺脸通红。纵情跳舞，直到楼顶月、挨着树梢向下行；尽兴唱歌，使得桃花扇、疲倦无力不扇风。

自从离别后，总想重相逢，多少次、你我重逢在梦中。今夜果真喜相逢，挑灯久坐叙别情，还恐怕、又是虚幻的梦中境。

【赏析】

言为心声，至情之人，才能写出至情之文。一首《鹧鸪天》，写悲感，写欢情，都是那样的真挚深沉，撼人肺腑，包含强烈的感情色彩。虽然这首词的题材比较窄，不外乎伤离怨别，感悟怀旧，遣情遗恨之作，并没有超出晚唐五代词人的题材范围。小晏写情之作的动人处，在于它的委婉细腻，情深意浓而又风流妩媚，清新俊逸。

“彩袖殷勤捧玉钟，当年拼却醉颜红。舞低杨柳楼新月，歌尽桃花扇低风。”一个是殷勤地劝酒，一个是拼命地喝，为伊消得人憔悴。当年初逢一见倾心自难忘，别后梦中却又飘忽难寻，今宵突然重逢的恍惚让人难信，景境几转，人事剧变，一切都“如幻如电，如昨梦前尘”。而重逢时的惊疑和惊喜之状也就自然而然，毫无忸怩作态。

“从别后，忆相逢，几回魂梦与君同。今宵剩把银釭照，犹恐相逢是梦中。”诗人回忆相会时的欢乐肆意，酣畅淋漓，正是为了反衬钟情至深，相思至极，魂牵梦萦，不免寤寐求之。而梦中的相会终归是空，清醒后的相思却越更深邃，越彻骨。以至于当真正相会之时，分不清眼前是梦是真，害怕再次醒来更加痛彻心肺的相思。

而其“从别后，忆相逢，几回魂梦与君同。今宵剩把银釭照，犹恐相逢是梦中。”的佳句，千百年来一直为世人所传唱，至今仍有袅袅不息的声韵。

和董传留别

苏　轼（宋朝）

【原文】

粗缯[1]大布裹[2]生涯[3]，腹有[4]诗书气[5]自华[6]。

厌伴老儒[7]烹瓠叶[8]，强随举子踏槐花[9]。

囊空[10]不办寻春马[11]，眼乱行看择婿车[12]。

得意犹堪夸世俗[13]，诏黄[14]新湿字如鸦。

【注释】

①粗缯：粗丝绑发，粗布披身。

②裹：经历。

③生涯：人生的境遇过程。

④腹有：胸有，比喻学业成。

⑤气：表于外的精神气色。

⑥华：丰盈而实美。

⑦老儒：博学而年长的学者。如：博学老儒。

⑧瓠叶：诗经小雅的篇名。共四章。根据诗序：瓠叶，大夫刺幽王也。或以为燕饮之诗。首章二句为：幡幡瓠叶，采之亨之。

⑨槐花：豆科植物槐的干燥花及花蕾。夏季花开放或花蕾形成时采收，及时干燥，除去枝、梗及杂质。前者习称“槐花”，后者习称“槐米”。

⑩囊空：口袋里空空的，比喻没有钱。

⑪寻春马：引用孟郊《登科后》诗：昔日龌龊不足夸，今朝放荡思无涯。春风得意马蹄疾，一日看尽长安花。

⑫择婿车：此指官贾家之千金美女。官贾富家之千女所座之马车，游街以示择佳婿，古有择婿楼。

⑬世俗：社会上流传的风俗习惯。

⑭诏黄：即诏书。诏书用黄纸书写，故称。

【译文】

我虽然身穿简陋的土布，用粗丝绑发，却满腹书，自然气质高华。我厌倦了与老书生清谈，却鼓舞精神和众多士子共赴中制科考试。兜里没钱，一双旧鞋已跟随我多年，出行全靠它；富贵人家的香车美女，让我眼花缭乱。放榜以后我成绩好，得意洋洋来夸耀，看：黄纸诏书上墨迹还湿着。

【赏析】

苏轼的这首《和董传留别》可能不为普通读者熟知，而其中的“腹有书气自华”一句却广为传诵，原因就在于它经典地阐述了读书与人的修养的关系。中国的读书人向来把读书视为积累知识、增长学问的有效途径。读书的作用不仅在于占有知识，还在于提升人们的精神境界。尤其是常读书，日积月累会使人脱离低级趣味，养成高雅、脱俗的气质。“腹有诗书”指饱读诗书，满腹经纶，“气”可以理解为“气质”或“精神风貌”。全句的重心在“自”上面，它强调华美的气质是饱读诗书的必然结果。

就苏轼送别的这位朋友董传而言，“气”不单指读书所带给人的儒雅之气，更指古代读书人所推崇的在面对人生的失意和困窘时的乐观豁达的态度。如孔子的弟子颜回“一箪食，一瓢饮，在陋巷”而能“不改其乐”。王勃在人生落魄时高唱“穷且益坚，不坠青云之志”。董传身处贫穷，却始终保持乐观向上的精神风貌，追求自己的人生目标，这可以从“囊空不办寻春马”一句看出。显然，苏轼对董传的人生态度是非常欣赏的，在临别时送给朋友这一句，既是赞美，也是安慰。

“腹有诗书气自华”一句，阐明了读书与高雅气质的必然联系，凝练概括，深得读者喜爱。今天人们引用它来说明读书求知可以培养人高尚的品格和高雅的气质。

春日偶成①·云淡风轻近午天

程 颢（宋朝）

【原文】

云淡风轻近午天②，傍花随柳过前川③。

时人不识余心乐④，将谓偷闲⑤学少年。

【注释】

①偶成：不经意写成的。

②云淡：云层淡薄，指晴朗的天气。午天：指中午。

③傍花随柳：傍随于花柳之间。傍，一作“望”。傍，靠近，依靠。随，沿着。川：瀑布或河畔。

④时人：一作“旁人”。余心：我的心。余：一作“予”，我。

⑤将谓：就以为。将：乃，于是，就。偷闲：忙中抽出空闲的时间。

【译文】

淡淡的云在天上飘，风儿吹拂着我的脸庞，此时此刻已近正午，阳光温暖极了。我穿行于花丛之中，沿着绿柳，不知不觉间来到了前面的河边。当时的人不理解此时此刻我内心的快乐，还以为我在学年轻人的样子，趁着大好时光忙里偷闲玩耍呢。

【赏析】

这是一首即景诗，描写春天郊游的心情以及春天的景象。也是一首写理趣诗，作者用朴素的手法把柔和明丽的春光同作者自得其乐的心情融为一体。开头两句写云淡风轻、繁花垂柳，一片大自然的郁勃生机；第三句是诗意的转折和推进，第四句更进一步说明自己并非学少年偷闲春游，它所要表达的是一种哲理，以及对自然及宇宙的认识。

作者用白描的手法，勾勒出风和日丽的春日景色。前两句写景，后两句抒情。天空中，淡淡的白云、轻柔的春风、和煦的阳光；地面上，红花、绿柳、碧水。从上到下，互相映照，短短十四个字，画出了一幅春景图。后两句抒发作者春日郊游的愉快心情，“偷闲学少年”，词语新颖，平淡中寓有深意，这种“怡然自得”之乐，似乎也感染了读者。

全诗色泽协调，情景交融，表现了作者追求平淡自然、不急不躁的修身养性的性格色彩和水到渠成的务实功夫，也表现了一种闲适恬静的意境。诗歌风格平易，语言通俗，写出了诗人怀念少年时在故乡时的事情，表达了诗人心中对少年时代以及对故乡的怀念。

洞仙歌

苏　轼（宋朝）

【原文】

冰肌玉骨，自清凉无汗。
水殿风来暗香满。
绣帘开，一点明月窥人，
人未寝，倚枕钗横鬓乱。
起来携素手，庭户无声，
时见疏星渡河汉。
试问夜如何？夜已三更。
金波[1]淡，玉绳[2]低转。
但屈指西风几时来？
又不道[3]流年暗中偷换。

【注释】

①金波：月光。

②玉绳：星名。

③不道：不觉。

【译文】

冰一样的肌肤，玉一般的身骨，自然是遍身清凉没有汗。宫殿里清风徐来幽香弥漫。绣帘被风吹干，一线月光把佳人窥探。佳人还没有入睡，她斜倚绣枕钗横发乱。

他起来携着她的小手，走出无声的庭院，随时可见流星横穿河汉。试问夜已多深？已过了三更，月光暗淡，玉绳星向下旋转。她掐着手计算，秋风几时吹来，不知不觉间感到，流年似水，岁月在暗暗变换。

【赏析】

这首词描述了五代时后蜀国君孟昶与其妃花蕊夫人夏夜在摩河池上纳凉的情景，着意刻绘了花蕊夫人姿质与心灵的美好、高洁，表达了词人对时光流逝的深深惋惜和感叹。

上片写花蕊夫人帘内欹枕的情形。首二句写她的绰约风姿：丽质天生，有冰之肌、玉之骨，本自清凉无汗。

接下来，词人用水、风、香、月等清澈的环境要素烘托女主人公的冰清玉润，创造出境佳人美、人境双绝的意境。其后，词人借月之眼以窥美人欹枕的情景，以美人不加修饰的残妆——“钗横鬓乱”，来反衬她姿质的美好。上片所写，是从旁观者角度对女主人公所作出的观察。

下片直接描写人物自身，通过女主人公与爱侣夏夜偕行的活动，展示她美好、高洁的内心世界。以上，作者通过写环境的静谧和斗转星移的运动，表现了时光的推移变化，为写女主人公纳凉时的思想活动作好铺垫。结尾三句是全词点睛之笔，传神地揭示出时光变换之速，表现了女主人公对时光流逝的深深婉惜。

回心院①

萧观音（辽朝）

【原文】

扫深殿，闭久金铺暗。
游丝络网尘作堆，
积岁青苔厚阶面。
扫深殿，待君宴。

【注释】

①唐宫院名。高宗王皇后及萧良娣被囚之所。

【译文】

打扫殿堂，因长久的关闭，殿堂是昏暗的。游丝网成堆，青苔在台阶上铺满了厚厚的一层。打扫殿堂，为君王准备宴会。

【赏析】

萧观音，辽道宗耶律洪基的皇后，工书能诗，善弹筝、琵琶，能自制歌词，甚得辽道宗宠爱。但后因辽道宗荒于时政，溺于游猎，萧后讽诗切谏，因而被疏失宠。为感君恩，遂作《回心院》词十首，后被收于辽王鼎所作《楚椒录》此词是第一首。

这首词表现了女主人公由于被弃，心情索然，终日苦闷，无心打扫殿堂，以致游丝网成堆，青苔厚阶面，一座富丽豪华的殿堂成了荒凉幽暗的世界。但女主人公着意点显然不仅是表现自己凄苦哀愁，而是借此来打动“君王”，“扫深殿，待君宴”。

这首小词情感凄丽哀婉，感情的复杂多变在不禁意中流露。一面是“游丝络网尘作堆”的愁量，而另一方面却有“扫深殿，待君宴”的美好期望。

使女主人公的被君遗弃时的苦闷与对重获君恩的希冀同时表现出来，使女主人公一颗纯正的爱心，为爱所痴迷，所困惑的情景跃然纸上。

海上诗

耶律倍（辽朝）

【原文】

小山[①]压大山，大山[②]全无力。
羞见故乡人，从此投外国。

【注释】

①小山：弟太宗耶律德光。
②大山：喻耶律倍自己。

【译文】

弟弟压挤着我，我没有力气再争，我没脸见家乡父老，自此投奔外国。

【赏析】

耶律倍（899～936），辽太祖长子，契丹名图欲。天显元年（926年），辽太祖灭渤海国，建东丹国，他被封为东丹王。辽太宗即位，遭到疑忌，逃奔后唐。此诗作于其流亡途中，是见于记载的辽代最早的五言诗。其诗以物拟人，大山喻己，小山拟弟太宗，仅寥寥几笔，即勾勒出皇室内部斗争的残酷场面。

【诗词小贴士】

宋词的发展共分为三个阶段。第一个阶段，晏殊、张先、晏几道、欧阳修等承袭“花间”余绪，为由唐入宋的过渡；第二个阶段，柳永、苏轼在形式与内容上所进行的新的开拓以及秦观、赵令畤、贺铸等人的艺术创造，促进宋词出现多种风格竞相发展的繁荣局面；第三个阶段，周邦彦在艺术创作上的集大成，体现了宋词的深化与成熟。

第四章　元明清诗词

元代历史从元世祖至元16年（1279）灭南宋统一全国，到元顺帝至正28年（1368）朱元璋建立明王朝为止，共计89年。元代是中国戏曲——这一种综合性艺术发展的黄金时期。杂剧文学剧本的出现，标志着中国戏曲进入成熟期。虽然从元、明时期，诗歌出现了衰退，佳作不多，但是，词于清代重新复兴。从清前期到中期，成就较高、影响较大。

天净沙·秋思

马致远（元朝）

【原文】

枯藤老树昏鸦①，小桥流水人家②，古道西风瘦马③。夕阳西下，断肠人④在天涯⑤。

【注释】

①枯藤：枯萎的枝蔓。昏鸦：黄昏时归巢的乌鸦。

②人家：农家。此句写出了人对温馨的家庭的渴望。

③古道：已经废弃不堪再用的古老驿道（路）或年代久远的驿道。西风：寒冷、萧瑟的秋风。瘦马：瘦骨如柴的马。

④断肠人：形容伤心悲痛到极点的人，此指漂泊天涯、极度忧伤的旅人。

⑤天涯：远离家乡的地方。

【译文】

天色黄昏，一群乌鸦落在枯藤缠绕的老树上，发出凄厉的哀鸣。小桥下流水哗哗作响，小桥边庄户人家炊烟袅袅。古道上一匹瘦马，顶着西风艰难地前行。夕阳渐渐地失去了光泽，从西边落下。凄寒的夜色里，只有孤独的旅人漂泊在遥远的地方。

【赏析】

这首小令很短，一共有五句二十八个字，全曲无一秋字，却描绘出一幅凄凉动人的秋郊夕照图，准确地传达出旅人凄苦的心境，被赞为秋思之祖。这首成功的曲作，从多方面体现了中国古典歌的艺术特征。

一、以景托情，寓情于景，在景情的交融中构成一种凄凉悲苦的意境。中国古典诗歌讲究意境的创造。意境是中国古典诗歌美学中的一个重要范畴，它的本质特征在于情景交融、心物合一。情与景能否妙合，是能否构成意境的关键。马致远这首小令，前四句皆写景色，这些景语都是情语，“枯”、“老”、“昏”、“瘦”等字眼使浓郁的秋色中蕴含着无限凄凉悲苦的情调。而最后一句“断肠人在天涯”作为曲眼更具有画龙点睛之妙，使前四句所描之景成为人活动的环境，作为天涯断肠人内心悲凉情感的触发物。曲上的景物既是马致远旅途中之所见，但同时又是其情感载体，乃心中物。全曲景中有情，情中有景，情景妙合，构成了一种动人的艺术境界。

二、使用众多密集的意象表达作者的羁旅之苦和悲秋之恨，使作品充满浓郁的诗情。马致远此曲明显地体现出这一特色。短短的二十八字中排列着十种意象，这些意象既是断肠人生活的真实环境，又是他内心沉重的忧伤悲凉的载体。如果没有这些意象，这首曲也就不复存在。

三、善于加工提炼，用极其简练的白描手法，勾勒出一游子深秋远行图。马致远《天净沙·秋思》小令中出现的意象并不新颖。其中“古道”一词，最早出现在署名为李白《忆秦娥·箫声咽》词中“乐游原上清秋节，咸阳古道音尘绝”。宋张炎《壶中天·扬舲万里》词中也有“老柳官河，斜阳古道，风定波犹直”。

在词句的锤炼上，马致远充分显示出他的才能，前三句十八个字中，全是名词和形容词，无一动词，各种景物的关系以及它们各自的动态与形状，全靠读者根据意象之间的排列顺序以及自己的生活经验去把握。这种奇妙的用字法，实在为古之所罕见。

四、采用悲秋这一审美情感体验方式，抒发羁旅游子的悲苦情怀，使个人的情感获得普遍的社会意义。通过以上分析可以看出，《天净沙·秋思》属于中国古典诗歌中最为成熟的作品之一。尽管它属于曲体，但实际上，在诸多方面体现了中国古典诗歌的艺术特征。

折桂令·春情

徐再思（元朝）

【原文】

平生不会相思，才会相思，便害相思。身似浮云，心如飞絮，气若游丝，空一缕馀香①在此，盼千金游子何之②。证候③来时，正是何时？灯半昏时，月半明时。

【注释】

①馀香：自己就像一丝香气在此徘徊。

②何之：到哪里去了。

③证候：即症候，疾病，此处指相思的痛苦。

【译文】

生下来以后还不会相思，才会相思，便害了相思。身像飘浮的云，心像纷飞的柳絮，气像一缕缕游丝，空剩下一丝余香留在此，心上人却已不知道在哪里去留？相思病症候的到来，最猛烈的时候是什么时候？是灯光半昏半暗时，是月亮半明半亮的时候。

【赏析】

此曲写得真挚自然，纯乎天籁。题目为春情，写的是少女的恋情。首三句说少女害了相思病，无法自拔，感情波澜起伏。四、五句写少女相思的病状，用浮云、飞絮、游丝比喻她病得魂不守舍，恍惚迷离，十分贴切。

六、七句写病因，游子一去，徒然留下一缕余音，彼此没法相见，只有望穿秋水地盼望。

最后两句点出相思病最难捱的时刻，灯半昏，月半明，夜已阑。半明半暗的光景，最能勾起相思之苦。这意境与李清照《声声慢》词所写“乍暖还寒时侯，最难相息”相近。此曲押韵有其特色，开头处连用“思”字三次，结尾处连用“时”字四次。连环重叠，写法大胆而自然，颇得本色之趣。徐再思擅长写相思之情，他另有一曲《清江引·相思》说：“相思有如少债的，每日相催逼”，也写得真城坦率，不假辞藻而墨花四照，与这首《折桂令》异曲同工。所以，《坚瓠壬集》卷三说这两曲“得其相思三昧”。

天净沙·春

白　朴（元朝）

【原文】

春山暖日和风①，
阑干楼阁帘栊②，
杨柳秋千院中。
啼莺舞燕，
小桥流水飞红③。

【注释】

①和风：多指春季的微风。

②帘栊：窗户上的帘子。李煜《捣练子》：“无赖夜长人不寐，数声和月到帘栊。”

③飞红：花瓣飞舞，指落花。

【译文】

山绿了，阳光暖了，吹起和煦的春风。楼阁上少女凭栏眺望，高卷起帘栊。院子里杨柳依依，秋千轻轻摇动，院外有飞舞的春燕，啼喈的黄莺，小桥之下流水潺潺，落花飞红。

【赏析】

这支曲子运用绘画技法，从不同空间层次描写春天的景物。具体来说，整个画面的背景，是远景。第二句是人物的立足点是近景，第三句写庭院中喧闹的景象，展示了一幅充满生机、春意盎然的画面，是中景。最能够体现春天特征的两个形容词是暖和啼莺，而最能体现院中生机的景物是舞燕和飞红。

这首词曲全由列锦组成，列锦是中国古典歌中特殊的修辞方式。这个名称是当代修辞学家谭永祥提出的，他对列锦的解释是：古典诗歌作品中一种奇特的句式，即全句以名词或名词短语组成，里面没有动词或形容词谓语，却同样能起到写景抒情、叙事述怀的效果。（《修辞新格》，福建教育出版社）

运用“列锦”，可以收到很好的表达效果。正如人们分析的那样，列锦具有凝炼美、简约美、含蓄美、空灵美和意境美。就如今天的艺术品类一样，列锦获得了影视镜头巧妙剪辑（即蒙太奇）的某些效果，能激发读者丰富的想象和联想，言有尽而意无穷。

墨 梅[1]

王 冕（元朝）

【原文】

吾家[2]洗砚池[3]头[4]树，朵朵花开淡墨[5]痕[6]。

不要人夸好颜色，只留清气[7]满乾坤[8]。

【注释】

①墨梅：用墨笔勾勒出来的梅花。

②吾家：我家。因王羲之与王冕同姓，所以王冕便认为王姓自是一家。

③洗砚池：写字、画画后洗笔洗砚的池子。王羲之有“临池学书，池水尽黑”的传说。这里化用这个典故。

④池头：池边。头：边上。

⑤淡墨：水墨画中将墨色分为四种，如，清墨、淡墨、浓墨、焦墨。这里是说那朵朵盛开的梅花，是用淡淡的墨迹点化成的。

⑥痕：痕迹。

⑦清气：梅花的清香之气。

⑧满乾坤：弥漫在天地间。满：弥漫。乾坤：天地间。

【译文】

我家洗砚池边有一棵梅树，朵朵开放的梅花都显出淡淡的墨痕。不需要别人夸它的颜色好看，只需要梅花的清香之气弥漫在天地之间。

【赏析】

这是一首题画。墨梅就是颜色艳丽的梅花。诗人赞美墨梅不求人夸，只愿给人间留下清香的美德，实际上是借梅自喻，表达自己对人生的态度以及不向世俗献媚的高尚情操。这首诗题为“墨梅”，意在述志。诗人将画格、诗格、人格有机融为一体。字面上在赞誉梅花，实际上是赞赏自己的立身之德。

作者在自己题咏自己所画梅花。开头两句“吾家洗砚池头树，朵朵花开淡墨痕”直接描写墨梅。画中小池边的梅树，花朵盛开，朵朵梅花都是用淡淡的墨水点染而成。“洗砚池”，化用王羲之“临池学书，池水尽黑”的典故。诗人与晋代书法家王羲之同姓，故说“我家”。

三、四两句盛赞墨梅的高风亮节。它由淡墨画成，外表虽不娇艳，但具有神清骨秀、高洁端庄、幽独超逸的内在气质；它不想用鲜艳的色彩去吸引人，讨好人，求得人们的夸奖，只愿散发一股清香，让它留在天地之间。这两句正是诗人的自我写照。

山坡羊[1]·潼关怀古

张养浩（元朝）

【原文】

峰峦如聚[2]，波涛如怒[3]，山河表里[4]潼关[5]路。望西都[6]，意踌躇[7]。伤心[8]秦汉经行处[9]，宫阙[10]万间都做了土。兴[11]，百姓苦；亡，百姓苦！

【注释】

①山坡羊：曲牌名，是这首散曲的格式；“潼关怀古”是标题。本文选自《全元散曲》（中华书局 1986 年版）。

②聚：聚拢；包围。

③怒：指波涛汹涌。

④山河表里：外面是山，里面是河，形容潼关一带地势险要。具体指潼关外有黄河，内有华山。

⑤潼关：古关口名，现属陕西省潼关县，关城建在华山山腰，下临黄河，非

常险要。

⑥西都：指长安（今陕西西安）这是泛指秦汉以来在长安附近所建的都城。古称长安为西都，洛阳为东都。

⑦踌躇：犹豫、徘徊不定，心事重重，此处形容思潮起伏，陷入沉思．表示心里不平静。

⑧伤心：令人伤心的事，形容词作动词。

⑨秦汉经行处：秦朝（前 221 年～前 206 年）都城咸阳和西汉的都城长安都在陕西省境内潼关的西面。经行处，经过的地方。指秦汉故都遗址。

⑩宫阙：宫殿。阙，皇门前面两边的楼观。

⑪兴：指政权的统治稳固。

【译文】

（华山的）山峰从四面八方会聚，（黄河的）波涛像发怒似的汹涌。

潼关外有黄河，内有华山，山河雄伟，地势险要。

遥望古都长安，陷于思索之中。

从秦汉宫遗址经过，引发无限伤感，万间宫殿早已化作了尘土。

一朝兴盛，百姓受苦；一朝灭亡，百姓依旧受苦。

【赏析】

全曲分三层：第一层（头三句）：写潼关雄伟险要的形势。峰峦如聚，波涛如怒，山河表里潼关路，峰峦如聚：形容重岩叠嶂，群山密集，绵亘不断。“山河”句，言潼关外有黄河，内有华山，形势险要。潼关，在今陕西潼关县北，历代皆为军事要地。

张养浩于天历二年（公元 1329 年），因关中旱灾，任陕西行台中丞以赈灾民。途经潼关，看到的是“峰峦如聚，波涛如怒”的景象。

第二句写怒涛汹涌的黄河，潼关外黄河之水奔腾澎湃，一“怒”字让读者耳边回响千古不绝的滔滔水声。黄河水是无生命的，而“如怒”则赋予河水以人的情感和意志，一个“怒”字，写出了波涛的汹涌澎湃。“怒”字把河水人格化，“怒”字注入了人吊古伤今而产生的满腔悲愤之情。为此景所动，第三句写潼关位于群山重重包围、黄河寒流其间狭隘之处。“山河表里潼关路”之感便油然而生，至此潼关之气势雄伟窥见一斑，如此险要之地，暗示潼关的险峻，乃为历代兵家必争之地，也由此引发了下文的感慨。

第二层（四至七句）：望西都，意踌躇。伤心秦汉经行处，宫阙万间都做了土。西都：指关中一带，周、秦、汉、北朝、隋、唐等朝均在这里建都。踌躇：原指犹豫不决，徘徊不前。这里形容思潮起伏，陷入沉思。

第四、五句点出作者遥望古都长安，凭吊古迹，思绪万千，激愤难平。“望西都，意踌躇”，写作者驻马远望、感慨横生的样子。作家身处潼关，西望旧朝故都长安，西都”即长安，长安不仅是秦汉都城，魏、晋、隋、唐都建都长安。作为六朝古都，当年是何等的繁华、昌盛。昔日的奢华早已不复存，只剩下一片残垣断壁的衰败景象，怎不令诗人踌躅伤心？

第三层（末四句）：兴，百姓苦，亡，百姓苦。写作者沉痛的感慨：历史上无论哪一个朝代，它们兴盛也罢，败亡也罢，老百姓总是遭殃受苦。“兴，百姓苦；亡，百姓苦。”是全曲之眼，是全曲主题的开拓和深化。这句话在否定历史的同时，也否定了积极有为的人生态度。

《潼关怀古》中对历史的概括，指元代现实生活：怀古实乃伤今，沉重实乃责任。它以难得的沉重、以深邃的目光，揭示了封建社会一条颠扑不破的真理：“兴，百姓苦；亡，百姓苦。”

从作品内容、作家其他怀古作品、同时期其他作家怀古作品三个层面上看，《山坡羊·潼关怀古》都表现为一份难得的沉重。

骤雨打新荷

元好问（元朝）

【原文】

绿叶阴浓，遍池亭水阁，偏趁凉多。海榴[1]初绽，朵朵簇红罗。乳燕雏莺弄语，对高柳鸣蝉相和。骤雨过，似琼珠乱撒[2]，打遍新荷。

人生百年有几[3]，念良辰美景，休放虚过。穷通前定[4]，何用苦张罗。命友[5]邀宾玩赏，对芳樽[6]，浅酌低歌。且酩酊，从教二轮，来往如梭。

【注释】

①海榴：即石榴。

②撒：撒落。

③几：几许，此处指多长时间。

④穷通前定：意为失意得意命运的好坏由前生而定。

⑤命友：邀请朋友。

⑥芳尊：美酒。尊，即樽，酒杯。

【译文】

绿叶繁茂一片浓阴，池塘中布满水阁，这里最凉快。石榴花刚开，妖娆艳丽散发扑鼻的香气。老燕携带着小燕，叽叽地说着话，高高的柳枝上有蝉鸣相和。骤雨刹时飞来，像珍珠一般乱洒，打遍池塘里一片片新荷。

人生能有多长时间，想想那良辰美景，好像刚刚做了一场梦一样。命运的好坏是由前生而定的，何必要自己苦苦操劳呢。邀请宾客朋友玩赏，喝酒唱歌，暂且喝个酩酊大醉，任凭它日月轮转，来往像穿梭。

【赏析】

上片写盛夏纳凉，流连光景的赏心乐事，主写景。看作者铺叙的层次，可说是渐入佳境：作者先用大笔着色，写出池塘水阁的一片绿荫，进而，写鸟语蝉鸣。而这鸟儿，专指“乳燕雏莺”，是在春天诞生、此时刚刚孵出的新雏，其声稚嫩娇软而可喜。那蝉儿也是刚出虫蜕，踞高柳而长鸣，“居高声自远，非是藉秋风”（虞世南《蝉》）。在一片新生命的合唱中，池塘水阁平添生趣。到此，作者妙笔生花，在热烈、喧闹的气氛中特别叙写了一场骤雨。

下曲即景抒怀，宣扬浅斟低唱，及时行乐的思想。主调既是低沉的，又是旷达的。下曲表现的思想，即使在封建时代，也是并不高明的。然而在对于自然美的发现和再造上，作者却是做得相当出色和成功。数百年来读者津津乐道的，不是曲中论道之语，而是那“骤雨打新荷”的生机盎然的夏令境界，以及其中流露的浓厚的生活情趣。

院中独坐

虞　集（元朝）

【原文】

何处它年寄此生，
山中江上总关情[①]。
无端绕屋长松树，
尽把风声作雨声。

【注释】

①总关情：指的是无时不刻都在关注，乡关之思的落脚点总是倾注在江南故土之上。

【译文】

自己以后要在哪里度过呢？哪怕是隐居山中，或是浪迹江湖，都不能忘却魂牵梦绕的相关之情。我在院中独坐而思、而愁，竟然会埋怨起那绕屋而长的高高松树身上来了，仿佛又回到了江南的雨声里。

【赏析】

元代人虞集生长于江南，但仕宦生涯又使他不得不留在北方的大都（今北京）。他在晚年曾屡次请求回到南方，但终不获许，乡关之思由此而愈加浓烈。此正反映他的这种乡愁和苦楚的心理。

“何处它年寄此生”，来自于诗人凄楚的内心深处。他在经历了难熬的宫廷生计，又久羁京师不得南归之后，自然产生了人生如寄的悲凉念头。人生如寄、人生如梦及人生如戏的思想都源自佛教，反映的是人生的虚幻不真，认为人生不过是暂时寄寓于世界上的空皮囊而已。

“山中江上总关情”，指的是哪怕是隐居山中或是浪迹江湖寄此余生，都不能忘却魂牵梦绕的乡关之情。当然，这“山中江上”也代指江南的青山绿水，在那里有杂花生树，草长莺飞，画舟横笛，酒旗招摇，家乡的一草一木总让诗人牵挂。“总关情”指的是无时不刻都在关注，乡关之思的落脚点总是倾注在江南故土之上。“无端绕屋长松树，尽把风声作雨声”，传达诗人那种无法排遣的乡愁。“尽把风声作雨声”的不是松，而是诗人的内心错觉，这种错觉恰恰真切反映出诗人愁情的深植与难以驱除。

诗题为《院中独坐》，含有深刻的孤独和寂寞的意思，他的这种乡关之思实际上是在内心深处所藏的家国意识，故借院中的松树来宣泄心中的不满。

清江引①·秋居

吴西逸（元朝）

【原文】

白雁②乱飞秋似雪，清露生凉夜。扫却石边云，醉踏松根月。星斗满天人睡也。

【注释】

①清江引：双调曲牌名。

②白雁：白色的雁。雁多为黑色，白色的雁较为稀少。元代谢宗可有《咏白雁》。

【译文】

白雁在不安地乱飞乱撞，满天满地布满了一片雪白的秋霜。凉夜中露水增重熠熠闪亮。我的衣袍拂走了石边的雾气，醉步踏着松树旁漏下的月光。星斗满天，我仰面躺倒，顿时就入了睡乡。

【赏析】

白雁是深秋的象征。入夜了如何会“白雁乱飞”，作者没有讲，但同下半句的“秋似雪”必有关系。这里说“似雪”，是因为秋天满布着白霜；张继《枫桥夜泊》：“月落乌啼霜满天”，足见白雁也会同乌鸦那样受到“霜满天”的惊扰。次句续写凉夜露水增重的秋景，依然是清凄的笔调，视点却从天空转移到地面，这样为人物的出现腾出环境。

作者的出场是飘然而至的。“扫却石边云”，古人以为云出石中，故以“云根”作为山石的别名，这里无疑指夜间岩壁旁近的雾气。短短五句，将人物的旷放超豪，表现得入木三分。五句中分插了“雪”、“露”、“云”、“月”、“星”五个关于天象的名词，或实指，或虚影，颇见巧妙。五句中无不在层层状写露天的夜景，却以人物我行我素的行动超脱待之，显示了旷达的高怀。

人月圆

倪　瓒（元朝）

【原文】

伤心莫问前朝①事，重上越王台②。
鹧鸪啼处，东风草绿，残照花开。
怅然孤啸，青山故国，乔木苍苔。
当时明月，依依素影③，何处飞来？

【注释】

①前朝：此指宋朝。

②越王台：春秋时期越王勾践所建，为驻兵处。

③素影：皎洁银白的月光。

【译文】

不要再问前朝那些伤心的往事了，我重新登上越王台。鹧鸪鸟哀婉地啼叫，东风吹指初绿的衰草，残阳中山花开放。

我惆怅地独自仰天长啸，青崇山峻岭依旧，故国已不在，满目尽是乔木布满苍苔，一片悲凉。头上的明月，柔和皎洁，仍是照耀过前朝的那轮，可是它又是从哪里飞来的呢？

【赏析】

作者生活在元末明初，作为元代遗民，他始终不能忘记元兵南下、宋朝灭亡那段悲惨的历史。因此，他一生都没有在元政权下做官，隐逸山林。在他晚年时常追忆旧事，缅怀故国，抒写愁思。此曲即是作者重登绍兴越王台时所作，包括江浙广大地区在内的“越地”，既有越王勾践报仇雪耻的历史传统，又是南宋政治经济的中心，人到这里尤其容易激发起亡国的惨痛和恢复河山的愿望。今天作者重游前朝重地，登上当年勾践点兵复仇的越王台，感情不能抑制。

节 节 高

卢　挚（元朝）

【原文】

雨晴云散，满江明月。
风微浪息，扁舟一叶。
半夜心①，三生梦②，万里别。
闷倚篷窗睡些。

【注释】

①半夜心：指子夜不眠生起的愁心。

②三生梦：谓人的三生如梦。三生，佛家指前生、今生、来生。

【译文】

骤雨过后，天色初晴，乌云散尽，满江上都是一片明洁的月光。风平浪静，一叶扁舟航行在浩淼的江上。夜深了，心里却很惆怅，想想人生如梦，亲朋久别。胸中顿生烦闷，倚着篷窗，但愿可以小睡。

【赏析】

元成宗大德年间，卢挚出任湖南岭北道肃政廉访使，赴任途中作出此曲。卢挚这次外放湖南，心情不是很愉快的，而从长江进入洞庭湖以后，又遇上了阴雨天气，这样更使诗人内心充满了愁闷和烦躁。

四块玉·别情

关汉卿（元朝）

【原文】

自送别，心难舍，
一点相思几时绝。
凭阑袖拂杨花雪①：
溪又斜，
山又遮，人去也。

【注释】

①杨花雪：像雪一般的杨花。

【译文】

自从把你送走，心中总是难离难舍，一缕相思的情意在心中萦绕不绝。凭倚栏干眺望，衣袖轻指着银雪般的柳絮，看横斜的小溪空自东流，重重的山峦把小路遮没，心上的人真的去也！

【赏析】

这首小令是写女子送别情人后，凭栏望远，相思企盼时的深情表白。

石 灰 吟①

于 谦（明朝）

【原文】

千锤万凿②出深山，烈火焚烧若等闲③。
粉身碎骨全不怕，要留清白④在人间。

【注释】

①石灰吟：赞颂石灰。吟：吟颂。指古代诗歌体裁的一种名称（古代诗歌的一种形式）。

②千锤万凿：无数次的锤击开凿，形容开采石灰非常艰难。千、万：指撞击次数多，不是实指一千一万。锤，锤打。凿，开凿。

③若等闲：好像很平常的事情。若：好像、好似；等闲：平常，轻松。

④清白：指石灰洁白的本色，又比喻高尚的节操。

【译文】

（石头）只有经过多次撞击才能从山上开采出来。它把烈火焚烧看成平平常常的事，即使粉身碎骨也毫不惧怕，甘愿把一身清白留在人世间。

【赏析】

这是一首托物言志。作者以石灰作比喻，表达自己为国尽忠，不怕牺牲的意愿和坚守高洁情操的决心。

作为咏物诗，若只是事物的实录而不寄寓作者的深意，那就没有多大价值。这首诗的价值就在于作者处处以石灰自喻，咏石灰即是咏自己磊落的襟怀和崇高的人格。首句“千锤万凿出深山”是形容开采石灰石很不容易。次句“烈火焚烧若等闲”。“烈火焚烧”，是指烧炼石灰石。加“若等闲”三字，使人感到不仅是在写烧炼石灰石，它还象征着志士仁人无论面临着怎样严峻的考验，都从容不迫，视若等闲。第三句“粉身碎骨浑不怕”。“粉身碎骨”极形象地写出将石灰石烧成石灰粉的过程，而“浑不怕”三字又使我们联想到其中可能寓有不怕牺牲的精神。最后一句“要留清白在人间”更是作者直抒情怀，立志要做纯洁清白的人。

于谦为官廉洁正直，曾平反冤狱，救灾赈荒，深受百姓爱戴。明英宗时，瓦剌入侵，明英宗被俘。于谦议立明景帝，亲率兵固守北京，击退瓦剌，使人民免遭蒙古贵族再次野蛮统治。但英宗复辟后却以“谋逆罪”诬杀了这位民族英雄。这首《石灰吟》可以说是于谦生平和人格的真实写照。

明日歌

钱 福（明朝）

【原文】

明日复[①]明日，明日何其[②]多。
我生待[③]明日，万事成蹉跎[④]。
世人若被明日累，春去秋来老将至。
朝看水东流，暮看日西坠。
百年明日能几何？请君听我明日歌。

【注释】

①复：又。

②何其：多么。这句说：明日是何等的多啊。

③待：等待。

④蹉跎（搓驼）：光阴虚度。

【译文】

一个明天接着又是一个明天，明天是何等的多啊！可是人的一生如果在等待中度过，那么，他将虚度光阴，一事无成。世上的人们如果被明日所羁绊，则年复一年，光阴飞逝，暮年将会在不知不觉中到来。早晨看河水东流而去，傍晚看夕阳西下，一日之中无所事事。百年之中又能有多少个明日呢？请大家听一听我的明日歌吧。

【赏析】

这一首诗七次提到“明日”，反复告诫人们要珍惜时间，今日的事情今日做，不要拖到明天，不要蹉跎岁月。诗歌意思浅显，语言明白如话，说理通俗易懂，很有教育意义。这一首《明日歌》告诉人们：世界上的许多东西都能尽力争取和失而复得，只有时间难以挽留。人的生命只有一次，时间永不回头。不要今天的事拖明天，明天拖后天。要“今日事，今日毕。”

朝天子[①]·咏喇叭

王　磐（明朝）

【原文】

喇叭[②]，唢呐[③]，曲儿小腔儿大[④]。官船来往乱如麻[⑤]，全仗你抬声价[⑥]。军听了军愁[⑦]，民听了民怕。哪里去辨甚么真共[⑧]假？眼见的吹翻了这家[⑨]，吹伤了那家[⑩]，只吹的水尽鹅飞罢[⑪]！

【注释】

①朝天子：曲牌名。

②喇叭：铜制管乐器，上细下粗，最下端的口部向四周扩张，可以扩大声音。

③锁呐：现在写作“唢呐”，管乐器，管身正面有七孔，背面一孔。前接一个喇叭形扩声器。民乐中常用。

④曲儿小：（吹的）曲子很短。腔儿大：（吹出的）声音很响。曲儿小腔儿大是喇叭、唢呐的特征。本事很小、官腔十足是宦官的特征。在物与人之间找到共性，咏物以讽人才得以成立。

⑤官船：官府衙门的船只。乱如麻：形容来往频繁，出现次数很多。

⑥仗：倚仗，凭借。你：指喇叭、唢呐。抬：抬高。声价：指名誉地位。（宦官装腔作势，声价全靠喇叭来抬。而喇叭其所以能抬声价，又因为它传出的是皇帝的旨意。矛头所指，更深一层。也暗示其狐假虎威的嘴脸。）

⑦军：指军队。愁：发愁。因受搅扰而怨忿。旧时皇帝为了加强对军队统帅的控制，常派宦官监军，以牵制军队长官的行动，十分讨厌。

⑧哪里：同“那里”。辨：分辨、分别。甚么：同“什么”，疑问代词。共：和。

⑨眼见的：眼看着。吹翻了这家：意思是使有的人家倾家荡产。

⑩吹伤了那家：使有的人家元气大伤。

⑪水尽鹅飞罢：水干了，鹅也飞光了。比喻民穷财尽，家破人亡。这是宦官害民的严重后果。水尽鹅飞，“官船”就不能长久来往，这也是对最高统治者的警告，比喻家破人亡。

【译文】

喇叭和唢呐，
（吹得）曲子虽短，但声音却极为响亮。
官船来往像乱糟糟的乱麻，
全都靠你来抬高名誉和地位。
军人听了军人愁，
百姓听了百姓怕。
哪里会去辨别什么真假？
眼看着有的人倾家荡产，
有的人元气大伤，
最后会民穷财尽，家破人亡。

【赏析】

明武宗在位时期，宦官当权，他们在交通要道运河上往来频繁，每到一处都耀武扬威，鱼肉百姓。王磐家住运河边的高邮县，目睹宦官的种种恶行，写了这首《朝天子·咏喇叭》，借咏喇叭，揭露宦官的罪行。

这首作品不是为咏物而咏物，诗人通过对现实社会的深刻洞察，传达了一种反抗的呼声，而这些思想内涵都包融在咏物之中。作品意在批判宦官害民，但没有点破，结论留待读者思而得之，既痛快淋漓又含蓄有力，这就是“不即不离”。

玉芙蓉·雨窗小咏

沈自晋（明朝）

【原文】

疏梅带雨开，瘦竹随风摆，雨和风着意好，为我安排。临风自惜残香洒[1]，冒雨谁从滴翠来[2]。清虚界，任风敲雨筛；掩柴扉，谢他梅竹伴我冷书斋。

【注释】

①临风自惜残香洒：迎着清风心里怜惜花瓣被雨打落在地。

②冒雨谁从滴翠来：谁会冒雨穿过竹林到我这儿来呢？

【译文】

几朵梅花在雨中开放，细细的竹子随风摆动，雨和风好像为我安排的一样，正和我意。迎着清风，心里怜惜着花瓣被雨打落在地，谁会冒雨穿过竹林来到我这呢？清冷的世界，任由风雨敲打，我关上房门，感谢梅花和竹子陪伴着我。

【赏析】

这首曲子描写雨中庭院里的景色。院子里幽静清凉，清风吹拂，细雨飘洒，只有梅花和翠竹相伴，主人公尽情享受着这种清静，独自品味着这份孤独。作者在曲中创造出一种超然脱俗的意境。

木兰词·拟古决绝词柬[①]友

纳兰性德（清朝）

【原文】

人生若只如初见，何事秋风悲画扇[②]。
等闲变却故人[③]心，却道故人心易变。
骊山语罢清宵半，泪雨霖铃终不怨[④]。
何如薄幸锦衣郎，比翼连枝当日愿[⑤]。

【注释】

①柬：给……信札。

②“何事”句：用汉朝班婕妤被弃的典故。班婕妤为汉成帝妃，被赵飞燕谗害，退居冷宫，后有《怨歌行》，以秋扇闲置为喻抒发被弃之怨情。南北朝梁刘孝绰《班婕妤怨》诗又点明“妾身似秋扇”，后遂以秋扇见捐喻女子被弃。这里是说本应当相亲相爱，但却成了相离相弃。

③故人：指情人。却道故人心易变（出自娱园本），一作“却道故心人易变”。

④“骊山”二句：用唐明皇与杨玉环的爱情典故。《太真外传》载，唐明皇与杨玉环曾于七月七日夜，在骊山华清宫长生殿里盟誓，愿世世为夫妻。白居易《长恨歌》：“在天愿作比翼鸟，在地愿作连理枝。”对此作了生动的描写。后安史乱起，明皇入蜀，于马嵬坡赐死杨玉环。杨死前云：“妾诚负国恩，死无恨矣。”

又，明皇此后于途中闻雨声、铃声而悲伤，遂作《雨霖铃》曲以寄哀思。这里借用此典说即使是最后作决绝之别，也不生怨。

⑤“何如”二句：化用唐李商隐《马嵬》诗中“如何四纪为天子，不及卢家有莫愁”之句意。薄幸：薄情。锦衣郎：指唐明皇。

【译文】

与意中人相处应当总像刚刚相识的时候，是那样的甜蜜，那样的温馨，那样的深情和快乐。但你我本应当相亲相爱，却为何成了今日的相离相弃？如今轻易地变了心，你却反而说情人间就是容易变心的。

我与你就像唐明皇与杨玉环那样，在长生殿起过生死不相离的誓言，却又最终作决绝之别，即使如此，也不生怨。但你又怎比得上当年的唐明皇呢，他总还是与杨玉环有过比翼鸟、连理枝的誓愿。

【赏析】

词题说这是一首拟古之作，其所拟之《决绝词》本是古诗中的一种，是以女子的口吻控诉男子的薄情，从而表态与之决绝。如古辞《白头吟》、唐元稹《古决绝词三首》等。纳兰性德的这首拟作是借用汉唐典故而抒发“闺怨”之情。

这首词以一个女子的口吻，抒写了被丈夫抛弃的幽怨之情。曾经的爱情誓言成为了遥远的过去。而这“闺怨”的背后，似乎更有着深层的痛楚，“闺怨”只是一种假托。故有人认为此篇别有隐情，词人是用男女间的爱情为喻，说明与朋友也应该始终如一，生死不渝。

己亥杂诗·其五

龚自珍（清朝）

【原文】

浩荡离愁①白日斜，吟鞭②东指即天涯。

落红③不是无情物，化作春泥更护花④。

【注释】

①浩荡离愁：离别京都的愁思浩如水波，也指作者心潮不平。浩荡：无限。

②吟鞭：人的马鞭。

③落红：落花。花朵以红色者为尊贵，因此落花又称为落红。

④花：比喻国家。

【译文】

浩浩荡荡的离别愁绪向着日落西斜的远处延伸，离开北京，马鞭向东一挥，感觉就是人在天涯一般。我辞官归乡，有如从枝头上掉下来的落花，但它却不是无情之物，化成了春天的泥土，还能起着培育下一代的作用。

【赏析】

这首是《己亥杂诗》的第五首，写诗人离京的感受。虽然载着“浩荡离愁”，却表示仍然要为国为民尽自己最后一份心力。

诗的前两句抒情叙事，在无限感慨中表现出豪放洒脱的气概。一方面，离别是忧伤的，因自己寓居京城多年，故友如云，往事如烟；另一方面，离别是轻松愉快的，毕竟自己逃出了令人桎梏的樊笼，可以去外面的世界里另有一番作为。“化作春泥更护花”，诗人是这样说的，也是这样做的。鸦片战争爆发后，他多次给驻防上海的江西巡抚梁章钜写信，商讨国事，并希望参加他的幕府，献计献策。可惜诗人不久就死在丹阳书院（年仅50岁），不能实现他的社会理想了，令人叹惋。

“落红不是无情物，化作春泥更护花”诗人笔锋一转，由抒发离别之情转入抒发报国之志。并反用陆游的词“零落成泥碾作尘，只有香如故。”落红，本指脱离花枝的花，但是，并不是没有感情的东西，即使化做春泥，也甘愿培育美丽的春花成长。以此表达出他至死仍牵挂国家的一腔热情，成为传世名句。

这首小诗将政治抱负和个人志向融为一体，将抒情和议论有机结合，形象表达了诗人复杂的情感。龚自珍论诗曾说“诗与人为一，人外无诗，诗外无人”（《书汤海秋诗集后》），他自己的创作就是最好的证明。

竹　石[①]

郑　燮（清朝）

【原文】

咬定[②]青山不放松，立根[③]原[④]在破岩[⑤]中。
千磨[⑥]万击[⑦]还坚劲[⑧]，任[⑨]尔[⑩]东西南北风。

【注释】

①竹石：扎根在石缝中的竹子。诗人是著名画家，他画的竹子特别有名，这是他题写在竹石画上的一首诗。

②咬定：比喻根扎得结实，像咬着青山不松口一样。

③立根：扎根，生根。

④原：本来，原本，原来。

⑤破岩：破裂的岩石。

⑥磨：折磨，挫折，磨炼。

⑦击：打击。

⑧坚劲：坚定挺拔。

⑨任：任随。

⑩尔：你。

【译文】

竹子抓住青山一点也不放松，它的根牢牢地扎在岩石缝中。经历成千上万次的折磨和打击，它依然那么坚强，不管是酷暑的东南风，还是严冬的西北风，它都能经受得住，还会依然坚韧挺拔。

【赏析】

这首诗着力表现了竹子顽强而又执着的品质。是一首赞美岩竹的题画诗，也是一首咏物诗。开头用“咬定”二字，把岩竹拟人化，传达出它的神韵和它顽强的生命力；后两句进一步写岩竹的品格，它经过了无数次的磨难，才长就一身英俊挺拔的身姿，但从来不畏惧来自东西南北的狂风的击打。

这首诗还是一首托物言志的诗，托岩竹的坚韧顽强，言自己刚正不阿、正直不屈、铁骨铮铮的骨气。这首诗的语言简易明快，却又执著有力，具体生动地描述了竹子生在恶劣环境下，长在危难中，而又自由自在、坚定乐观的性格。竹子在破碎的岩石中扎根，经受风吹雨打，但它就是“咬定青山不放松”。一个“咬”字，写出了竹子顽强的生命力和坚定的信念。最后一句中的一个“任”字，又写出竹子无所畏惧、慷慨潇洒、积极乐观的精神风貌。总体描写了竹子、以及作者的高风亮节。

长相思·山一程

纳兰性德（清朝）

【原文】

山一程，水一程[1]，身向榆关[2]那畔[3]行。夜深千帐[4]灯。

风一更，雪一更[5]，聒[6]碎乡心梦不成。故园[7]无此声[8]。

【注释】

①程：道路、路程，山一程、水一程，即山长水远。

②榆关：即今山海关，在今河北秦皇岛东北。

③那畔：即山海关的另一边，指身处关外。

④帐：军营的帐篷，千帐：言军营之多。

⑤更：旧时一夜分五更，每更大约两小时。风一更、雪一更，即言整夜风雪交加也。

⑥聒：声音嘈杂，这里指风雪声。

⑦故园：故乡，这里指北京。

⑧此声：指风雪交加的声音。

【译文】

我扈驾赴辽东巡视，随行的千军万马一路跋山涉水，浩浩荡荡，向山海关进发。入夜，营帐中灯火辉煌，宏伟壮丽。夜已深，帐篷外风雪交加，阵阵风雪声搅得人无法入睡。

【赏析】

清初词人于小令每多新创意境。这首《长相思》以具体的时空推移过程，及视听感受，既表现景象的宏阔观感，更抒发着情思深苦的绵长心境，是即小见大的佳作。

上片在“一程”又“一程”的复叠吟哦中，展示出与家园的空间阻隔随着时间的推移而严重增大，空间感与乡情构成尖锐冲突。正在这种行进方向和心绪逆反背离中驻营夜宿。“夜深千帐灯”，似是壮伟景观，实是情心深苦的外露。白日行军，跋涉山水，到夜深时仍灯火通明，难入梦乡，这是因思乡而失眠。于是转入下片乡情思恋之笔。

“一更”又“一更”的重叠复沓，于听风听雪的感觉中推移着时间过程，诗人感知于乡情的空间阻隔而心烦意乱，怨夜太长。说“聒碎乡心梦不成”，其实是作者乡心聒碎梦难成，情苦不寐，只觉得风声雪声，声声扣击入心窝，难以承受，而在“乡园”时是不会有这种令人痛苦的声响的。将主观因素推诿客观，语似平淡，意更深沉。此类迁怒归咎于风雪声写法，心理情态能充分表现出来。看似无理，实见情痴，愈是无理之怨，其怨愈显沉重。叠句和数字“一”、“千”的运用强化视、听觉感受中的焦虑、怨怼、幽苦，亦是此词值得辨味的佳处。纳兰性德身为一等侍卫，却极厌烦“扈从”公差，于是构成传统羁旅题材的又一种类型。

已亥杂诗[1]·其二百二十

龚自珍（清朝）

【原文】

九州生气[2]恃[3]风雷[4]，万马齐喑[5]究[6]可哀。

我劝天公[7]重[8]抖擞[9]，不拘一格降[10]人才。

【注释】

①《已亥杂诗》：这是《已亥杂诗》中的第二百二十首。（已被编入鄂教版小学语文六年级上册古诗词背诵第七首、义教版小学语文六年级上册古诗词背诵第八首和人教版小学语文六年级下册古诗词背诵第八首）

②生气：生气勃勃的局面。

③恃（shì）：依靠。

④风雷：风雨雷电。

⑤喑（yīn）：哑，沉默不语。万马齐喑：比喻社会政局毫无生气。

⑥究：终究，毕竟。

⑦天公：造物主，这里指皇帝。

⑧重：重新。

⑨抖擞：振作精神。

⑩降：降生。

【译文】

只有狂雷炸响般的巨大力量才能使中国大地发出勃勃生机，

然而朝野臣民噤口不言终究是一种悲哀。

我奉劝皇上能重新振作精神，

不要拘守一定规格选取更多的人才。

【赏析】

这是一首出色的政治诗。全诗层次清晰，共分三个层次：第一层，写了万马齐喑，朝野噤声的死气沉沉的现实社会。第二层，作者指出要改变这种沉闷，腐朽的观状，就必须依靠风雷激荡般的巨大力量。暗喻必须经历波澜壮阔的社会变革才能使中国变得生机勃勃。第三层，作者认为这样的力量来源于人材，而朝庭所应该做的就是破格荐用人材，这样做，中国才有希望。诗中选用“九州”、“风雷”、“万马”、“天公”这样的具有壮伟特征的主观意象，寓意深刻，气势磅礴。

诗的前两句用了两个比喻，写出诗人对当时中国形势的看法。“万马齐喑”比喻在腐朽、残酷的反动统治下，思想被禁锢，人才被扼杀，到处是庸俗、愚昧，一片死寂、令人窒息的现实状况。“风雷”比喻新兴的社会力量和猛烈的改革。全诗从大处着眼、整体着眼，表现出大气磅礴、雄浑深邃的艺术境界。

诗的后两句，“我劝天公重抖擞，不拘一格降人才”是传诵的名句。诗人用奇特的想象表现出他热烈的希望，他期待优秀杰出人物快点涌现，期待着改革大势形成新的生机，一扫笼罩九州的沉闷和迟滞的局面，既揭露矛盾、批判现实，更憧憬未来、充满理想。它独辟奇境，别开生面，呼唤着变革，呼唤未来。

狱中题壁

谭嗣同（清朝）

【原文】

望门投止思张俭[①]，忍死须臾待杜根[②]；
我自横刀向天笑[③]，去留肝胆两昆仑[④]。

【注释】

①张俭（jiǎn）：东汉末年，张俭因弹劾宦官，反被诬为结党营私，在困迫中逃亡，看到有人家就进去躲避，一路上受人保护。

②忍死句：东汉时，杜根曾上书要求邓太后把政治权交给安帝。太后大怒，命人把杜根装入袋中摔死，执法者同情他，让他逃过一劫。太后死后，他又复官。谭这句诗的意思是说，未能上书太后，请其归政光绪，有愧杜根。

③我自句：谭这一句诗的意思是：新党既不宜逃，又不宜谏，只有诉诸武力。今所谋既不成功，谭视死如归，亦甘之如饴。

④去留句：比喻去者和留下的都是光明磊落、肝胆相照，像昆仑山一样巍峨高大。

【译文】

望门投宿想到了东汉时的张俭，

希望你们能像东汉时的杜根那样，忍死求生，坚持斗争。
即使屠刀架在了我的脖子上，我也要仰天大笑，
出逃或留下来的同志们，都是像昆仑山一样的英雄好汉。

【赏析】

该诗是谭嗣同就义前题在狱中壁上的绝命诗。1898 年 6 月 11 日，光绪皇帝颁布“明定国是”诏书，宣布变法。1898 年 9 月 21 日，慈禧太后就发动政变，囚禁光绪皇帝并开始大肆搜捕和屠杀维新派人物。谭嗣同当时拒绝了别人请他逃走的劝告（康有为经上海逃往香港，梁启超经天津逃往日本），决心一死，愿以身殉法来唤醒和警策国人。诗的后两句，则意为：而我呢，自赴一死，慷慨激扬；仰笑苍天，凛然刑场！而留下的，将是那如莽莽昆仑一样的浩然肝胆之气！

“去留”的“去”字，这里是指一种行为趋向，意为“去留下”，“去留得”，没有很实在的意义。“去留肝胆两昆仑”这样写，是诗句表达的需要——包括平仄，全部的含义在于指代自己如莽莽昆仑一样的浩然肝胆之气。实际上，直接从字面上去解，去留下如昆仑一样的“肝”（一昆仑）和如昆仑一样的“胆”（一昆仑），这不也一样表达了诗人的视死如归、浩气凛然和慷慨悲壮吗？正是那种强烈的崇高感和悲壮感，激励着诗人不畏一死、凛然刑场。而这句所表达的，正是那种震撼人心灵的、自赴一死的强烈崇高感和强烈悲壮感。

村　居①

高　鼎（清朝）

【原文】

草长莺飞二月天，拂堤杨柳醉春烟②。

儿童散学[3]归来早，忙趁东风[4]放纸鸢[5]。

【注释】

①村居：在乡村里居住时见到的景象。

②拂堤杨柳：杨柳枝条很长，垂下来，微微摆动，像是在抚摸堤岸。醉：迷醉，陶醉。春烟：春天水泽、草木间蒸发形成的烟雾般水汽。

③散学：放学。

④东风：春风。

⑤纸鸢：泛指风筝，它是一种纸做的形状像老鹰的风筝。鸢（yuān）：老鹰。

【译文】

农历二月，村子前后青草渐渐发芽生长，黄莺飞来飞去。杨柳披着长长的绿枝条，随风摆动，好像在轻轻地抚摸着堤岸。在水泽和草木间蒸发的水汽，烟雾般的凝集着。杨柳似乎为这浓丽的景色所陶醉了。村里的孩子们放了学急忙跑回家，趁着东风把风筝放上蓝天。

【赏析】

《村居》描写出了一幅春天孩子们在村旁芳草地上放风筝的图画，是一幅自然景物和活动着的人物融合、充满生机、春意盎然的农村生活图画。

第一、二句写时间和自然景物，具体生动地描写了春天里的大自然，写出了春日农村特有的明媚、迷人的景色。早春二月，小草长出了嫩绿的芽儿，黄莺在天上飞，欢快地歌唱。堤旁的杨柳长长的枝条，轻轻地拂着地面，仿佛在春天的烟雾里醉得直摇晃。这首诗是一幅典型的春景图。“草长莺飞”四个字，把春天的一切景物都写活了，人们仿佛感受到那种万物复苏、欣欣向荣的气氛，人们的眼前也好像涌动着春的脉搏。“拂堤杨柳醉春烟”，村的原野上的杨柳，枝条柔软而细长，轻轻地拂扫着堤岸。春日的大地艳阳高照，烟雾迷蒙，微风中杨柳左右摇摆。诗人用了一个“醉”字，写活了杨柳的娇姿、柔态和神韵。

第三、四句写的是人物活动，描述了一群活泼的儿童在大好的春光里放风筝的生动情景。孩子们放学回来的早，趁着刮起的东风，放起了风筝。他们的欢声笑语，使春天更加富有朝气。儿童、东风、纸鸢，诗人选写的人和事为美好的春光平添了生机和希望。结尾两句由上两句的物而写到人，把早春的迷人与醉人渲染得淋漓尽致。

这首诗落笔明朗，用词洗练。全诗洋溢着欢快的情绪，给读者以美好的情绪感染。

论诗五首·其二

赵　翼（清朝）

【原文】

李杜①诗篇万口传，至今已觉不新鲜。
江山代有才人出②，各领风骚③数百年。

【注释】

①李杜：指李白、杜甫。

②江山代有才人出：国家代代都有很多有才情的人。

③风骚：指《诗经》中的“国风”和屈原的离骚。后来把关于诗文写作的诗叫做“风骚”。这里指在文学上有成就的“才人”的崇高地位和深远影响。

【译文】

李白和杜甫的诗篇曾经被成千上万的人传颂，
现在读起来感觉已经没有什么新意了。
国家代代都有很多有才情的人，
他们的诗篇文章以及人气都会流传数百年（流芳百世）。

【赏析】

第一、二句诗人指出，即使是李白、杜甫这样伟大的诗人，他们的诗篇也有历史局限性。第三、四句诗人呼唤创新意识，希望诗歌写作要有时代精神和个性特点，大胆创新，反对守旧。世人常常用这句诗来赞美人才辈出，或表示一代新人替换旧人，或新一代的崛起，就如滚滚长江，无法阻拦。

对酒·不惜千金买宝刀[①]

秋 瑾（清朝）

【原文】

不惜千金买宝刀，貂裘换酒[②]也堪豪。
一腔热血勤珍重，洒去犹能化碧涛[③]。

【注释】

①对酒·不惜千金买宝刀：吴芝瑛《记秋女侠遗事》提到，秋瑾在日本留学时曾购一宝刀，本诗当写于此时。这首诗表现了秋瑾轻视金钱的豪侠性格和杀身成仁的革命精神。

②貂裘换酒：以貂皮制成的衣裘换酒喝。多用来形容名士或富贵者的风流放诞和豪爽。秋瑾一女子，而作如此语，其豪侠形象跃然纸上。

③“一腔”二句：要多珍惜自己的满腔热血，将来献出它时，一定可以化成碧绿的波涛（意即掀起革命的风暴）。勤，常常，多。碧涛，用《庄子·外物》典：“苌弘死于蜀，藏其血，三年而化为碧。”苌弘是周朝的大夫，忠于祖国，遭奸臣陷害，自杀于蜀，当时的人把他的血用石匣藏起来，三年后化为碧玉。后世多以碧血指烈士流的鲜血。

【译文】

不吝惜花很多钱买一把好刀，
貂皮大衣换酒喝也算是豪迈了。
要爱惜自己的生命，
为了伟大的理想，值得抛洒鲜血，做出惊天动地的事业。

【赏析】

这首“鉴湖女侠”秋瑾的七绝《对酒》，是很多中学生都会背的，全诗是：“不惜千金买宝刀，貂裘换酒也堪豪。一腔热血勤珍重，洒去犹能化碧涛。”从诗句上看，会以为这是男性写的。其实中国的男性写的东西，多数是女性化的。秋瑾身为女性，但她时时反抗命运加给自己的性别身份。她恨苍天“苦将侬，强派作蛾眉，殊未屑！”她宣称：“身不得，男儿列，心却比，男儿烈。”将男子的豪情表露无疑。

舟夜书①所见

查慎行（清朝）

【原文】

月黑见渔灯，孤光一点萤②。
微微风簇浪③，散作满河星。

【注释】

①书：这里作动词用，是写、记的意思。
②萤：萤火虫。这里比喻灯光像萤火虫一样微弱。

③风簇浪：风吹起了波浪。簇，聚集、簇拥。

【译文】

夜黑了，见不到一点月光，渔船上孤零零的灯光好像微弱的萤火虫的光芒，微风吹起了细细的波浪，由于水波动荡，映在水面上的灯光好像化成了许多闪耀的星星。

【赏析】

虽然本诗只有二十字，却体现了诗人对自然景色细微的观察力。没有月亮的夜是看不清什么的，然而因为有一点微风，远处的一盏小如萤火的渔灯，让诗人看到了满河的星星。诗歌写出了少中有多、小中有大的哲理。同时也启发我们，只要你用心，就会发现生活中的美，美在你的心中，美在你的眼中。

“散”字是全诗的诗眼。“散”字写出了月光和渔灯倒影在水上，微风一吹，零零散散地散在水面上，给人一种画面感和静谧感。把作者所见到的景象逼真地反映出来，人们读了也仿佛身临其境。

绮 怀[①]

黄景仁（清朝）

【原文】

几回花下坐吹箫，银汉红墙入望遥。
似此星辰非昨夜，为谁风露立中宵。
缠绵思尽抽残茧，宛转心伤剥后蕉。
三五年时三五月，可怜杯酒不曾消。

【注释】

①“绮”本意为“有花纹的丝织品”，后来引申为“美丽”，“绮怀”是一种美丽的情怀。

【译文】

夜深独坐在花下吹箫，眼前红色的墙，虽然近在咫尺，却如天上的银汉一般遥遥而不可及。星辰依旧可是昨天已逝去，我为谁夜半站在风露中？缠绵的情思已尽，如抽丝的蚕茧，宛转的心已经像被剥的芭蕉。曾经在中秋之夜喝酒，而今已经酿成苦涩。

【赏析】

“绮”本意为“有花纹的丝织品”，后来引申为“美丽”，“绮怀”是一种美丽的情怀。黄仲则年轻时曾同自己的表妹两情相悦，但故事却仅有一个温馨的开始和无言的结局。正因如此，在《绮怀》之中，也笼罩着陆游《钗头凤》“山盟虽在，锦书难托”的感伤。首联“几回花下坐吹箫，银汉红墙入望遥”。明月相伴，花下吹箫，美好的相遇。但这只是一个开始。伊人所在的红墙虽然近在咫尺，却如天上的银汉一般遥不可及。

第二联“似此星辰非昨夜，为谁风露立中宵”。这是最让人称道的一联，今夜已非昨夜，昨夜的星辰，是记录着花下吹箫的浪漫故事，而今夜的星辰，却只有陪伴自己这个伤心之人。诗人是清醒的，他知道往事不可能重现，而正是因为这种清醒，才使他陷入了更深的绝望。

第三联“缠绵思尽抽残茧，宛转心伤剥后蕉”。正如诗人自己，用重重思念将自己重重包围。春蚕吐丝尽头是茧，是死，红烛流泪的尽头是灰，是死。而死，自然是人世间最为绝望的结局。“芭蕉”也是幽怨的意象，李商隐《代赠》诗有“芭蕉不展丁香结，同向春风各自愁”句。

尾联“三五年时三五月，可怜杯酒不曾消”。尾联同首联呼应，三五年时三五之月，自然是“几回花下坐吹箫”的往昔，而那时的美酒在今夜早已被酿成苦涩的酒。而这种苦涩是永远也无法消除的。因为，诗人无法不想念，也就无法同往昔和现实的夹缝之中突围出来。法国著名诗人缪塞说：“最美丽的诗歌也是最绝望的诗歌，有些不朽的篇章是纯粹的眼泪。”黄景仁的七言律诗《绮怀十六首之十五》，也正是因为这种绝望而更有了魅力。

代别离

曹雪芹（清朝）

【原文】

秋花惨淡秋草黄，耿耿[①]秋灯秋夜长。
已觉秋窗秋不尽，那堪风雨助凄凉[②]！
助秋风雨来何速？惊破秋窗秋梦绿[③]。
抱得秋情[④]不忍眠，自向秋屏移泪烛[⑤]。
泪烛摇摇爇短檠[⑥]，牵愁照恨动离情。
谁家秋院无风入？何处秋窗无雨声[⑦]？
罗衾[⑧]不奈秋风力，残漏[⑨]声催秋雨急。
连宵脉脉复飕飕[⑩]，灯前似伴离人泣。
寒烟[⑪]小院转萧条，疏竹虚窗时滴沥[⑫]。
不知风雨几时休，已教泪洒窗纱湿。

【注释】

①耿耿：微明的样子。另一义是形容心中不宁。这里字面上是前一义，要表达的意思上兼有后一义。

②助凄凉：《红楼梦》庚辰本另笔涂去“凄”字，添改作“秋”，当是为复叠“秋”字而改，有损文义，不从。

③秋梦绿：秋夜梦中所见草木葱茏的春夏景象。《红楼梦》程高本作“秋梦

续”，“续”与“惊破”相反，又与下句“不忍眠”矛盾。

④秋情：指秋天景象所引起的感伤情怀。

⑤“自向”句：暗用唐代李商隐诗《嫦娥》中“云母屏风烛影深”句意，写寂寞。泪烛，融化的蜡脂如泪，故名。也是以物写人。“移”，《红楼梦》程高本作“挑”，灯草才用“挑”，烛芯只用“剪”。

⑥摇摇：指烛焰晃动。爇，点燃。檠，灯架，蜡烛台。

⑦“谁家”二句：张若虚《春江花月夜》：“谁家今夜扁舟子？何处相思明月楼？”小说中所谓拟其格，这类句法最明显。

⑧罗衾：丝绸面子的被褥。

⑨残漏：夜里将尽的更漏声。

⑩连宵：整夜。脉脉：通“霢霢”，细雨连绵。飕飕：状声词，形容风声。

⑪寒烟：秋天的细雨或雾气。

⑫滴沥：水珠下滴。

【译文】

秋花凋谢秋草已枯黄，对着微弱的灯光更感秋夜长；窗户外无边的秋色已让人体味难尽；又哪能忍受这增添悲愁的苦雨凄风！助长秋意的风雨来得多么神速，它摇撼了秋窗惊破绿色的幻梦；我满怀秋情伤感无法入眠，独自对着秋屏移动那泪烛。摇曳的烛光燃烧到细小的灯台，它牵愁照恨惹起我满腔的离情；有哪一家的庭院此时无秋风吹入？有哪一家的窗户此刻无秋雨沙沙？这绫罗薄褥敌不过秋风阵阵，那将尽的更漏逼得秋风更急；彻夜里秋雨连绵冷风飕飕，好似在灯前伴随着离人哭泣。凄迷的寒烟笼罩着萧条的小院，疏竹间虚窗外不时见秋雨沥沥。不知这无情的风雨何时方能停息，已叫我悲泪满面泪洒窗纱湿。

【赏析】

小说中，林黛玉病卧潇湘馆，秋夜听雨声淅沥，灯下翻看《乐府杂稿》，见有《秋闺怨》、《别离怨》等词，“不觉心有所感，亦不禁发于章句，遂成《代别离》一首，拟《春江花月夜》之格，乃名其词曰《秋窗风雨夕》。”

《春江花月夜》系初唐人张若虚所作，是一首写离愁别恨的诗歌。这首诗在格调和句法上都有意模仿它。“代别离·秋窗风雨夕”，前者是乐府题。代，如同“拟”，仿作的意思。用“代”字的乐府题，南朝诗人鲍照的集中特多。一般情况下，乐府诗不另外再加题目，这里因为又仿初唐歌行《春江花月夜》而作，所以又拟一个字面上与唐诗完全对称的、更具体的诗题。

《秋窗风雨夕》的作意，如果不加深求，可以说与《葬花吟》一样，都可以看作是林黛玉伤悼身世之作，所不同的是它已没有《葬花吟》中那种抑塞之气和傲世态度，更显得苦闷、颓伤。这可以从以下的情况得到解释：林黛玉当时被病魔所缠，薛宝钗对她表示关心，使她感激之余深自悔恨，觉得往日种种烦恼皆由她自己多心而生，以至自误到今。此时林黛玉双亲都已过世，家中又别无亲人，诗中“别离”、“离情”、“离人”等用语更是用不上的。可见，要说“黛玉不觉心有所感”感的是她以往的身世遭遇是很难说得通的。这首诗只能是写一种对未来命运的隐约预感，曹雪芹的文字正有这种草蛇灰线的特点。《红楼梦曲》中写林黛玉的悲剧结局是：“想眼中能有多少泪珠儿，怎禁得秋流到冬，春流到夏！”脂砚斋所读到的潇湘馆后来的景象是：“落叶萧萧，寒烟漠漠。”这些也都在这首诗中预先作了写照。

小说中林黛玉刚写完诗搁下笔，贾宝玉就进来了，下面所描写的主要细节是：林黛玉先说贾宝玉像渔翁，接着说漏嘴，又把她自己比作“画儿上画的和戏上扮的渔婆”，因而羞红了脸。对此，用心极细的脂砚斋用批语揭示作者这样写的用意说：“妙极之文！使黛玉自己直说出夫妻来，却又云‘画的’，‘扮的’，本是闲谈，却是暗隐不吉之兆，所谓‘画中爱宠’是也。谁曰不然？”这一批语，对帮助读者理解作者写这首诗的用意，是很有启发的。

山中雪后

郑　燮（清朝）

【原文】

晨起开门雪满山，雪晴云淡日光寒。
檐流未滴梅花冻，一种清孤①不等闲②。

【注释】

①清孤：凄清孤独

②等闲：寻常、一般。

【译文】

清晨起来刚一开门，看到山头已被一场大雪覆盖。此时，天空已放晴，初升太阳的光芒，透过淡淡的白云，也变得寒冷了。房檐的积雪尚未开始融化，院落的梅花枝条仍被冰雪凝冻。这样一种清冷、孤寂的气氛，是多么不寻常啊！

【赏析】

诗歌前两句描绘了一幅清晨，雪后大地银装素裹，旭日东升，云彩淡淡（描图景）；雪后初晴、天寒地冻的景象（点氛围）的画面。

“檐流未滴梅花冻，一种清孤不等闲”运用了衬托的手法。（明手法）“檐流未滴”“梅花冻”突出了天气的寒冷，“清孤不等闲”则突出了梅花坚强不屈的性格（绘图景），作者托物言志，含蓄地表现了作者清高坚韧的性格和洁身自好的品质（析情感）。

问 菊

曹雪芹（清朝）

【原文】

欲讯秋情①众莫知，喃喃负手扣东篱②。
孤标③傲世偕谁隐，一样花开为底④迟？
圃露庭霜何寂寞，雁归蛩⑤病可相思？
休言举世无谈者，解语⑥何妨话片时。

【注释】

①秋情：即中间两联所问到的那种思想情怀。因“众莫知”而唯有菊可认作知己，故问之。

②喃喃：不停地低声说话。负手：把两手交放在背后，是有所思的样子。叩：询问。东篱：指代菊。

③孤标：孤高的品格。标，标格。

④为底：为什么这样。底，何。

⑤蛩：蟋蟀。

⑥解语：能说话。在这里的意思是如果花能说话的话。语出王仁裕《开元天宝遗事》中唐玄宗把贵妃比作“解语花”事。

【译文】

想打听秋天菊花的消息可没人知道，我只好背手漫步去悄悄地询问东篱下的秋菊：“孤高傲世的你想与谁一同归隐？在花开的季节，你为何迟迟不开？

满园露水，街庭严霜，你是否感到寂寞？大雁南归，蟀蟋悲鸣，你是否倍感相思？请不要说人世间没有你的知已，何不妨解人语与我一块谈谈心。”

【赏析】

林黛玉所写的三首诗被评为菊花诗最佳。其中《咏菊》第一，此诗第二。如果作者只是为了表现她的诗才出众，就不会在前面咏白海棠时要让湘云“压倒群芳”，在后面讽和螃蟹咏时却又称宝钗之作为“绝唱”。原来作者还让所咏之物的“品质”去暗合吟咏它的人物。咏物抒情，恐怕没有谁能比黛玉的身世和气质更与菊相适合的了，她比别人能更充分、真实、自然地表达自己的思想感情，是完全合乎情理的。《问菊》就是黛玉问自己，菊花的寂寞正是女诗人孤独心理的深切写照。

芙蓉女儿诔[1]

曹雪芹（清朝）

【原文】

维太平不易之元[2]，蓉桂竞芳之月[3]，无可奈何之日，怡红院浊玉，谨以群花之蕊，冰鲛之縠[4]，沁芳之泉，枫露之茗，四者虽微，聊以达诚申信，乃致祭于白帝[5]宫中抚司秋艳芙蓉女儿之前曰：

窃思女儿自临浊世，迄今凡十有六载（16 年）。其先之乡籍姓氏，湮沦而莫能考者久矣。而玉得于衾枕栉沐之间，栖息宴游之夕，亲昵狎亵，相与共处者，仅五年八月有奇。

忆女儿曩[6]生之昔，其为质则金玉不足喻其贵，其为性则冰雪不足喻其洁，其为神则星日不足喻其精，其为貌则花月不足喻其色[7]。姊娣悉慕媖娴[8]，妪媪咸仰惠德。

孰料鸠鸩恶其高，鹰鸷翻遭罦罬[9]；薋葹妒其臭[10]，茝兰竟被芟鉏[11]！花原自怯，岂奈狂飙；柳本多愁，何禁骤雨！偶遭蛊虿[12]之谗，遂抱膏肓之疚[13]。故樱唇红褪，韵吐呻吟；杏脸香枯，色陈顑颔[14]。诼谣謑诟[15]，出自屏帏；荆棘蓬榛，蔓延户牖[16]。岂招尤则替，实攘诟而终[17]。既忳幽沉[18]于不尽，复含罔屈[19]于无穷。高标见嫉，闺帏恨比长沙[20]；直烈遭危，巾帼惨于羽野[21]。自蓄辛酸，谁怜夭折？仙云既散，芳趾难寻。洲迷聚窟，何来却死之香[22]？海失灵槎，不获回生之药[23]。

眉黛烟青，昨犹我画；指环玉冷，今倩[24]谁温？鼎炉之剩药犹存，襟泪之余痕尚渍。镜分鸾别，愁开麝月之奁[25]；梳化龙飞，哀折檀云之齿[26]。委金钿于草莽，拾翠盒于尘埃[27]。楼空鳷鹊，徒悬七夕之针[28]；带断鸳鸯[29]，谁续五丝之缕[30]？

况乃金天属节，白帝司时，孤衾有梦，空室无人。桐阶月暗，芳魂与倩影同销；蓉帐香残，娇喘共细语俱绝。连天衰草，岂独蒹葭[31]；匝地悲声，无非蟋蟀。露阶晚砌，穿帘不度寒砧[32]；雨荔秋垣，隔院希闻怨笛[33]。芳名未泯，檐前鹦鹉[34]犹呼；艳质将亡，槛外海棠预萎。捉迷屏后，莲瓣无声；斗草庭前，兰芳枉待。抛残绣线，银笺彩缕[35]谁裁？褶断冰丝，金斗御香未熨[36]。

昨承严命，既趋车而远陟芳园；今犯慈威，复拄杖[37]而遽抛孤柩。及闻蕙棺被燹，惭违共穴之情；石椁成灾，愧逮同灰之诮[38]。

尔乃[39]西风古寺，淹滞青燐[40]，落日荒丘，零星白骨。楸榆飒飒，蓬艾萧萧。隔雾圹[41]以啼猿，绕烟塍[42]而泣鬼。岂道红绡帐里，公子情深；始信黄土陇中，女儿命薄！汝南泪血[43]，洒向西风；梓泽馀衷[44]，诉凭冷月。

呜呼！固鬼蜮[45]之为灾，岂神灵而亦妒？箝诐奴[46]之口，讨岂从宽？剖悍妇之心，忿犹未释！在卿之尘缘虽浅，而玉之鄙意尤深。因蓄惓惓[47]之思，不禁谆谆之问。

始知上帝垂旌[48]，花宫待诏[49]，生侪兰蕙，死辖芙蓉。听小婢之言，似涉无稽；据浊玉之思，深为有据。何也：昔叶法善摄魂以撰碑[50]，李长吉被诏而为记[51]，事虽殊其理则一也。故相物以配才，苟非其人，恶乃滥乎？始信上帝委托权衡，可谓至洽至协，庶不负其所秉赋也。因希其不昧之灵，或陟降[52]于兹，特不揣鄙俗之词，有污慧听。乃歌而招之曰：

天何如是之苍苍兮，乘玉虬[53]以游乎穹窿耶？

地何如是之茫茫兮，驾瑶象[54]以降乎泉壤耶？

望伞盖之陆离兮，抑箕尾[55]之光耶？
列羽葆而为前导兮，卫危虚于傍耶？
驱丰隆以为庇从兮，望舒[56]月以临耶？
听车轨而伊轧兮，御鸾鹥以征耶？
闻馥郁而薆[57]然兮，纫蘅杜以为纕[58]耶？
斓裙裾之烁烁兮，镂明月以为珰[59]耶？
借葳蕤而成坛畤[60]兮，檠莲焰[61]以烛兰膏耶？
文瓠瓟以为觯斝[62]兮，漉醽醁[63]以浮桂醑耶？
瞻云气而凝盼兮，仿佛有所觇耶？
俯窈窕[64]而属耳兮，恍惚有所闻耶？
期汗漫而无夭阏[65]兮，捐弃予于尘埃耶？
倩风廉之为余驱车兮，冀联辔而携归耶？
余中心为之慨然兮，徒嗷嗷而何为耶？
卿偃然而长寝兮，岂天运之变于斯耶？
既窀穸[66]且安稳兮，反其真[67]而又奚化耶？
余犹桎梏而悬附[68]兮，灵格余以嗟来[69]耶？
来兮止兮，卿其来耶？

若夫鸿蒙而居，寂静以处，虽临于兹，余亦莫睹。搴[70]烟萝而为步障，列苍蒲而森行伍。警柳眼[71]之贪眠，释莲心[72]之味苦。素女[73]约于桂岩，宓妃[74]迎于兰渚。弄玉吹笙[75]，寒簧击敔[76]。征嵩岳之妃[77]，启骊山之姥[78]。龟呈洛浦之灵[79]，兽作咸池之舞[80]。潜赤水[81]兮龙吟，集珠林[82]兮凤翥。爰格爰诚[83]，匪簠匪莒[84]。发轫[85]乎霞城，还旌乎玄圃[86]。既显微而若通[87]，复氤氲[88]而倏阻。离合兮烟云，空蒙兮雾雨。尘霾敛兮星高，溪山丽兮月午。何心意之忡忡[89]，若寤寐之栩栩？余乃欷歔怅怏，泣涕彷徨。人语兮寂历，天籁兮篔筜[90]。鸟惊散而飞，鱼唼喋[91]以响。志哀兮是祷，成礼兮期祥。呜呼哀哉！尚飨[92]！

【注释】

①诔（lěi）：古代叙述死者生平，表示哀悼（多用于上对下）：贱不～贵，

幼不～长。这类哀悼死者的文章：做～。～文。

②维太平不易之元：诔这一文体的格式，开头应当先交代年月日。作者想脱去“伤时骂世”、“干涉朝廷”的罪名，免遭文字之祸，称小说“无朝代年纪可考”，不得已，才想出这样的名目。第13回秦可卿的丧榜上书有“奉天永建太平之国”、14回出殡的铭旌上也大书“奉天洪建兆年不易之朝”等字样。表面上彷佛都是歌颂升平，放在具体事件、环境中，恰恰又成了绝妙的嘲讽。维，语助词。元，纪年。

③蓉桂竞芳之月：指农历八月。

④冰鲛之縠（hú）：传说鲛人居南海中，如鱼，滴泪成珠，善机织，所织之绡，明洁如冰，暑天令人凉快，以此命名。縠，有皱纹的纱。“冰鲛之縠”与下文的“沁芳之泉”、“枫露之茗”都见于小说情节之中。

⑤白帝：五行之说：古人以百物配五行（金、木、水、火、土）。如春天属木，其味为酸，其色为青，司时之神就叫青帝；秋天属金，其味为辛，其色为白，司时之神就叫白帝，等等。故下文有“金天属节，白帝司时”等语。

⑥曩（nǎng）：从前，以往。

⑦“其为质”四句：仿效唐代诗人杜牧《李长吉歌诗叙》中语：“云烟绵联，不足为其态也；水之迢迢，不足为其情也；春之盎盎，不足为其和也；秋之明洁，不足为其格也……”。

⑧嫈娴（yīng xián）：美好文雅。嫈，女子美好。娴，文雅。

⑨“孰料”二句：诔文用了许多《楚辞》里的词语，大半都寄托着作者的爱憎。如“鹰鸷”用《离骚》的“鸷鸟（猛禽，鹰属）之不群兮，自前世而固然。何方圜（圆）之能周（相合）兮，夫孰（怎能）异道而相安？”原为屈原表达与楚国贵族抗争的不屈精神；与此相反，“鸠鸩（jiū zhèn ）”之类恶鸟就表示那股黑暗势力，因为鸠多鸣，像人话多而不实；鸩传说羽毒，能杀人。其它如下文中作为香花的“茝兰”、“蘅杜”，作为恶草的“薋葹”，也表示这两种力量的对立。“顑颔”则表示屈原受到压抑而憔悴，“诼谣”则表示黑暗势力搞阴谋诡计。又如一些讲车仗仪卫的用语，像“玉虬”、“瑶象”和“丰隆”、“望舒”等，也都是美好的事物和明洁正道的神祇，用来表现屈原“志洁行芳”、不同流合污的精神。曹雪芹在此用以表现自己对叛逆的女奴与恶浊势力进行斗争的同情，同时又寄托着

自己对当时现实黑暗政治的不满。罦罬（fú zhuó），捕鸟的网，这里是被网捕获的意思。

⑩薋葹（zī shī）：苍耳和蒺藜，泛指恶草。臭（xiù）：气味，这里指香气。

⑪茝（chǎi）兰：香草。芟（shān）：割草，引申为除去。鉏（chú）：可编席的草。即“锄”。

⑫蛊虿（gǔ chài）：害人的毒虫，这里是阴谋毒害人的意思。蛊，传说把许多毒虫放在一起，使互相咬杀，最后剩下不死的叫蛊，以为可用来毒害人。虿，是古书中说的蝎子一类毒虫。

⑬膏肓：心以下横膈膜以上的部分。古人以为病进入这个部位就无法医治（见《左传·成公十年》）。疚（jiù），疾病。

⑭顑颔（kǎn hàn）：因饥饿而面色干黄憔悴。

⑮诼（zhuó）谣：造谣中伤。謑（xī）诟：嘲讽辱骂。

⑯户牖（yǒu）：门和窗户。牖，窗户。

⑰“岂招尤”二句：程高本中此二句被删去。招尤则替，自招过失而受损害。替，废。攘诟，蒙受耻辱（语出《离骚》）。

⑱忳（tún）：忧郁。《离骚》：“忳郁邑余侘傺兮。”幽沉：指隐藏在内心深处的怨恨。

⑲罔屈：冤屈。罔，不直为罔。

⑳长沙：指贾谊，汉文帝时著名政治家。他主张加强中央集权，削减地方王侯权势，年纪很轻就担任朝廷里的重要职务。后来受到权贵排斥，被贬逐为长沙王太傅（辅佐官），33岁就郁郁而死。后人常称他贾长沙。

㉑“直烈”二句：古代神话：禹的父亲鲧（gǔn）没有天帝的命令，就擅自拿息壤（一种可以生长不息的神土，能堵塞洪水）治洪水，天帝就叫祝融将他杀死在羽山的荒野（据《山海经·海内经》）。屈原在《离骚》中说“鲧婞（xìng，倔强）直以亡身兮”，大胆肯定了鲧的耿介正直。“直烈”正是用了屈原的话；也正因为鲧是男子，所以诔文引来与芙蓉女儿相比，以反衬“巾帼”遭遇之惨甚于男子，与上一句引贾谊同。小说的续补者传统观念很深，像历来极大多数封建士大夫一样，把窃神土救洪灾的鲧和头触不周山的共工这一类具有斗争性、反抗性的人物看作坏人，将原稿这一句改为“贞烈遭危，巾帼惨于雁塞”（程高本），

换成王昭君出塞和亲事。这一改，不仅有碍文理，且在思想性上也削弱了原稿中的叛逆精神。

㉒“洲迷”二句：传说西海中有聚窟洲，洲上有大树，香闻数百里，叫做返魂树，煎汁制丸，叫做振灵丸，或名却死香，能起死回生（见《十洲记》）。迷，迷失方向，不知去路。

㉓“海失”二句：传说东海中蓬莱仙岛上有不死之药，秦代有个徐福，带了许多童男女入海寻找，一去就没有回来。槎，筏子，借作船义。又海上有浮灵槎泛天河事，乘槎游仙的传说，见于《博物志》：银河与海相通，居海岛者，年年八月定期可见有木筏从水上来去。有人便带了粮食，乘上木筏而去，结果碰到了牛郎织女。这里捏合而用之。

㉔倩：请人替自己做事。

㉕“镜分”二句：传说罽（jì）宾（汉代西域国名）王捉到鸾鸟一只，很喜欢，但养了三年它都不肯叫。听说鸟见了同类才鸣，就挂一面镜子让它照。鸾见影，悲鸣冲天，一奋而死。后多称镜为鸾镜（见《异苑》）。又兼用南陈太子舍人徐德言与乐昌公主夫妻乱离中分别，各执破镜之半，后得以重逢团圆事（见《古今诗话》）。麝月，巧用丫头名，谐“射月”，同时指镜。奁（lián），女子盛梳妆用品的匣子。

㉖“梳化”二句：晋人陶侃悬梭于壁，梭化龙飞去（见《异苑》）。这里可能是曹雪芹为切合晴雯、宝玉的情事而改梭为梳的。檀云，丫头名，也是巧用。檀云之齿，檀木梳的齿。麝月檀云，一奁一梳，皆物是人非之意。注：（檀云：首见第24回，贾宝玉的丫环。她的故事可能在作者早期增删《石头记》时即已略去，故作品仅第24回、34回、52回简单地提及她，但在宝玉的诗文中，却留下了这些故事的蛛丝马迹，第78回《芙蓉女儿诔》：“梳化龙飞，哀折檀云之齿。”这应该是宝玉、檀云、晴雯三人之间的一段小纠纷或小插曲，第23回《夏夜即事》：“室霭檀云品御香。”看来，初稿的23回之前，还有檀云焚香的故事。）

㉗“委金”二句：谓人已死去，首饰都掉在地上。白居易《长恨歌》：“花钿委地无人收，翠翘金雀玉搔头。”钿（diàn），金翠珠宝制成的花形首饰。翘（qiáo），古代妇女的发饰。

㉘“楼空”二句：《荆楚岁时记》：“七夕人家妇女结彩缕，穿七孔针，陈

瓜果于庭中，以乞巧。”鳷鹊，汉武帝所建的楼观名，这里指华丽的楼阁。与“七夕之针”连在一起，可能由李贺《七夕》诗“鹊辞穿线月”联想而来，但鳷鹊与鹊不是同一种鸟。另：鳷鹊为汉章帝时条支国进贡的异鸟，王嘉《拾遗记·后汉》：“章帝永宁元年，条支国来贡异瑞，有鸟名鳷鹊，形高七尺，解人语。”

㉙带断鸳鸯：比喻情人分离。可能用唐人张祜诗：“鸳鸯钿带抛何处？孔雀罗衫付阿谁？”

㉚五丝之缕：指七夕所结之“彩缕”。又王嘉《拾遗记》：“因祇之国，其人善织，以五色丝内于口中，手引而结之，则成文锦。”晴雯工织，用此亦合。

㉛蒹葭（jiān jiā）：芦苇。《诗经·秦风·蒹葭》：“蒹葭苍苍，白露为霜。所谓伊人，在水一方……”，表达了男主人公对女子的爱慕和想念。

㉜不度寒砧：这里是说人已死去，不再有捣衣的砧声传来。度，传。寒砧，古代妇女每于秋夜捣衣，故称寒砧。砧，捣衣石。

㉝怨笛：《晋书·向秀传》：向秀跟嵇康、吕安很友好。后嵇、吕被杀，向秀一次经过这两个人的旧居，听见邻人吹笛，声音嘹亮，向秀非常伤感，写了一篇《思旧赋》。后人称这个故事为“山阳闻笛”。又唐人小说《步飞烟传》里有“笛声空怨赵王伦”的诗句，说的是赵王因索取石崇家的吹笛美人绿珠未成而陷害石崇一家的事，诔文可能兼用此事。

㉞鹦鹉：与下文中的海棠、捉迷、斗草等皆小说中情节，有的原不属晴雯，如鹦鹉写在潇湘馆，有的是广义的，如捉迷即可指晴雯偷听宝玉在麝月前议论她事。

㉟银笺：白纸。与上句“抛残绣线”联系起来，当指刺绣所用的纸样。彩缕：庚辰本作“彩缮”，有误；程乙本作“彩袖”，当是臆改。今从戚序本。

㊱“金斗”句：语用秦观《如梦令》“睡起熨沉香，玉腕不胜金斗”句。

㊲柱杖：说自己带病前往，因哀痛所致。近抛：路虽近而不能保住的意思，与上句“远涉”为对。程乙本作“遣抛”，戚序本作“遽抛”，庚辰本缺字。今从乾隆抄本120回红楼梦稿。

㊳“及闻”四句：意谓宝玉不能与芙蓉女儿化烟化灰，对因此而将受到讥诮和非议感到惭愧。椁（huì）棺，棺材。椁，古代一种小棺材。燹（xiǎn）：野火。引申为烧。共穴之盟，死当同葬的盟约。穴，墓穴。椁（guǒ），棺外的套棺。迨（dài），

及。同灰，李白《长干行》："十五始展眉，愿同尘与灰。"本谓夫妇爱情之坚贞。宝玉曾说过将来要和大观园里的女孩子们一同化烟化灰。

㊴尔乃：发语词。赋中常见，不能解作"你是"。下文"若夫"也是发语词。

㊵淹滞青燐：青色的燐火缓缓飘动。骨中磷质遇到空气燃烧而发的光，从前人们误以为鬼火。

㊶圹：坟墓。

㊷塍（chéng）：田间的土埂。

㊸汝南泪血：宝玉以汝南王自比，以汝南王爱妾刘碧玉比晴雯。《乐府诗集》有《碧玉歌》引《乐苑》曰："《碧玉歌》者，宋汝南王所作也。碧玉，汝南王妾名，以宠爱之甚，所以歌之。"梁元帝《采莲赋》："碧玉小家女，来嫁汝南王。"汝南、碧玉与石崇、绿珠同时并用，始于唐代王维《洛阳女儿行》："狂夫富贵在青春，意气骄奢剧季伦。自怜碧玉亲教舞，不惜珊瑚持与人。"

㊹梓泽馀衷：用石崇、绿珠事。《晋书·石崇传》：崇有妓曰绿珠，美而艳，善吹笛。孙秀使人求之，崇勃然曰："绿珠吾所爱，不可得也！"秀怒，矫诏（诈称皇帝的命令）收（捕）崇。崇正宴于楼上，介士（武士）到门，崇谓绿珠曰："我今为尔得罪！"绿珠泣曰："当效死于君前。"因自投于楼下而死。石崇有别馆在河阳的金谷，一名梓泽。作者同时人明义《题红楼梦》诗："馔玉炊金未几春，王孙瘦损骨嶙峋。青娥红粉归何处？惭愧当年石季伦！"也用石崇的典故。这除了有亲近的女子不能保全的思想外，尚能说明灾祸来临与政治有关，诔文正有着这方面的寄托。

㊺蜮（yù）：传说中水边的一种害人虫，能含沙射人的影子，人被射后要害病。《诗·小雅·何人斯》"为鬼为蜮。"陆德明释文："（蜮）状如鳖，三足，一名射工，俗呼之水弩。在水中含沙射人，一曰射人影。"这里指用阴谋诡计暗害人的人。

㊻箝：同"钳"，夹住，引申为封闭。《庄子·胠箧》："箝扬、墨之口。"诐（bì）奴：与下句的悍妇都指王善保家的和周瑞家的一伙迎上欺下、狗仗人势的奴才管家们。小说中曾写她们在王夫人前进谗言，"治倒了晴雯"。诐，奸邪而善辨，引申为弄舌。

㊼惓（quán）惓：同"拳拳"，情意深厚的意思。

㊽垂旌：用竿挑着旌旗，作为使者征召的信号。

㊾待诏：本汉代官职名。这里是等待上帝的诏命，即供职的意思。

㊿叶法善摄魂以撰碑：相传唐代的术士叶法善把当时有名的文人和书法家李邕的灵魂从梦中摄去，给他的祖父叶有道撰述并书写碑文，世称“追魂碑”（见《处州府志》）。

51李长吉被诏而为记：李长吉，即李贺。唐代诗人李商隐作《李长吉小传》说，李贺死时，他家人见绯衣人驾赤虬来召李贺，说是上帝建成了白玉楼，叫他去写记文。还说天上比较快乐，不像人间悲苦，要李贺不必推辞。

52陟降：陟是上升，降是下降。古籍里“陟降”一词往往只用偏义，或谓上升或谓下降。这里是降临的意思。

53玉虬（qiú）：白玉色的无角龙。后文的“鹥”（yī）是凤凰。屈原《离骚》：“驷玉虬以乘鹥兮。”穹窿：天看上去中间高，四方下垂像篷帐，所以称穹窿。

54瑶象：指美玉和象牙制成的车子。屈原《离骚》：“为余驾飞龙兮，杂瑶象以为车。”

55箕尾：箕星和尾星，和下文的虚、危都是属于28宿星座的名称。古代神话，商王的相叫傅说（悦），死后精神寄托于箕星和尾星之间，叫做“骑箕尾”（见《庄子·大宗师》）。这里隐指芙蓉女儿的灵魂。

56丰隆：神话中的云神（一作雷神）。下句中的“望舒”为驾月车的神。后文的“云廉”即“飞廉”，是风神。《离骚》：“吾令丰隆乘云兮，求宓妃之所在。”又“前望舒使先驱兮，后飞廉使奔属。”“望舒”之“望”，在诔文中兼作动词用。

57薆（ài）：盛。

58纫蘅杜以为纕：把蘅、纕杜等香草串连起来作为身上的佩带。纕，佩带。《离骚》：“纫秋兰以为佩。”

59珰：耳坠子。古乐府《焦仲卿妻》：“耳著明月珰。”

60葳蕤（wēi ruí）：花草茂盛的样子。畤（zhì）：古时帝王祭天地五帝之所。

61檠莲焰：在灯台里点燃起莲花似的灯焰。檠，灯台。烛兰膏：烧香油。

62瓟瓠（bó hú）：葫芦之类瓜，硬壳可作酒器。程乙本作“瓠瓟”，今依脂本顺序。《广韵》：“瓟瓠可为饮器。”瓠，庚辰、戚序本作“匏”，这是“瓠”的别写。觯斝（zhì jiǎ）：古代两种酒器名。

⑥③醽醁（líng lù）：美酒名。

⑥④窈窕：深远貌。

⑥⑤汗漫：古代传说：有个叫卢敖的碰到名叫若士的仙人，向他请教，若士用“吾与汗漫期于九垓之外”的理由拒绝了他的请求（见《淮南子·道应训》。汗漫是一个拟名，寓有混混茫茫不可知见的意思。九垓，即九天。夭阏（è）：亦作“夭遏”，阻挡。

⑥⑥窀穸（zhūn xī）：墓穴。

⑥⑦反其真：返回到本源，指死（语出《庄子·大宗师》）。

⑥⑧悬附：“悬疣附赘”的简称，指瘤和瘪肉，是身体上多余的东西。《庄子·大宗师》：“彼以生为附赘悬疣，以死为决疣溃痈。”这是厌世主义的比喻。

⑥⑨灵：灵魂，指晴雯的灵魂。格：感通。嗟来：招唤灵魂到来的话。《庄子·大宗师》：“嗟来桑户乎！嗟来桑户乎！”桑户，人名，他的朋友招他的魂时这样说。

⑦⓪搴（qiān）：拔取。

⑦①柳眼：柳叶细长如眼，所以这样说。

⑦②莲心：莲心味苦，古乐府中常喻男女思念之苦，并用“莲心”谐音“怜心”。

⑦③素女：神女名，善弹瑟（见《史记·封禅书》）。

⑦④宓（fú）妃：传说她是伏羲氏的女儿，淹死在洛水中，成了洛神。

⑦⑤弄玉吹笙：相传秦穆公之女弄玉善吹笙，嫁与萧史，萧善吹箫，能作凤鸣，后引来凤凰，夫妻随凤化仙飞去（见汉代刘向《列仙传》及明代陈耀文《天中记》）。

⑦⑥寒簧：仙女名，偶因一笑下谪人间，后深海而复归月府（见明代叶绍袁《午梦堂集·续窈闻记》）。洪升《长生殿》借为月中仙子。敔（yǔ）：古代的一种乐器，形状如一只伏着的老虎。

⑦⑦嵩岳之妃：指灵妃。《旧唐书·礼仪志》：武则天临朝时，“下制号嵩山为神岳，尊嵩山神为天中王，夫人为灵妃”。韩愈《谁氏子》诗：“或云欲学吹凤笙，所慕灵妃媲萧史。”可知灵妃也是善于吹笙的。

⑦⑧骊山之姥（mǔ）：《汉书·律历志》中说殷周时有骊山女子为天子，才艺出众，所以传闻后世。到了唐宋以后，就传为女仙，并尊称为“姥”或“老母”。又《搜神记》中说有个神妪叫成夫人，好音乐，每听到有人奏乐歌唱，便跳起舞来。

所以李贺《李凭箜篌引》中有“梦入神山教神妪”的诗句。这里可能是兼用两事。

⑲“龟呈”句：古代传说，夏禹治水，洛水中有神龟背着文书来献给他（见《尚书·洪范》汉代孔安国传）。又传说黄帝东巡黄河，过洛水，黄河中的龙背了图来献，洛水中的乌龟背了书来献，上面都是赤文篆字（见《汉书·五行志》正义引刘向说）。

⑳“兽作”句：舜时，夔作乐，百兽都一起跳舞（见《史记·五帝本纪》）。咸池，是尧的乐曲名，一说是黄帝的乐曲。

㉑赤水：神话中地名。

㉒珠林：也称珠树林、三株（又作“珠”）树，传说“树如柏，叶皆为珠”（见《山海经》）。凤翥（zhù）：凤凰在飞翔。凤集珠林，见《异苑》。

㉓爰格爰诚：这种句法，在《诗经》等古籍中屡见，在多数情况下，“爰”只能作连接两个意义相近的词的语助词。格，在这里是感动的意思，如“格于皇天”。

㉔匪簠（fǔ）匪莒（jǔ）：意谓祭在心诚，不在供品。匪，通“非”。簠、莒，古代祭祀和宴会用的盛粮食的器皿。

㉕发轫（rèn）：启程，出发。轫，阻碍车轮转动的木棍，车发动时须抽去。霞城：神话以为元始天尊居紫云之阁，碧霞为城。后以碧霞城或霞城为神仙居处（见孙绰《游天台山赋序》）。

㉖玄圃：亦作“县圃”，神仙居处，传说在昆仑山上。《离骚》：“朝发轫于苍梧兮，夕余至乎县圃。”

㉗通：程乙本作“逋”，误。

㉘氤氲（yīn yūn）：烟云笼罩。

㉙忡忡：忧愁的样子。

㉚篔筜：一种长节的竹子。

㉛唼喋（shà zhá）：水鸟或水面上鱼儿争食的声音。

㉜尚飨：古时祭文中的固定词，意谓望死者前来享用祭品。

【译文】

千秋万岁太平年，芙蓉桂花飘香月，无可奈何伤怀日，怡红院浊玉，谨以百花蕊为香，冰鲛縠为帛，取来沁芳亭泉水，敬上枫露茶一杯。这四件东西虽然微薄，姑且借此表示自己一番诚挚恳切的心意，将它放在白帝宫中管辖秋花之神芙蓉女儿的面前，而祭奠说：

我默默思念：姑娘自从降临这污浊的人世，至今已有十六年了。你先辈的籍贯和姓氏，都早已湮没，无从查考，而我能够与你在起居梳洗、饮食玩乐之中亲密无间地相处，仅仅只有五年八个月多一点的时间啊！

回想姑娘当初活着的时候，你的品质，黄金美玉难以比喻其高贵；你的心地，晶冰白雪难以比喻其纯洁；你的神智，明星朗日难以比喻其光华；你的容貌，春花秋月难以比喻其娇美。姊妹们都爱慕你的娴雅，婆妈们都敬仰你的贤惠。

可是，谁能料到恶鸟仇恨高翔，雄鹰反而遭到网获；臭草妒忌芬芳，香兰竟然被人剪除。花儿原来就怯弱，怎么能对付狂风？柳枝本来就多愁，如何禁得起暴雨？一旦遭受恶毒的诽谤，随即得了不治之症。所以，樱桃般的嘴唇，褪去鲜红，而发出了呻吟的声音；甜杏似的脸庞，丧失芳香，而呈现出憔悴的病容。流言蜚语，产生于屏内幕后；荆棘毒草，爬满了门前窗口。哪里是自招罪愆而丧生，实在乃蒙受垢辱而致死。你是既怀着不尽的忧忿，又含着无穷的冤屈呵！高尚的品格，被人妒忌，闺女的愤恨恰似受打击被贬到长沙去的贾谊；刚烈的气节，遭到暗伤，姑娘的悲惨超过窃神土救洪灾被杀在羽野的鲧。独自怀着无限辛酸，有谁可怜不幸夭亡？你既像仙家的云彩那样消散，我又到哪里去寻找你的踪迹？无法知道聚窟洲的去路，从哪里来不死的神香？没有仙筏能渡海到蓬莱，也得不到回生的妙药。

你眉毛上黛色如青烟缥缈，昨天还是我亲手描画；你手上的指环已玉质冰凉，如今又有谁把它焐暖？炉罐里的药渣依然留存，衣襟上的泪痕至今未干。镜已破碎，鸾鸟失偶，我满怀愁绪，不忍打开麝月的镜匣；梳亦化去，云龙飞升，折损檀云的梳齿，我便哀伤不已。你那镶嵌着金玉的珠花，被委弃在杂草丛中，翡翠发饰落在尘土里，被人拾走。鳷鹊楼人去楼空，七月七日牛女鹊桥相会的夜晚，你已不再向针眼中穿线乞巧；鸳鸯带空馀断缕，哪一个能够用五色的丝线再把它接续起来？

况且，正当秋天，五行属金，西方白帝，应时司令。孤单的被褥中虽然有梦，空寂的房子里已经无人。在种着梧桐树的台阶前，月色多么昏暗！你芬芳的魂魄和美丽的姿影一同逝去；在绣着芙蓉花的纱帐里，香气已经消散，你娇弱的喘息和细微的话语也都灭绝。一望无际的衰草，又何止芦苇苍茫！遍地凄凉的声音，无非是蟋蟀悲鸣。点点夜露，洒在覆盖着青苔的阶石上，捣衣砧的声音不再穿过帘子进来；阵阵秋雨打在爬满了薜荔的墙垣上，也难听到隔壁院子里哀怨的笛声。你的名字尚在耳边，屋檐前的鹦鹉还在叫唤；你的生命行将结束，栏杆外的海棠就预先枯萎。过去，你躲在屏风后捉迷藏，现在，听不到你的脚步声了；从前，你去到庭院前斗草，如今，那些香草香花也白白等待你去采摘了！刺绣的线已经丢弃，还有谁来裁纸样、定颜色？洁白的绢已经断裂，也无人去烧熨斗、燃香料了！

昨天，我奉严父之命，有事乘车远出家门，既来不及与你诀别；今天，我不管慈母会发怒，拄着杖前来吊唁，谁知你的灵柩又被人抬走。及至听到你的棺木被焚烧的消息，我顿时感到自己已违背了与你死同墓穴的誓盟。你的长眠之所竟遭受如此的灾祸，我深深惭愧曾对你说过要同化灰尘的旧话。

看那西风古寺旁，青燐徘徊不去；落日下的荒坟上，白骨散乱难收！听那楸树榆木飒飒作响，蓬草艾叶萧萧低吟！哀猿隔着雾腾腾的墓窟啼叫，冤鬼绕着烟蒙蒙的田塍啼哭。原来以为红绡帐里的公子，感情特别深厚，现在始信黄土堆中的姑娘，命运实在悲惨！我正如汝南王失去了碧玉，斑斑泪血只能向西风挥洒；又好比石季伦保不住绿珠，这默默衷情惟有对冷月倾诉。

啊！这本是鬼蜮阴谋制造的灾祸，哪里是老天妒忌我们的情谊！钳住长舌奴才的烂嘴，我的诛伐岂肯从宽！剖开凶狠妇人的黑心，我的愤恨也难消除！你在世上的缘分虽浅，而我对你的情意却深。因为我怀着一片痴情，难免就老是问个不停。

现在才知道上帝传下了旨意，封你为花宫待诏。活着时，你既与兰蕙为伴；死了后，就请你当芙蓉主人。听小丫头的话，似乎荒唐无稽，以我浊玉想来，实在颇有依据。为什么呢？从前唐代的叶法善就曾把李邕的魂魄从梦中摄走，叫他写碑文；诗人李贺也被上帝派人召去，请他给白玉楼作记。事情虽然不同，道理则是一样的。所以，什么事物都要找到能够与它相配的人，假如这个人不配管这件事，那岂不是用人太滥了吗？现在，我才相信上帝衡量一个人，把事情托付给他，可谓恰当妥善之极，将不至于辜负他的品性和才能。所以，我希望你不灭的灵魂能降临到这里。我特地不揣鄙陋粗俗，把这番话说给你听，并作一首歌来招唤你的灵魂，说：

天空为什么这样苍苍啊！
是你驾着玉龙在天庭遨游吗？
大地为什么这样茫茫啊！
是你乘着象牙的车降临九泉之下吗？
看那宝伞多么绚烂啊！
是你所骑的箕星和尾星的光芒吗？
排开装饰着羽毛的华盖在前开路啊！
是危星和虚星卫护着你两旁吗？
让云神随行作为侍从啊！
你望着那赶月车的神来送你走吗？
听车轴咿咿呀呀响啊！
是你驾驭着鸾凤出游吗？
闻到扑鼻的香气飘来啊！
是你把杜蘅串联成佩带吗？
衣裙是何等光彩夺目啊！
是你把明月镂成了耳坠子吗？
借繁茂的花叶作为祭坛啊！
是你点燃了灯火烧着了香油吗？
在葫芦上雕刻花纹作为饮器啊！
是你在酌绿酒饮桂浆吗？
抬眼望天上的烟云而凝视啊！
我仿佛窥察到了什么；
俯首向深远的地方而侧耳啊！
我恍惚倾听到了什么。
你和茫茫大士约会在无限遥远的地方吗？
怎么就忍心把我抛弃在这尘世上呢！
请风神为我赶车啊！
你能带着我一起乘车而去吗？
我的心里为此而感慨万分啊！

白白地哀叹悲号有什么用呢？
你静静地长眠不醒了啊！
难道说天道变幻就是这样的吗？
既然墓穴是如此安稳啊！
你死后又何必要化仙而去呢？
我至今还身受桎梏而成为这世上的累赘啊！
你的神灵能有所感应而到我这里来吗？
来呀，来了就别再去了啊！
你还是到这儿来吧！

你住在混沌之中，处于寂静之境；即使降临到这里，也看不见你的踪影。我取女萝作为帘幕屏障，让菖蒲象仪仗一样排列两旁。还要警告柳眼不要贪睡，教那莲心不再味苦难当。素女邀约你在长满桂树的山间，宓妃迎接你在开遍兰花的洲边。弄玉为你吹笙，寒簧为你击敔；召来嵩岳灵妃，惊动骊山老母。灵龟像大禹治水时那样背着书从洛水跃出，百兽像听到了尧舜的咸池曲那样群起跳舞。潜伏在赤水中呵，龙在吟唱；栖息在珠林里呵，凤在飞翔。恭敬虔诚就能感动神灵，不必用祭器把门面装潢。

你从天上的霞城乘车动身，回到了昆仑山的玄圃仙境。既像彼此可以交往那么分明，又忽然被青云笼罩无法接近。人生离合呵，好比浮云轻烟聚散不定，神灵缥缈呵，却似薄雾细雨难以看清。尘埃阴霾已经消散呵，明星高悬；溪光山色多么美丽呵，月到中天。为什么我的心如此烦乱不安？仿佛是梦中景象在眼前展现。于是我慨然叹息，怅然四望，流泪哭泣，留连彷徨。

人们呵，早已进入梦乡；竹林呵，奏起天然乐章。只见那受惊的鸟儿四处飞散，只听得水面上鱼儿喋喋作响。我写下内心的悲哀呵，作为祈祷，举行这祭奠的仪式呵，期望吉祥。悲痛呵，请来将此香茗一尝！

【赏析】

在《红楼梦》全部诗文词赋中，这是最长的一篇，也是作者发挥文学才能最充分，表现政治态度最明显的一篇。关于这篇诔文的写作，小说中原有一段文字，对我们理解作者的创作意图很重要，在程高本中，却被删去。今抄录如下：

……宝玉想了一想："如今若学那世俗之奠礼，断然不可。竟也还别开生面，另立排场，风流奇异，于世无涉，方不负我二人之为人。况且古人有云；'潢污行潦、苹蘩蕴藻之贱，可以馐王公，荐鬼神。'原不在物之贵贱，全在心之诚敬而已。此其一也。二则诔文挽词，也须另出己见，自放手眼，亦不可蹈袭前人的套头，填写几字搪塞耳目之文；亦必须洒泪泣血，一字一咽，一句一啼，宁使文不足悲有余，万不可尚文藻而反失悲戚。况且古人多有微词，非自我今作俑也。无奈今之人全惑于'功名'二字，故尚古之风一洗皆尽，恐不合时宜，于功名有碍之故也。我又不希罕那功名，不为世人观阅称赞，何必不远师楚人之《大言》、《招魂》、《离骚》、《九辩》、《枯树》、《问难》、《秋水》、《大人先生传》等法，或杂参单句，或偶成短联，或用实典，或设譬寓，随意所之，信笔而去，喜则以文为戏，悲则以言志痛，辞达意尽为止，何必若世俗之拘拘于方寸之间哉！"宝玉本是个不读书之人，再心中有了这篇歪意，怎得有好诗好文作出来。他自己却任意篡著，并不为人知慕，所以大肆妄诞，竟杜撰成一篇长文。（参戚序本、庚辰本校）

这里，"古人多有微词，非自我今作俑也"一句明白地告诉我们诔文是有所寄托的。清代与"百家争鸣"的战国时代的情况大不一样，特别是雍正乾隆年间，则更是文禁酷严，朝野惴恐。稍有"干涉朝廷"之嫌，就要招来文字之祸。所以，当时一般人都不敢作"伤时骂世"之文，"恐不合时宜，于功名有碍之故也"。触犯文网，丢掉官位，这还是说得轻的。曹雪芹"不希罕那功名"，"又不为世人观阅称赞"，逆潮流而动，走自己的路，骨头还是比较硬的。

当然，要在这样的环境之下，揭露封建政治的黑暗，就得把自己的真实意图巧妙地隐藏起来，"尚古之风"、"远师楚人"、"以文为戏"、"任意篡著"、"大肆妄诞"、"歪意"、"杜撰"等等，也无非是作者护身的铠甲。借师古而脱罪，隐真意于玩文，似乎是模拟，而实际上是大胆创新，既幽默而又沉痛。艺术风格也正是由思想内容所决定的。

因此，在这篇表面上写儿女悼亡之情的诔文中，要用贾谊、鲧、石崇、嵇康、吕安等这些在政治斗争中遭祸的人物的典故来揭露封建社会的黑暗。

转应曲·寒梦

王敬之（清朝）

【原文】

寒梦，寒梦，梦被诗魔调弄①。醒来吟落灯花②，灯暗纸窗月斜。月斜，月斜，巷口柝声③敲歇。

【注释】

①调弄：调侃嬉弄，纠缠。

②吟落灯花：喻苦吟多时。

③柝声：打更声。

【译文】

寒夜的梦，寒夜的梦，梦被诗兴纠缠。醒来苦吟多时，昏暗的灯光照在窗上。月斜照着，斜照着，巷口的打更声也停歇了。

【赏析】

此词描写寒夜苦吟，构思新颖，造语工巧，极有情致。

赴戍登程口占示家人

林则徐（清朝）

【原文】

力微任重久神疲，再竭衰庸①定不支。
苟利国家生死以，岂因祸福避趋之②？
谪居③正是君恩厚，养拙刚于戍卒宜④。
戏与山妻谈故事，试吟断送老头皮⑤。

【注释】

①衰庸：意近“衰朽”，衰老而无能，这里是自谦之词。

②以：用，去做。“苟利”二句：郑国大夫子产改革军赋，受到时人的诽谤，子产日：“何害！苟利社稷，死生以之。”（见《左传·昭公四年》）诗语本此。

③谪居：因有罪被遣戍远方。

④养拙：犹言藏拙，有守本分、不显露自己的意思。刚：正好。戍卒宜：做一名戍卒为适当。这句诗谦恭中含有愤激与不平。

⑤戏与”二句：作者自注，宋真宗闻隐者杨朴能诗，召对问：“此来有人作诗送卿否？”对曰：臣妻有一首，云“更休落魄耽杯酒，且莫猖狂爱咏诗。今日捉将官里去，这回断送老头皮”。上大笑，放还山。东坡赴诏狱，妻子送出门皆哭。坡顾渭曰：“子独不能如杨处士妻作一首诗送我乎？”妻子失笑，坡乃出。这两句诗用此典故，表达他的旷达胸襟。山妻：对自己妻子的谦称。故事：旧事，典故。

【译文】

我能力低微而肩负重任，早已感到精疲力尽。一再担当重任，以我衰老之躯，平庸之才，是定然不能支撑了。如果对国家有利，我将不顾生死。难道能因为有祸就躲避、有福就上前迎受吗？我被流放伊犁，正是君恩高厚。我还是退隐不仕，当一名戍卒适宜。我开着玩笑，同老妻谈起《东坡志林》所记宋真宗召对杨朴和苏东坡赴诏狱的故事，说你不妨吟诵一下“这回断送老头皮”那首诗来为我送行。

【赏析】

首联说：我以微薄的力量为国担当重任，早已感到疲惫。如果继续下去，再而衰，三而竭，无论自己衰弱的体质还是平庸的才干必定无法支持。这与孟浩然的“不才明主弃”、杜牧的“清时有味是无能”等句同一机杼，都是正话反说、反言见意之辞。

颔联若用现代语言表达，就是“只要有利于国家，哪怕是死，我也要去做，哪能因为害怕灾祸而逃避呢？”此联已成为百余年来广为传颂的名句，也是全诗的思想精华之所在，它表现了林则徐刚正不阿的高尚品德和忠诚无私的爱国情操。

颈联从字面上看似乎心平气和、逆来顺受，其实心底却埋藏着巨痛，细细咀嚼，似有万丈波澜。“谪居”，意为罢官回乡或流放边远地区。按封建社会的惯例，大臣无论受到什么处分，只要未曾杀头，都得叩谢皇恩浩荡。

尾联从赵令《侯鲭录》中的一个故事生发而来：宋真宗时，访天下隐者，杞人杨朴奉召廷对，自言临行时其妻送诗一首云：“更休落魄贪杯酒，亦莫猖狂爱咏诗。今日捉将官里去，这回断送老头皮。”杨朴借这首打油诗对宋真宗表示不愿入朝为官。林则徐巧用此典幽默地说：“我跟老伴开玩笑，这一回我也变成杨朴了，弄不好会送掉老命的。”意在含蓄地对道光帝表示：“我也伺候够您了，还是让我安生当老百姓吧。”封建社会中的一位大忠臣，能说出这样的牢骚话来，也就达到极限了。

对仗工稳而灵活，是此诗写作技巧上的一个特点。如，以“国家”对“祸福”，以“生死”对“避趋”，按词性来说，都是正对。“生死以”的“以”字作“为”解，是动词；而“之”字是虚词。作者既用“以”字的实词义表达思想内容，又借它的虚词义来与“之”字构成对仗，无不显示诗人驾驭文字的深厚动力。

【诗词小贴士】

元代文学主要包括元杂剧、散曲、南戏、诗文，其中杂剧和散曲合称元曲，是元代文学主体。王国维云：一代有一代文学，唐之诗、宋之词、元之曲。“杂剧”一词最早见于唐李德裕《李文绕文集》其意可能是“百戏杂陈”。元杂剧是金院本和诸宫调相结合的产物，同时它有机融合了前代各种表演艺术成果，创造性地把唱念科舞等艺术有机结合一起，形成一种用北曲演唱的，表演完整故事，人物角色众多的综合性的表演艺术形式。其中剧本体制、舞台表演都具有鲜明特点和独特民族风格。